이건숙 문학전집 8
세상에서 가장 아름다운 구멍

이건숙 문학전집 8

세상에서 가장 아름다운 구멍

이건숙 소설

문학나무

문학의 큰 바다를 바라보며

문단에 발을 들여놓은 지 근 40년 세월이 흘러간다. 글을 쓸수록 내가 너무 모르는 지식이 산적해 있다는 사실에 직면하고 자꾸 머리가 숙여진다.

읽어야 할 책이 많아 계속 사놓고 조금 읽다가 책장에 꽂아 책만 자꾸 많아진다. 그래도 여전히 서점을 기웃거리고 있다. 나이 들면서 책 욕심이 젊은 시절보다 더 한 것은 그만큼 문학에 관심이 많아진 탓일 것이다.

지난 4,000년간 이야기라는 장르로 시작된 글은 인류의 역사, 인간, 문화를 형성하는 힘이 되어왔다는 사실을 부인할 수 없다. 물론 긴 세월, 이야기가 입으로 전해지다가 파피루스, 점토판, 돌판, 양피지에서 종이로 글을 쓰는 역사의 흐름을 딛고 지금 상상 못할 전자매체를 통해 기록되고 있다. 종이와 인쇄술의 발달. 이제는 온라인 매체를 타고 엄청난 속도로 글은 이 세상을 변화시키고 있다.

　미약한 내 힘으로 감당하기 어려운 문학의 큰 바다를 바라보며 8번째 소설집을 내놓는다. 미미한 파도가 되겠지만 그 물결이 언젠가는 내가 서 있었던 시대를 대변할 것을 믿는다. 그간 월간문학, 펜문학, 한국소설, 크리스천문학, 크리스천문학나무 등에 발표했던 단편 10편은 중량감 있는 삶의 문제를 다루려고 나름대로 심혈을 기우렸다. 사랑, 죽음, 용서, 화해, 미움과 갈등, 소망의 문제를 다룬 단편들이 글을 쓸수록 나름대로의 색깔을 지니고 떠올라 나도 전체를 정리하며 깜짝 놀랐다.

　10편의 단편이 많은 사람들의 공감을 형성하고 위로가 되기를 소망한다. 나이 들수록 글쓰기 힘들다고는 하지만 더욱 무르익은 글을 쓰도록 계속 정진해볼 마음이다.

2020년 코로나19로 법석인 2월
신촌 서재에서 이건숙

차례

작가의 말 _ 문학의 큰 바다를 바라보며　004

세상에서 가장 아름다운 구멍　010

뒤틀려진 사람들　036

산으로 간 물고기　058

아브라함의 후예　086

돌에 맞아 죽을 뻔한 장로　110

박꽃 여인　134

인형의 집　162

갓난 아기의 헝겊신　186

귓불에 검은 점이 있는 여자　208

살라면 살지요　236

자작 평설 _ 창작하는 작가의 마음　266

인간은 타고나길 구멍을 좋아해서 세상에 널린 구멍들만으로 만족하지 못하고 인위적으로 구멍을 만들어놓고 구멍을 향해 몸부림치고 있는 형국이다. 문명의 이기를 이용하여 엄청난 굴을 파서 지하철이나 터널을 설치하고 우글거리는 인파가 뱀처럼 몸을 느린 굴속에 들어가 개미들처럼 이리저리 사방팔방으로 돌아다닌다.

인간의 본향은 구멍 속일까? 방랑벽과 낭비벽에 심취한 현대인들의 생활이 거기에도 식상하여 특별취미인 구멍 벽(癖)으로 치닫고 있다.

세상에서 가장 아름다운 구멍

세상에서 가장 아름다운 구멍

배가 고프다. 목이 칼칼하고 메말라서 입술이 탄다. 물을 마셔야 한다. 마음은 이렇게 독촉하지만 몸이 움직이지를 않는다. 내 의지하고는 상관없이 깊이 뚫린 희미하고 아득한 구멍으로 몸이 계속 빨려 들어간다. 굵은 빗방울이 내 침대 옆의 모서리 홈통을 타고 요란한 소리를 내면서 떨어진다. 물이 내려가는 홈통도 구멍이란 생각에 이르자 몸을 부르르 떨었다. 간신히 눈동자를 움직여 탁자 위에 놓인 자동차 열쇠를 보는 순간 전신에 닭살이 좍 깔린다. 세상에 이럴 수가! 열쇠에도 구멍이 뚫어져 있다니! 몸이 가눌 수 없을 정도로 벌벌 떨린다. 방안의 물체들이 하나, 둘 희미하게 눈에 잡혀온다. 화장실 문에도 구멍이 보인다. 침대 밑에 나란히 벗어놓은 슬리퍼에도 구멍이 보인다. 친구 희선이 며칠 전에 놓고 간 탁자 위의

컵은 구멍이 제법 크다. 빠끔히 열린 화장실문을 통해 눈에 들어온 수도꼭지에도 구멍이 있다. 세면대는 파이프를 달고 땅속으로 구멍을 뚫고 들어간다. 남편이 중학교 졸업기념으로 등반하여 찍었다는 한라산 백록담 사진이 내가 누워있는 바로 앞의 벽에 걸려있어 그리로 눈길을 던졌다. 백록담도 커다란 구덩이로 그것도 구멍이다. 서서히 눈길을 벽지로 돌리니 거기도 울퉁불퉁한 벽지 사이사이로 잔잔한 구멍이 열을 지어 서 있다. 눈에 띄는 것들마다 모두 구멍투성이다. 단단한 표면에 난 빈 공간이 구멍이니 세상은 온통 구멍으로 형성되어 있다. 하루의 일과도 구멍에 무엇인가를 넣는 생활이고 하다못해 짐승이나 인간도 짝짓기를 할 적에 구멍을 찾아서 맞춰야 새끼가 태어나고 자손이 번식한다.

내 일상이 구멍들로 휩싸여 있다는 생각에 이르자 나는 몸을 가눌 수 없을 정도의 엄청난 공포증에 사로잡혔다. 어릴 적 읽었던 그림자를 칼로 난도질해 먹는다는 그림자 귀신이 내 뒤를 바짝 달라붙는 으스스함이 전신을 휘감는다. 인간의 몸도 구멍투성이니 구멍이 없는 세상으로 가고픈 내게 구멍을 피하여 달아날 좋은 방도가 떠오르지 않는다. 천정을 향해 반듯하게 누웠다. 인간의 몸도 입구멍 콧구멍 귓구멍 밑으로 내려가며 성기도 모두 구멍투성이란 생각에 이르자 구토증이 올라와서 헛구역질을 몇 번 했다.

인간은 타고나기를 구멍에 맞추면서 살도록 창조된 것이 틀림없다. 나란 사람은 누구인가? 수많은 구멍들 사이에 버려진 바람에 불려가는 가벼운 구름이요 말라붙은 삭정이며 뿌리가 뽑힌 열매 없는 가을 나무다. 구멍이 무서워 요리저리 몸을 피하는 나에게는 어디에도 발붙일 곳이 없다. 발길이 닿는 사방이 온통 구멍으로 뒤덮여 있으니 말이다. 어떤 구멍이나 숨이 막힐 정도로 무서워하는 나란 여자는 이런 세상에서 살아갈 기운도 용기도 없는 찌꺼기요, 쓰레기다. 아무리 생각해도 나란 여자는 창해일속(滄海一粟)으로 보잘 것 없는 하찮은 존재다.

바로 옆에 놓여있는 리모컨으로 운동채널을 틀었다. 조그만 공을 졸졸 따라다니면서 머리를 굴리는 골프선수들의 진지한 표정이 화면에 쫙 깔린다. 그들은 온몸과 영혼을 다해 구멍에 공을 적중하려고 안간힘을 쓴다. 연이어 있는 운동채널로 갔다. 고대 로마시대의 검투사들처럼 중무장을 한 아이스하키선수들의 힘찬 율동이 펼쳐진다. 아이스하키의 골문은 선수들의 몸에 비해 매우 왜소하다. 그 작은 골문에 퍽(puck) 1000개가 동시에 들어갈 수 있을 정도란다. 그 구멍에 퍽을 넣으려고 혈기가 펄펄 넘치는 건장한 청년들이 얼음 위에서 스케이트를 타고 모두 뒤엉켜 죽을 듯이 난리를 친다. 308개의 공이 들어갈 수 있는 축구나 52개가 들어가는 수구에 비해 아이스하키 골문은 상대적으로 넓은 편이다. 채널을 바꾸니 농구선수들이 공을 서로 앗으려고 죽을 듯이 아우성이다. 농구도 구멍에 공을 집어넣으려는 선수들이 이리 뛰고 저리 뛰고 생난리를 친다.

인간은 타고나길 구멍을 좋아해서 세상에 널린 구멍들만으로 만족하지 못하고 인위적으로 구멍을 만들어놓고 구멍을 향해 몸부림치고 있는 형국이다. 문명의 이기를 이용하여 엄청난 굴을 파서 지하철이나 터널을 설치하고 우글거리는 인파가 뱀처럼 몸을 느린 굴속에 들어가 개미들처럼 이리저리 사방팔방으로 돌아다닌다.

인간의 본향은 구멍 속일까? 방랑벽과 낭비벽에 심취한 현대인들의 생활이 거기에도 식상하여 특별취미인 구멍 벽(癖)으로 치닫고 있다.

이러고 있다가는 나는 며칠 내로 죽을 것이다. 무엇이나 먹어야 산다. 억지로라도 일어나서 냉장고를 열어 먹을 것을 찾아내야 한다. 하지만 냉장고를 열면 확 뚫릴 큰 구멍이 무섬증을 유발해서 선뜻 구멍을 만드는 행위인 냉장고 문을 열 수가 없다.

갑자기 차가운 것이 입술을 스친다. 바짝 타버린 입술에 닿는 축축한 물기가 입안에 배어들었다. 나는 미친 듯이 입에 닿는 것을 빨기 시작했다.

"이제 정신이 드는 모양이구나. 아침에 들려서 물에 적신 약솜을 입술에 대도 꿈적하지 않다가 갑자기 눈을 번쩍 뜨고 두리번거리더니 그냥 자버리더라."

친구 희선의 목소리다.

"내가 매일 직장에서 퇴근하여 귀가하는 길에 들려 네 옆에 음식을 놓고 갔다. 단 한 번도 먹지 않았더구나. 그게 벌써 일주일이 되간다. 사람은 일주일 동안 물까지 끊으면 죽는다고 알고 있다. 너 이러다간 정말 하늘나라에 가게 될 것이다."

그녀의 말이 나의 역린을 건드렸다. 나는 가슴에 고인 것을 에둘러서 물었다.

"하늘나라란 하늘에 뚫린 구멍이지?"

일주일 만에 입을 연 내 입에서 이상한 말이 튀어나오자 친구는 황당해서 입을 꾹 다물었다. 남편이 죽고 그나마 유일한 생명줄인 딸마저 갔으니 정동(情動)적 폭발이 이런 식으로 표출되는 것이라고 여겨지지만 너무 길게 이러니 당황스럽고 짜증이 났다. 어떻게 해야 고통 속에 빠진 그녀의 불안을 없애주고 무거운 고통을 제거해 줄 수 있단 말인가.

교통사고로 다친 딸이 식물인간으로 석 달 누워 있다가 죽었다. 그것도 딸의 실수가 아니라 인도로 뛰어든 자가용에 치어 그렇게 되었다. 참말로 억울한 죽음이다. 눈에 넣어도 아프지 않은 딸의 관을 땅속의 큰 구멍에 내려놓는 순간 나는 그 자리에서 기절했다. 그러고 보니 그때부터 계속 이렇게 여기 누워 잠을 잔 모양이다. 딸이 들어간 구멍에 이어서 남편을 집어삼킨 빙하의 크레바스는 아득할 만큼 깊었다. 사랑하는 두 사람이 모두 구멍 속으로 사라진 뒤 내 눈에는 세상의 모든 것이 구멍이란 사실을 깨달았다. 창조주는 구멍이란 청사진 위에 만물창조를 계획한 것이 틀림없다. 너무 오래 먹지를 않아서 반혼수성 혼미에 빠져 들어가 이상한 망상으로 치닫고 있는 것일까. 예전에는 사방에 널린 구멍에 신경을 쓴 적이 없지 아니한가. 내 소성(素性)이 무엇이나 안으로만 끌어안는 성품이라 동굴이나 구멍이 집요하게 나를 따라붙는 모양이다.

초등학교 선생인 희선이 묽게 끓인 죽물을 수저로 입에 넣어주어 조금 받아먹고 다시 침대에 누웠다. 무엇이나 먹어야 산다고 친구는 동치미 국물을 강제로 먹이고 배즙을 입에 떠 넣기도 했다. 다시 스멀스멀 잠이 온다. 깊은 나락으로 몸이 떨어져 내린다. 희선이 데려온 의사가 팔뚝에 꽂아놓고 간 영양제 주사 탓인지 절망적 무력감 속에 빠져들던 몸에 조금씩 기운이 돌기 시작하면서 머리에 낀 희뿌연 안개가 걷히기 시작한다.

영국의 조각가 바버라 헵워스는 돌과 나무에 구멍을 뚫어 미적으로 승화해서 만들어낸 작품들로 인해 유명세를 탔다. 그러니 그녀는 아름다운 구멍을 뚫어 성공한 조각가이다. 이탈리아 로마에 위치한 거대한 원형극장 경기장인 콜로세움은 55,000명 관중이 앉을 수 있고 아치모양의 구멍인 출구가 80개나 뚫려있다. 2000년의 세월이 흘렀건만 원형극장에 뻐끔뻐끔 뚫린 구멍들은 멀리서 보면 마치 금붕어가 입을 벌리고 숨을 쉬는 꼴이다.

악기들도 모두 구멍투성이다. 색소폰, 코 피리. 하모니카, 낮고 신비스러운 소리를 내는 호주의 디저리두란 전통악기도 구멍이 내는 소리다. 그렇다면 문학은 어떠한가? 쥘 베른이 쓴 소설『지구 속 여행』도 아이슬란드 화산 밑에 난 구멍인 터널을 통해 3명이 지구 속으로 내려가는 이야기다. 루이스 캐럴이 쓴『이상한 나라의 엘리스』도 토끼 굴에서 경험하는 이상한 이야기가 나온다. C. S. 루이스의 유명한 작품『나니아 연대기』도 농 뒤에 뚫린 구멍을 통해 마녀가 점령한 눈 속 얼음나라에 들어가서 겪게 되는 이야기이다. 눈에 보이는 구멍뿐만 아니라 숨겨진 인간의 생각 속에 들어있는 구멍까지 세상은 온통 전인미답(前人未踏)의 구멍들 천지로 어딜 가나 빠끔 빠끔 뚫어져 있다. 하긴 많은 과학자들도 이 구멍들을 파헤치고 연구하느라고 너도나도 모두 세상의 구멍들 특히 보이지 않는 구멍까지 들여다보고 연구하느라고 골똘해 있다.

나는 다시 스멀스멀 밑으로 몸이 꺼지면서 잠이 들었다. 남편은 유난히 산을 좋아했다. 대학 같은 과 동급생이었던 남편을 따라 대학입학식 다음날부터 그를 따라다니며 산을 타기 시작했다. 나는 입시전쟁에서 해방된 마음에 들떴고 그것도 과에서 제일 인기가 있고 멋지게 생긴 남학생과 함께 산에 오르는 일에 신이 났다. 뭇 닭들 속에 한 마리 고고한 학 같았던 그는 내 몸과 영혼을 사로잡았다. 해서 산을 별로 좋아하지 않으면서도 그를 따라다니는 재미에 흠뻑 빠져 대학 4년을 보냈다. 산마다 사람처럼 모양도 다르고 성깔도 각양각색이었다. 사계절 따라 변하는 모양세로 보아 산들도 야한 여자처럼 옷을 갈아입었다. 그를 따라다니면서 그가 읊어대는 풍월로 인해 차츰 내게도 산은 매혹적인 존재로 다가왔다.

처음에 그는 박쥐 동굴 탐사를 하다가 나중에는 산 정상에 올라 밑을 내려다보며 잔잔히 밀려오는 고독함을 즐겼다. 그러다가 절벽을 타더니 나중엔 위험하다는 산들을 정복하는 재미에 그는 푹 빠져들었다. 내가 교사 생활을 하여 벌어오는 돈으로 생활을 하면서 그는 돈 벌기를 집어던지고 산악인이 되어 가정을 뒤로 하고 세계의 명산들을 정복한다고 싸돌아다녔다.

학교가 쉬는 여름방학이면 으레 나를 데리고 동굴을 답사하며 자상하게 굴속을 설명해주었다. 한국에도 사방에 굴이 많았다. 동굴을 찾아 나선 그는 내 곁에 나란히 서든지 앞장서서 입이 헤펐다. 이런 산행을 놓고 친정 부모나 친구들의 위구(危懼)가 들끓었으나 나는 그에게 지남석처럼 들러붙어 따라다녔다.

해뜨기 전 엷은 박명 속을 남편은 앞에 날아가는 파랑새를 졸졸 따라가고 있었다. 낙엽이 오금까지 차올랐으나 난 어깨에 날개가 달린 듯 힘차게 가파른 산등성이를 사슴처럼 뛰어올랐다. 우거진 잎사귀 사이로 가물거리는 남편의 등을 보면서 파랑새의 날갯짓에 온 정신을 쏟았다. 이따금 내 가까이 와서 뺨에 스칠 정도로 날갯짓을 하는 파랑새는 거리를 두고 뒤쫓을 적에는 보지 못했던 부리 밑의 깃털이 나뭇잎 사이를 비집고 들어온 햇살을 받아 찬란한 빛을 발했다. 눈부시게 아우러지는 광배의 강렬함이 내 눈을 호려 잠시 걸음을 멈추고 눈을 비볐다. 배 밑의 깃털은 이 세상에서 본 적이 없을 정도로 보드랍고 연한 치자 빛이라 따스함과 안온함을 안겨주었다. 숨을 헐떡이며 남편과 파랑새를 따라서 산의 정상 언저리에 오니 나뭇잎에 가려진 구멍 한 귀퉁이가 살짝 드러났다. 굴 입구에서는 갓난아기의 청순한 살 내음이 확 풍겼다. 순간 나는 멈칫 멈춰 서서 뒷걸음질로 물러났다. 그건 무의식이거나 의식적인 것이 아니라 내 피부가 그렇게 반응했다. 파랑새는 구멍 가장자리의 나뭇가지 위에 앉아 처음으로 나를 쳐다봤다. 내 눈이 새의 눈과 마주쳤다. 내가 새 곁으로 다가가자 마치 내 손을 잡아끌 듯 굴 안으로 들어가는 것이 아닌가. 이상하게 부드럽고 은근한 향기가 미풍에 실려 굴 안에서 살살 밖으로 새어나와 나도 모르게 파랑새를 따라 굴 안으로 깊이 들어갔다.

찬란한 빛살이 나뭇잎 사이를 비집고 들어와 수없이 많은 빛기둥을 만들어 놓은 울창한 숲이 다가왔다. 빛기둥 틈새를 한참 걸어가니 소리를 내며 흘러가는 시냇물을 가운데 두고 꽃들이 만발한 초원이 눈앞에 쫙 깔린다. 심장이 두근거릴 정도의 꽃향기가 전신을 휘감고 따사로운 햇살이 앞을 가늠할 수 없이 펼쳐진 꽃밭 위에 내려앉는다. 나는 광활하게 펼쳐진 초원의 나뭇등걸 위에 앉아 시냇물 소리를 들으며 가늠할 수 없을 정도의 기쁨과 편안함에 젖어 붕 떠있는 상태에 빠졌다. 마약을 먹은 뒤의 기분이 이러할까? 갑자기 목이 말라 냇가로 가서 수정 같은 개울물을 두 손으로 한 움큼 마셨다. 온몸이 확 뚫리고 양어깨에 날개가 달린 듯 가뿐해서 나비처럼 꽃이 만발한 들판 위를 훨훨 날을 것만 같았다. 멀리 아득히 하늘 끝자락에 오묘한 빛을 발하는 기묘하게 보이는 산들이 밝아진 눈에 서서히 들어왔다. 자세히 보니 신비스러운 구름에 휩싸인 산언저리에 눈부신 고성(古城)이 모습을 드러냈다. 그 둘레에는 보석에서 뿜어 나옴직한 신기하고 묘한 빛이 아지랑이처럼 아른거린다.

나무등걸에 걸터앉아 지천으로 핀 꽃들을 한 송이씩 세세히 관찰했다. 놀랍게도 이 꽃들은 모두 내가 만났던 사람들의 표정을 지으며 몸짓을 하고 있었다. 로봇처럼 생긴 꽃이 잔잔한 바람을 타고 옴찔거리며 마치 일을 시키면 시행하겠노라는 자세다. 시냇가 가장자리에 자리 잡은 버섯들의 둥근 머리는 모두 표정이 제각각인 얼굴들이다. 한가운데 하트가 새겨진 농익은 딸기가 배시시 웃으며 귀여운 눈짓을 한다. 바다 밑에 있어야 할 불가사리가 꽃의 몸을 입고 싱싱한 물기를 흠뻑 뿜어낸다. 얼룩말 무늬의 꽃은 자기가 말이라도 된 듯 너부죽한 잎사귀를 꼬리처럼 살살 흔들어댄다. 하양 꽃잎에 붉은 입술을 하고 양손을 높이 치켜들고 날갯짓을 하는 천사를 닮은 꽃은 신나게 찬양을 불러대는 형상이다. 그 중에 악마의 어금니를 들어내고 히죽대는 징글맞은 꽃도 끼어있다. 영락없이 원숭이 얼굴을 빼박은 꽃이 나무가 없어 못 기어오른다고 구시렁거리면서도 싱글거린다. 여기 피어있는 모든 꽃은 인간세상의 온갖 형상을 지니고 살았던 사람들의 얼굴로 피어올라 모두 아우러져 향기를 뿜어내고 있었다.

이곳에 푹 빠져든 나는 목이 마르면 시냇가로 가서 바닥까지 들여다보는 맑은 물을 엎드려 마시고 신산(辛酸)을 겪으며 살았던 지난날들을 완전히 잊었다. 과일로 배를 채우며 느긋하게 잠도 자고 즐기면서 지냈다.

시냇가 언저리에 이리와 어린 양이 함께 누워 뒹굴고 있다. 표범이 어린 양을 거느리고 산책을 즐기고 송아지와 어린 사자가 친구처럼 서로 옆구리를 비비며 놀고 있다. 어슬렁어슬렁 암소와 곰이 내게 다가오는 바람에 나는 긴장해서 온몸이 굳었다. 곰이 포실한 머리를 내 손 밑에 디밀려 쓰다듬어 달라는 몸짓을 한다. 나는 슬그머니 그의 머리 위에 손을 얹자 내 손을 살살 핥아준다. 냇물 건너편에는 사자가 소처럼 풀을 뜯으며 이따금 멀리 눈부시게 아우라가 어린 산을 바라본다.

여기는 모두가 다정한 친구라 위험이 전혀 없는 곳이다. 질펀하게 펼쳐진 냇물의 가장자리를 따라 콧노래를 부르며 산책을 즐기던 나는 구석진 모퉁이에 뚫린 작은 굴이 눈에 들어오자 놀라 몸을 흠칫했다. 순간적으로 내 몸을 가릴 아늑한 곳이 그리워 그 안으로 들어갔다. 거긴 복잡한 미로가 사방으로 얽혀있어 앞을 가늠할 수가 없었다. 당황한 나는 허둥대기 시작했다. 굴 안은 흐린 빛이 고여 있고 끈적거렸다. 좀 전에 내가 있었던 하늘과 땅이 맞닿은 꽃 들판과 시냇물가로 가려고 이리저리 뚫린 좁은 구멍들을 더듬었다. 별안간 희미하게 오밀조밀한 산야가 터널비전 화면으로 눈에 확 다가온다. 음력 시월 스무날 경에 부는 손돌바람만큼 거센 힘이 내 등을 밀쳐내는 통에 굴 밖으로 나는 튕겨져 나왔다.

너무나 좋은 그 구멍으로 다시 되돌아가려고 나는 들어가는 구멍 입구를 찾았으나 발견하지지 못하고 마냥 헤맸다. 인근에 산재한 구멍들 언저리를 기운이 진하여 털썩 주저앉을 정도로 뒤져봐도 내 앞장서서 조근대던 남편이 보이질 않는다. 우리 두 사람을 인도해줘서 내가 졸졸 따라갔던 파랑새도 없다. 너무 그곳이 좋아서 거길 다시 들어가려는 마음을 누르지 못한 나는 발이 푹푹 빠지는 낙

엽을 헤치고 미욱할 정도로 앙버티며 숲속을 쑤시고 다녔다. 전신에 억센 풀과 잔가지에 긁혀 피가 흘러도 내가 들어갔던 그 구멍을 찾을 수가 없었다.

손을 허우적거리면서 그 동굴을 찾겠다고 안간힘을 쓰다가 절벽 끄트머리에 이르러 아래를 내려다보는 순간 나는 미끄러져 아래로 굴러떨어져 내렸다. 아악! 내 소리에 내가 놀래 깨어났다. 꽃들이 만발한 평안의 구멍을 찾아 헤맸던 기진함에 지쳐 나는 부스스 눈을 떴다.

희선이 전복죽을 쥐코밥상에 차려 내 앞에 내민다.

"무서운 꿈을 꾸었나 보지? 전신이 땀으로 흠뻑 젖어 번들거리고 몸을 비틀면서 악을 써서 구조대를 부를까 하는 생각도 했다."

"굴을 찾아다녔어?"

"너는 눈만 뜨면 날마다 굴 이야기야."

"기막히게 아름다운 굴속에 들어갔었어."

"넌 딸, 경애가 죽고 나서 날마다 구덩이나 굴 같은 것만 봐도 기함을 하는 구멍공포증에 시달리고 있어."

"난 지금 굉장한 구멍에 들어갔다 나왔어."

내 표정을 주의 깊게 살펴보던 희선은 한숨을 푹 내쉬었다.

"난 그 구멍을 꼭 찾아야해. 이 세상 어디엔가 그 굴이 분명 있을 거야. 남편과 파랑새가 날 데리고 거길 갔었어."

"죽은 네 남편이 널 또 꾀고 있단 말이냐? 아이쿠! 내가 못 살겠다. 넌 지금 구멍이나 동굴을 무서워하면서도 그런 곳에 들어가 살고 싶은 거니?"

"맞아. 난 거길 이 세상 구석구석을 뒤지고 다녀서라도 꼭 찾아내야만 해. 어딘가에 있는 기막히게 아름다운 동굴이야. 그 곳은 부족한 인간의 말로는 다 표현할 수 없을 정도야. 내가 들어갔다가 실수로 밖으로 나왔는데 들어가는 입구를 찾을 수가 없네."

내가 눈을 반짝이고 힘이 들어간 손짓을 하면서 말하자 희선은 머리를 갸우뚱대더니 자못 심각한 표정을 감추지 못하고 나를 노려보다가 종알거린다.

"동굴 속 네안데르탈인의 그림자가 네 영혼을 사로잡아 씌웠나보다. 너 왜 이렇게 헛소리를 하니? 참말 걱정이 되는구나!"

"희선아! 나를 도와다오. 내가 그 구멍을 찾아들어갈 수 있도록 옆에서 힘이 되어다오. 난 거기 가야 살 수 있어. 거긴 아프지도 않고 마음에 날개가 달린 듯 가볍고 평안하고 기쁨이 넘쳐. 거기 갈 수 있도록 도와줄 사람이 세상에 이제 너밖에 없구나."

"네 문제점은 빙하의 크레바스에 떨어져 죽은 네 남편으로부터 시작되었다. 대학에 갓 입학한 널 데리고 주말에 방방곡곡 동굴을 답사한답시고 산으로 끌고 돌아다닐 적부터 난 너를 걱정했단다. 이제 그가 죽어 없는 데도 너는 구멍이니 굴이니 하면서 구멍공포증인지 아니면 구멍증후군인지 모르는 병에 사로잡혀 시달리고 있다. 아무래도 정신과 의사를 만나 보는 것이 좋겠다."

"난 지극히 정상이야. 나를 그렇게 이상하게 생각하지 마라."

희선은 날카로운 목소리로 나를 질타했다.

"정신이상에 걸린 사람이 자기가 이상하다고 하는 사람은 단 한 사람도 없다. 너를 강제로라도 데리고 정신과를 찾을 예정이다."

한숨을 푹푹 내쉬며 한심하다는 마음을 누르지 못하는 희선은 내가 먹을 전복죽이 놓인 쥐코밥상을 침대 옆에 놓고 나가버린다.

건강해야 온 세상을 돌아다니면서 샅샅이 뒤져 남편과 파랑새를 따라 들어갔던 동굴을 찾을 수 있다. 나는 밥상을 끌어당겨 신들린 사람처럼 상위에 놓인 음식을 게걸스럽게 조금도 남기지 않고 몽땅 먹어치웠다.

대학 연애시절 남편은 데린쿠유에 꼭 나를 데리고 가고 싶다고 입버릇처럼 뇌까렸다. 그 시절, 나는 그에게 반해서 그런 동굴에 대하여 알려고도 하지 아니하고 귓가로 그저 흘려들었을 뿐이다. 거기가 내가 남편과 파랑새를 따라 가본 그 곳일까. 요즘 모든 정보는 인터넷에 웬만하면 뜬다. 내가 들어갔다가 실수로 빠져나와 다시 찾지 못하는 그 구멍을 찾기 위해 인터넷을 열었다. 먼저 구멍부터 검색했다. 며칠 열심히 식사를 했더니 살도 오르고 정신이 맑아져서 컴퓨터 화면을 봐도 어지럽지 않았다.

4000년 전 만들어진 지하도시 데린쿠유는 터키의 카파도키아에 있는 동굴이다. 터키는 남한의 7.5배 크기로 국토 일부는 유럽대륙에 속하고 나머지 대부분은 아시아 대륙에 걸쳐있다. 유럽과 아시아의 경계선에 척 누워있는 나라로 두 대륙의 문화를 흡수한 특이한 지역이다. 터키에는 이스탄불, 카파도키아. 파묵킬레, 지중해 주변의 고대도시들, 노아방주, 아브라함의 고향 하란, 복음이 이방에 전달된 수리아, 안디옥, 바울의 고향 다소, 신약성경 계시록에 나오는 7교회 등이 위치한 기독교 유적지가 산재한 나라이다.

카파도키아의 황량한 평원 아래가 부드러운 화산암이라 여기를 파내려가 세운 지하도시가 데린쿠유이다. 마치 개미굴처럼 인간이 만든 땅굴도시로 1963년에 발견된 거대한 동굴이다. 기원전 7-8세기 히타이트 민족이 처음 만든 것으로 학자들은 추정하고 있다. 이 굴이 로마, 비잔틴 시대를 거치면서 확장된 것으로 보인다는 연구를 하고 있다. 로마제국의 종교 박해로부디 7세기 이슬람국가인 오스만 제국의 박해를 피해 은신한 기독교인들이 살았던 곳으로 지하 20층으로 현재는 8층까지 공개한 상태다. 굴 안에는 52개가 넘는 공기 환풍구가 있고 지하 120m

까지 내려가서 가장 밑 부분에 흐르는 큰 물줄기를 파서 우물로 이용했다고 한다. 아랍인들로부터 도피한 기독교인들이 거주한 곳으로 알려진 이유는 굴 안에 신학교와 교회의 흔적이 남아있기 때문이다. 로마의 카타콤처럼 그 시대 그리스도교 박해를 피해 도망친 그리스도인들이 살았던 곳이기도 하다. 화산암 땅속을 파서 필요시설을 갖춘 지하도시 카파도키아는 둘레가 30km나 되니 한 바퀴를 돌려면 75리를 걸어야 한다. 그 지하도시는 2만 명 수용이 가능하다고 보고 있다. 굴 안에는 방, 부엌, 교회 ,학교, 곡물저장소, 동물사육장, 성찬과 세례를 베풀던 장소, 신학교, 등 도시기능을 완전히 갖춘 정도이다. 굴 안 여기저기에는 초대교인들이 박해를 피해 지하에 숨어 예배를 드리느라고 만든 십자가가 있고 교회 흔적을 곳곳에서 찾아볼 수가 있다.

인터넷에 뜨는 수 십 장의 사진들을 보니 데린쿠유 동굴은 지상도시를 압축해 놓은 것이지 내가 파랑새를 따라갔던 그런 구멍이 아니었다. 내가 본 굴은 파란 하늘과 맞닿은 어마어마한 초원의 한가운데로 맑고 시원한 물이 흐르고 시냇물 가에 즐비하게 선 나무들은 갖가지 과일을 맺고 있어 마구 따먹을 수 있을 정도로 적당히 익은 먹음직하고 보암직한 싱싱한 과수들이다. 목숨을 부지하기 위해 숨어살려고 개미처럼 쑤시고 들어가 은둔하는 그런 어둠과 뭉근한 고뇌와 슬픔이 고인 데린쿠유 같은 굴이 아니다.

　나는 터키에 가는 걸 포기하고 다른 동굴을 찾아보기로 하고 열심히 인터넷을 뒤졌다. 내가 갔던 굴은 위험이 전혀 느껴지지 않고 인생의 고난이 싹 가신 아주 평화로운 곳이었다. 그 굴로 인도하는 길은 아마도 솔개도 알지 못할 것이고 날카로운 눈을 가진 매도 보지 못하는 곳에 숨어있을 것이다. 그러니까 파랑새가 나를 인도한 것이 아니겠는가. 그곳에는 위험스러운 짐승도 심지어 사나운 사자도 모두 순한 소성을 지니고 서로 어울려 살아가고 있었다.

　내가 다녀온 그 굴은 아무리 기억을 더듬어도 어디쯤 있는 것인지 가늠할 수조차 없었다. 거길 다시 간다면 망외(望外)의 기쁨이 넘칠 것이 확실했다. 그러니 거길 찾아야 한다. 사랑하는 남편과 딸을 구멍 속으로 처박은 여자인 내가 반드시 찾아내서 그 구멍 속으로 들어가야만 편안하고 살맛나는 그런 행복을 누릴 터이니 말이다.

　날마다 나는 책상 가에 앉아 굴이나 동굴, 구멍을 인터넷으로 뒤지고 무심스럽게 망연히 앉아 세월을 보냈다. 이따금 푹 익어 뭉그러진 연시 빛으로 물드는 저녁노을을 넋을 잃고 바라보고 있는 내가 걱정이 된 희선이 손뼉을 치며 고함을 질러 내 눈길을 끌었다.

　"야! 너 언제 쯤 취중몽상이나 하는 가련한 세월을 접을 거냐? 죽음을 앞둔 상노인 같구나. 죽은 사람은 이미 이 세상을 떠나가버렸으니 잊어버리고 네 살길을 찾아야 지. 그 사람들 이 세상에 어딜 가도 없어. 죽은 사람이 가 는 곳과 우리가 사는 곳이 다르단 말이야. 제발 정신 차리 라고! 너 참 한심한 아이다. 내가 여직 알고 있는 너란 사 람이 이 정도란 말이냐. 야! 정신 차려!"

친구는 얼굴이 붉어질 정도로 내 코앞에 주먹을 들이대 면서 씩씩거리다가 고함을 질러대서 유리창이 부르르 떨 렸다.

"난 목숨을 걸고 파랑새가 나를 인도했던 굴을 찾아야 한다고. 이 세상 곳곳을 다 찾아 돌아다니면서 여행을 할 거야."

"너 지금 가진 재산이 달랑 이 작은 집 하나 뿐이야. 당 장 나가서 돈을 벌어야 이 집도 유지한다고."

"이걸 팔아서 몽땅 은행에 넣어 놓고 내가 다녀온 굴을 찾아 이 세상을 돌아다닐 거야."

"죽은 네 남편처럼 너도 방랑벽에 빠졌구나! 너 돌아버 렸어. 아주 미쳤어, 미처. 아무래도 정신과에 가서 치료받 아야 한다."

"난 저주를 받았어. 남편과 딸이 구멍 속으로 사라져버 렸다고 사람들이 나를 보면 수군거리고 있어. 나를 저주 하니 나도 사람들을 만나면 마구 입에서 저주가 나가. 이 입을 막을 수 없고 누구든 아무도 만나기 싫어. 나 혼자

이 세상 동굴을 찾아 돌아다니다가 내가 찾고 있는 구멍인 그 동굴을 찾지 못하면 아무데서나 쓰러져 죽어버릴 거야."

"너 남편과 딸을 먼저 보내놓고 너무 가슴이 무너져 내려 공격적인 노르아드레날린 호르몬이 과다하게 나오는 모양이다. 여성적이었던 네가 파괴적이고 직선적, 공격적, 저주적이 되었구나. 아이쿠! 이를 어쩐다니!"

"아무튼 나는 내가 아는 모든 사람들이 무서워. 저들이 행복한 것이 미워죽겠어. 왜 나 혼자 이런 불행을 당해야 되는지 몰라. 너는 행복하니까 날 몰라. 너 내가 이렇게 되니 고소한 거지. 내 주위의 모두가 행복한데 왜 나만, 나만……."

"날카로운 유리조각처럼 네 마음에 파고든 깊은 상처를 어쩌면 좋으냐."

"그러니까 나를 행복하게 해주는 그 구멍을 찾아야 한다니까! 그 굴에 있어야 나는 숨을 쉬면서 살 수 있어."

마구 발광하면서 고함을 쳐대는 나를 징그러운 뱀이라도 되는 듯 섬뜩해하면서 노려보던 희선이 확 돌아서서 나가버린다.

해가 지고 방안이 깜깜해도 불을 켜지 않고 죽을 듯이 몸부림을 치던 내가 꽃들이 무리지어 찬란하게 피었던 곳, 파랑새가 이끌었던 초원이 떠오르자 차츰 마음이 안정되었다. 내가 찾으려고 하는 구멍은 사람들이 사는 곳이 아니다. 인간이 만든 거대한 구멍도 아니다. 사람의 손길이 전혀 닿지 아니한 태초의 아름다운 자연이 펼쳐지고 꽃과 과일이 풍성하고 말을 안 해도 꽃이랑 나무랑 시냇물이랑 서로 통하는 그런 곳이다. 파랑새가 이끌었던 동굴은 그러했다. 그러니 터키의 데린쿠유 동굴은 내가 찾고 있는 굴이 아니다. 포스토이나 동굴처럼 50리가 넘는 이 동굴은 너무 길어서 기차를 타고 돈다는 그런 굴도 아니다. 인터넷에 요란하게 뜨는 중국의 구이저우 동굴도 아니다. 여기는 해발 2천 200미터 산 중턱에 자리 잡은 원시동굴이다. 지금도 그 굴 안에선 나무로 지은 집, 학교, 숙박을 위한 객찬까지 운영, 술을 빚고 옷을 만들어 입고 산다고 한다. 거긴 인간들이 벅적거리는 구멍이다. 너무 높아 모기가 없다지만 미움과 갈등으로 구겨진 인상을 쓰는 인간들이 버르적거리는 곳이니 세상살이의 한 부분이지 내가 찾고 있는 그런 구멍이 아니다. 인간의 숨결도 닿지 않은 태곳적 그대로의 장소, 창조주의 손길이 막 구워낸 그런 구멍이 바로 내가 찾고 있는 굴로 파랑새가 인도했던 곳이다.

그간 천정을 보고 누워 연구한 동굴들과 구멍은 각각 다 사연이 있다. 아름다운 구멍, 이상한 구멍, 놀라운 구멍 등등 절절이 많은 사연이 인각되어 있는 그런 굴들이다. 내가 찾고 있는 구멍은 그런 곳이 아니다. 남편과 딸을 묻어버린 굴이 인간의 일상사가 서린 구멍이 아닐 것이 분명하다. 이 지상에 존재했다가 구멍으로 들어간 수많은 사람들이 모두 모이는 그런 굴이 있을 것이다.

그래도 친구밖에 없다. 화를 내며 가버렸던 희선이 다시 조기구이 밥상을 차려 내왔다.

"이제 구멍을 찾아 헤맨다는 일일랑 접자구나."

맛깔스럽게 구운 조기가 입맛을 당겨서 쪽쪽 찢어 물에 만 밥과 맛있게 먹으면서 나는 그저 배시시 웃기만 했다.

"하긴 네 입장이 되면 그렇게 생각할 수도 있겠다는 마음이 든다. 내 전공이 상담학이니 그런 정도는 이해한다. 인생살이란 지나가는 바람이다. 그런 대로 시간만 흐르면 차츰 모든 것이 희미하게 사라지게 마련이다. 그러니 소월이 읊은 시처럼 그런대로 세월만 가라시구려 하면서 우리 참고 일어서자. 넌 할 수 있어."

"네가 옆에 있어 정말 큰 힘이 된다."

"다음 달 중순에 여름방학이라 한 달간 휴가다. 네가 가고 싶어 하는 구멍, 그러니까 동굴여행에 동행할 터이니 갈 곳을 정해라. 네 남편과 함께 가기로 했던 데린쿠유란 곳엘 갈 것이냐? 마지막 결론으로 거길 다녀오고 굴이니 구멍이니 하는 생각을 패대기쳐버려라. 정신 차리고 휴직한 직장에 가을학기부터 나가야 한다."

"터키엔 안 갈 거야. 거긴 내가 찾고 있는 그런 구멍이 아니야."

"그럼 어딜 갈 거냐? 네 병을 위해 내가 한 달 동안 너와 동행할 터이니 그리 알고 갈 곳을 정해라. 그 몸으로 너 혼자는 못 간다. 네가 원하는 굴에 가서 네 아픔과 상실감 또 구멍공포증 모두모두 훌훌 털어 묻어버리고 다시 옛날로 돌아가자."

밥을 맛나게 먹는 내가 신기하고 너무 기쁜지 희선은 웃음이 입가에 달려있다. 하지만 내 마음은 그 반대방향으로 치닫고 있다.

파랑새를 따라가 보았다는 구멍을 찾아 온 세상을 돌아다닐 목적으로 집까지 팔겠다던 친구다. 방학을 다 내놓아 함께 동행해주겠다고 나섰는데도 그다지 반가워하지 않고 그저 덤덤하니 멍멍한 걸 보곤 더럭 겁이 난 희선이 조심스럽게 입을 연다.

"네가 다녀왔다는 이상한 구멍이란 것이 혹시 죽은 뒤에야 가는 곳이 아니냐. 남편이니 파랑새니 하는 단어가 주는 이미지가 그렇게 내겐 다가온다."

그 순간 내 머릿속으로 번개처럼 번쩍 한 줄기 빛이 스치고 지나갔다. 그런 구멍엔 죽은 뒤에나 들어 갈 수 있다고…… 지금처럼 까맣게 타버린 숯검정 같은 마음으론 갈 수 없는 곳이 아마도 파랑새와 남편이 이끌었던 구멍이란 말인가. 딸과 남편은 비단결처럼 마음이 고왔고 착하고 성스러운 존재들이었다. 그렇다면 꿈에 본 아름다운 동굴은 내가 그들처럼 아름다운 마음을 지녀야 찾을 수 있는 구멍일 터이다. 아아! 죽음이란 얼마나 아름다운 것인가!

　무의식 깊은 곳에 내가 보았던 그런 구멍을 모두가 동경하기 때문에 사람들은 사방에 산재한 구멍에 대한 매혹에 끌려가고 있는 것이 틀림없다. 그것도 부족해서 구멍을 만들어 놓고 환호하고 있다. 어느 누구나 빠짐없이 모두 매일 구멍과 더불어 살아가는 것이고 이 세상에 존재하는 크고 작은 모든 구멍들에 관심을 가지고 접근하고 있는 게 분명하다. 인간이 구멍 벽(癖)에 미친 듯이 빠져드는 이유가 이제야 새롭게 다가왔다.

　다음 달부터 휴직한 직장에 돌아가 일을 해야겠다는 마음에 나는 어깨를 으쓱했다. 그래도 혹여나 이 땅 위에 있을지도 모를 나의 진짜 구멍 찾기는 멈출 수 없을 것이다. ✤

"이 나이에 처녀가 담배를 이렇게 피우면 못써. 부모를 생각해서라도 담배는 아니야. 정신 차리고 어서 집으로 돌아가요."

빨강머리 처녀는 기분이 상했는지 짝짝 씹던 껌을 내 발 밑에 찍 뱉더니 미움과 분노로 이글거리는 강렬한 눈으로 나를 노려보았다. 그러자 옆에 있던 세 명의 사내아이들이 보스를 모신 똘마니들처럼 그녀의 앞에 쭉 한 줄로 섰다. 처녀는 턱으로 까닥까닥 나를 가리키면서 이렇게 말하는 것이 아닌가.

"당장, 저 늙은 년 해치워. 그 놈이 오늘 밤에 나와 모텔에 갈 거다."

뒤틀려진 사람들

뒤틀려진 사람들

눈앞에 짙은 안개가 새벽바람에 실려 잔잔한 물결을 이루며 일렁인다. 동이 트면 하루도 거르지 않고 나는 첫 일과로 아파트 주위에 버려진 담배꽁초를 치우려고 나간다. 어째서 사람들은 담배를 피우고 나서 꽁초를 쓰레기통에 넣지를 않고 휙휙 사방에 내던져버리는 것일까. 짐승들처럼 자기 영역을 정하기 위해 의도적으로 방자하게 행하는 동물본능의 발로일까. 한 사람도 빠짐없이 모두가 담배꽁초란 사방으로 내던져야 한다는 가치관을 지닌 모양이다. 나는 검은 비닐봉지에 열심히 집게로 간밤에 버려진 꽁초들을 주어 넣었다. 허리가 아파 이따금 머리를 뒤로 젖히고 어둠 자락이 걷혀가는 하늘을 향해 투덜댔다.

"이렇게 꽁초를 집어던지는 사람들의 입가에 부스럼이 나서 담배를 피우지 못하도록 해주세요. 그밖에는 다른

이건숙 문학전집 8 세상에서 가장 아름다운 구멍

방도가 없습니다."

요즘 사방에 나붙은 금연광고의 끔찍한 모습들을 떠올리며 나는 몸을 떨었다. 생명을 내놓고라도 담배를 피우겠다는 사람들은 얼마나 용감한 사람들인가! 절반만 피우고 던져버리니 절약정신도 결여된 사람들이 틀림없다. 머리가 백발인 내가 꾸부정한 허리를 뒤로 젖혀가면서 엎드려 꽁초를 줍고 있는 바로 코앞에 머리를 농익은 레몬색으로 물들인 청년이 피우다 만 담배꽁초를 휙 던졌다. 이것도 주우라는 말인가! 울컥 성깔이 끓어올라 나는 참지를 못하고 고함쳤다.

"청년! 이거 너무한 거 아니야. 노인이 꽁초를 줍는 걸 보고도 자제할 수 없나? 그 꽁초를 쓰레기통에 버려야 하는 거 아니야."

청년은 아니꼽다는 눈길을 내게 던지고는 휙 돌아서며 무엇인가를 주머니에서 꺼내 내 얼굴에 확 뿌렸다. 목과 얼굴에 강렬한 화끈거림이 덮쳐오자 놀란 나는 몸을 뒤채면서 얼굴을 두 손으로 감싸 안았다. 허우적거리다가 정신을 차리고 자세히 보니 희뿌연 천정이 눈에 들어온다. 손발을 꼼지락거려보니 조금씩 움직인다. 아하! 살아있구나. 여기가 도대체 어디지? 꿈을 꾸고 있었니! 다행이다. 이상하게 턱밑이 욱죄고 쑤셨다. 나는 상을 잔뜩 찌푸리고 내가 있는 곳이 어딘지 몰라 눈을 크게 뜨고 목을 돌려 옆을 보려했으나 조금도 움직일 수가 없다.

"어머! 어머니! 이제 정신이 드세요. 제 얼굴이 보이나
요?"

딸 해미의 음성이 귀청을 찢는다.

"의사 선생님! 저희 어머님이 정신이 돌아왔어요. 어서
와보셔요."

잠시 뒤 쿵쿵 거리면서 간호사와 의사가 달려와서 눈꺼
풀을 뒤집어 보고 청진기를 가슴에 대고 한참 야단하더니
의사가 내 귀에 대고 물어온다.

"할머니, 지금이 가을인가요, 겨울인가요?"

이런! 내가 치매라도 걸린 줄 알고 계절을 묻고 있다니
기분이 꽉 상했다. 심사가 뒤틀려 일부러 모른 척 했다.

"몇 살이지요?"

대답을 아니 하자 의사가 재우쳐 묻는다.

"이름을 대보세요. 이름을 알아야 진료를 합니다."

얼떨결에 내 입에서 이름이 튀어나간다.

"신 오월."

그러자 딸 해미하고 의사는 무엇이라 긴히 주고받더니
저들은 모두 밖으로 나가버리고 잠시 뒤에 팔뚝에 링거가
꽂혔다. 차츰 정신이 맑아지면서 사물이 똑똑히 눈에 잡
혀오기 시작했다. 목 언저리가 쑤시고 아파서 눈을 꼭 감
고 있었지만 해미는 내 귀에 입을 대고 연신 푸념을 섞어
종알댄다.

"우리 어머닌 문제가 참 많아요. 내가 계속 일러주지요.

제발 다른 사람들 일에 끼어들지 말라고요. 지금 어머니 몸도 추스르기 어려운 연세에 이렇게 자꾸 사고를 저지르면 자식들이 힘들어요. 옆에서 사람이 죽어가도 모른 척하는 것이 요즘 세태라고요. 세상일에 전부 끼어드는 어머니의 못된 버릇 때문에 이렇게 당하잖아요. 제발 부탁해요. 어머니 같은 나이에 이르면 모든 일에 모르쇠하며 눈을 딱 감고 자기 자신만 챙기는 것이 젊은이들에게 편해요."

딸의 말이 맞긴 한데 타고나길 옆에 사람이 곤경에 빠지거나 힘들면 도와주는 것이 몸에 뱄으니 어쩌랴. 그걸 고칠 수가 없다. 내 일생 어려서는 가난한 부모를 손톱이 닳도록 섬겼고 시집와서는 시부모랑 시동생, 시누이들 돌보며 살아왔다. 긴 세월 타인만을 위해서 살아왔으니 이제 다 털어버리고 나 자신만을 위하라고 자식들이 성화지만 그 버릇을 고칠 수가 없다. 나는 딸의 성화를 들으며 맞는 말이라 알겠다고 연신 입을 달싹거렸다. 하지만 다시 일어나 기동을 하게 되면 나도 장담할 수 없다. 곤경에 처한 사람들을 보면 돕는 자리에 나도 모르게 서서 몸과 마음이 동하는 걸 어쩌겠는가.

이렇게 사고를 당하게 된 건 순전히 아들과 며느리 탓이다. 밥상머리에서 저들의 지청구를 잔뜩 듣고 기가 죽어 저녁 식사 뒤에 혼자 어두컴컴해진 겨울 초입의 아파트 놀이터로 나갔다. 낮이면 재깔대던 아이들도 이 시간 대가 되니 전부 귀가하고 놀이터는 텅 비어있었다. 나는 그네에 앉아 조금 전에 식탁 가에서 벌어졌던 일을 떠올렸다. 며느리의 종알거림을 듣고 아들이 눈에 쌍심지를 켜고 나를 노려보는 통에 씁쓸해진 나는 밥맛도 잃고 국물도 목에 넘어가질 않았다. 개도 먹을 적엔 혼내지 않는다는데 며느리는 참으로 잔인한 성품이다. 울적해서 저들의 눈길을 피해 혼자 놀이터로 나왔다.

며느리의 지청구 내용은 반상회에서 터진 모양이다. 옆집 사장 부인이 외출하는데 뒷머리가 헝클어져서 아주 흉해 보였다. 뒤통수의 머리카락이 전부 짓눌리고 허연 살갗이 들어나 저러고 사람들 앞에 나가면 게으른 여자요, 낮잠이나 자다가 부스스 털고 나온 여자라고 뒷공론이 있을 것이 분명해서 나는 그녀를 불러 세웠다.

"경애 엄마. 잠깐만요."

나는 부리나케 내 방으로 뛰어 들어가 경대 서랍에서 빗을 꺼내 와서 그녀의 뒷머리를 단정하게 빗어주었다. 머리를 내게 내맡기고 잠자코 서 있던 옆집 여자는 고맙다고 머리를 까닥이고 헤어졌는데 그게 문제가 된 모양이다.

"어머니는 어쩌자고 멀쩡한 여자 뒷머리를 빗겨주고 그래요. 그분은 지체가 높은 사장님의 부인인 사모님이라고요. 어머니가 머리를 만진 것이 기분 나빴다고 반상회 모임에서 얼마나 어머니 흉보는지 제가 얼굴을 들 수가 없었어요. 요즘은 아이들도 예쁘다고 머리를 쓰다듬는 걸 싫어하는 세상이에요. 남의 머리가 헝클어졌거나 말거나 어머님이 왜 참견을 하셔요. 머리에 똥바가지를 이고 다니든 중처럼 박박 깎고 다니든 그건 본인 당사자의 문제이지 어머니 문제가 아니잖아요. 앞으로는 제발 쓸데없는 참견은 하지 마세요."

그러자 아들도 몹시 화를 내면서 눈에 핏발을 세우며 나를 향해 쏟아냈다.

"오지랖 넓게 어머니는 너무 많은 사람들 일에 끼어들어 문제예요. 어머니의 그런 성품 때문에 자식들이 고생했다고요. 삼촌들이 대학 다닐 적에 무엇 때문에 그 비싼 등록금을 다 마련해주느라고 동네를 돌며 이집 저집에서 돈을 꾸어오고 그것도 모자라 길거리에서 과일 장사를 했어요. 그 돈으로 우리들 과외비도 대고 간식도 충분히 먹였으면 얼마나 좋았겠어요! 어머니가 그토록 고생하며 공부시킨 삼촌들이나 고모가 어머니 생일에 달걀 한 줄 사들고 오는 일이 없잖아요. 타고난 어머니 성품 때문에 지가 좋아서 한 일이라고 콧방귀를 뀌잖아요. 어머니는 어쩌자고 진짜 돌볼 우리 자식들은 재껴두고 다인 일에 그렇게 관심이 많았는지 몰라. 아무리 좋게 생각하려고 해도 우리 어머니는 그게 병이에요. 아주 깊고 중한 고질병이라고요."

그러자 며느리가 덩달아 다른 문제까지 들고 나와 호통을 친다.

"이 기회에 매일 새벽 아파트에 널린 담배꽁초 줍는 일도 고만두세요. 그건 경비원이 하는 일인데 어머니가 하면 그 사람들의 밥줄에 문제가 생기잖아요. 왜 타인의 밥벌이 영역을 건드리세요."

내가 지나치게 가족 이외의 사람들 생활에 끼어든다고 이 야단들이다. 그렇다고 자식들 공부를 시키지 않은 것도 아니지만 저들의 눈에는 내가 타인에게 관심을 갖고 사랑을 베푸는 것이 싫은 모양이다.

며느리가 다니는 교회의 목사와 전도사가 병원에 심방을 왔다. 구역식구들까지 10여 명이 우르르 몰려와서 내 침대에 빙 둘러서서 찬송을 부르고 목사가 간절하게 기도를 하더니 성경을 들고 설교를 한다. 사랑과 봉사정신이 투철한 훌륭한 권사님이라고 치켜세우며 칭찬을 받는 사람은 내가 아니고 바로 내 며느리를 두고 하는 말이다. 며느리는 권사직을 작년에 받고는 매일 교회일로 정신없이 싸돌아다닌다. 홀로 사는 노인들을 위해 매주 목요일마다 식당봉사를 하여 점심도시락을 배달하고 고아원에 방문하여 아이들을 씻기고 돌본다고 한다. 요즘은 탈북자 가정과 미혼모 가정까지 돌보는 기막힌 사랑의 소유자라고 목사님은 며느리를 앞에 세워놓고 침이 마르도록 칭찬이 대단하다. 이 가정에 이런 권사님의 사랑의 빛이 충만하여 천국의 평화가 임하기를 기원한다는 내용의 설교였다. 내가 있어 이 가정에 흠집을 내고 있다는 뜻인가. 나는 씁쓸한 마음을 감출 수가 없었다. 저들이 폭풍처럼 밀려왔다가 와르르 떠나버린 뒤 나는 한 마리 물방개가 무논 위에서 빙빙 돌듯 적막 속에 버려졌다. 늘 하는 버릇대로 들어주는 사람이 없어 혼자 중얼댔다.

'사랑 많은 며느리 때문에 사랑의 빛이 가정에 충만하라고? 도대체 사랑이 무엇이지?'

나는 아무리 이리저리 머리를 굴려도 사랑이란 무엇이고 어떻게 하는 것인지 감이 잡히질 않는다.

정신이 돌아 딸과 말을 주고받을 정도가 되자 제복을 입은 경찰 두 명이 와서 내 목 밑의 상처를 살펴보더니 의사의 소견을 듣고 조서를 꾸민다고 법석을 떤다. 일이 크게 번지는 모양이다. 자식들 말을 듣지 않아 또 소란을 피우게 돼서 더욱 주눅이 들었다. 내 편을 들어주는 사람이 아무노 없잖은가! 왜 곤경에 처한 사람들을 도우면 아니 되는 것일까. 어째서 이웃에 관심을 가지면 안 되는 것일까. 왜 내 방식으로 사람들을 사랑해서는 아니 된다고 이렇게 소란을 피워대는 것일까.

그래도 개중에는 고마워하는 사람들도 있지 아니한가. 감사함을 아는 사람이 진짜 인간이지 그런 것도 모르고 자기만을 위해 모두가 살아가는 이 세상이 내가 보기에는 진짜로 뒤틀려있었다. 아무리 세상이 삐뚤삐뚤 돌아가도 감사하다고 지금도 잊지를 못하고 딸처럼 나를 간간히 찾아오는 참한 여자가 있다. 그녀를 떠올리면 내 마음이 언제나 흡족하고 안온해진다. 꽤 오래전 일이다. 너무 더워 모두 어깨가 드러나는 옷을 입고 다니는 한증탕 같은 날이었다. 긴 머리를 멋지게 웨이브를 내서 어깨까지 늘어뜨리고 화장을 곱게 한 처녀가 버스에 탔다. 좋은 일이 있는지 그녀의 얼굴에 기쁨이 넘쳤다. 그 시절은 거의 모든 사람들이 콩나물시루에 심겨진 콩나물처럼 빽빽하게 타서 손잡이를 놓고 이리 저리 밀려도 사람들은 어느 누구도 바늘처럼 꽂혀있어 넘어지지 않았다. 한데 그날 낮에는 버스 한가운데가 텅 비었다. 더위 탓이다. 하얀 치마에 앵두 색 블라우스에 치렁한 귀걸이를 하고 번쩍이는 팔찌까지 요란하게 꾸민 처녀는 아주 멋들어지게 성장을 하고 있었다. 그러나 이를 어쩌랴! 처녀의 하얀 치마 뒤가 새빨간 피로 얼룩져있었다. 하필이면 달거리를 하면서 눈처럼 흰 치마를 입다니! 그것도 모르고 여자는 팔걸이에 매달려 아주 행복한 표정이다. 나는 당황해서 주위를 둘러보니 모두 외면하면서 언짢은 표정을 짓거나 얼굴을 돌리든지 딴청을 하고 있었고 총각들은 킬킬 웃으며 끼룩거렸다. 아무도 도와주는 사람이 없고 그저 재미있는 구경을 한다는 듯 곁눈질로 흘끔거릴 뿐이었다. 마침 나는 재래

시장을 보러가는 길이라 핸드백 안에 큼직한 보자기가 있었다. 그걸로 치마 뒤를 가려주고 등을 밀어 다음 정류장에서 내려 공중변소에 들어가 씻는 걸 도와주었다. 아예 보자기까지 줘서 허리에 둘러준 일이 인연이 되어 중년에 이른 지금도 그녀는 친정어머니를 대하듯 전화를 하면서 오간다.

좋은 추억을 떠올리며 마음에 안정을 취하고 있는 내게 경찰이 펜을 들고 냉정한 표정을 지으면서 조서를 꾸민다고 경찰 특유의 음성으로 딱딱거린다.

"이렇게 멍청히 있지 말고 제 말에 거짓 없이 솔직하게 답해 주셔야 해요. 이건 아주 큰 사건입니다. 살인사건이 될 뻔했으니까요."

내가 당한 일이 엉뚱한 일로 비화하고 있었다. 나는 너무 기가 막혀 그저 멍하니 하얀 병실의 천정만 응시했다.

"아무도 나오지 않는 어두운 시간대에 어린이 놀이터에는 왜 혼자 나가셨어요? 이유를 꼭 기록해야 합니다. 요즘은 날씨가 추워서 아이들도 낮에 놀러 나오지 않아요."

경찰은 대어라도 낚은 듯 험악하고 집요하게 나를 물고 늘어진다.

"저녁 식사 뒤에 답답해서 바람 쐬러 나갔어요."

"노인이 그 시간대에 어쩌자고 혼자 거길 나가요. 혹시 자녀 중에 마약을 하는 분이 있지요? 범인들을 잡아보니 모두 마약을 거래하는 일당들이더라고요."

"마약이라니요?"

"자식들이 나와서 마약을 사다가 잡힐 것이 두려워 할머니를 내보낸 것이 아닙니까? 아니면 주위 사람들이 심부름 값으로 용돈을 듬뿍 주면서 마약을 사오라고 내보냈지요? 할머니는 이런 일을 상습적으로 해온 것 같아요. 할머니! 거짓말 하지 말고 양심적으로 솔직하게 답해 주세요. 마약을 거래했지요?"

저들은 마약, 마약하고 마구 떠들어댄다. 그렇다고 머리만 끄덕일 일만 남아있었다. 이제 내가 마약 밀매조직원으로 몰리고 있는 판이다. 곁에 선 딸과 며느리, 아들의 얼굴이 보기 흉할 정도로 일그러지면서 사색이 되었다.

"우리가 그 일당을 잡으려고 망을 보고 있었으니 할머니를 살렸어요. 우리가 잠복근무를 하지 않았다면 할머니는 그 시간대에 거기 아무도 오지 않아 현장에서 피를 너무 많이 흘려 죽었을 겁니다."

그제야 놀이터 사건이 명확하게 내 머리에서 살아나기 시작했다. 저녁식사 중에 터진 며느리와 아들의 지청구에 기분이 상한 나는 속이 느글거려 찬바람을 쐬려고 텅 비어있는 놀이터의 그네에 앉았다. 해가 지자 몸을 도사리게 파고드는 찬 기운이 전신을 휘감았다. 나는 코트 앞자락을 여미고 두 손을 싹싹 비벼서 열을 내어 얼어붙은 코에 대면서 추위를 달랬다. 자식들의 성화도 문제지만 정작 내 성품을 어쩌지 하면서 마음이 뒤틀려있었다. 그 때

왁자지껄 십대 아이들 4명이 놀이터로 몰려왔다. 여자 한 명과 남자 세 명이이었다. 아마도 늘 이곳에 오는지 척척 자기 자리를 찾아 앉더니 빨갛게 머리를 물들인 십대 후반의 처녀가 담배에 불을 붙이더니 맛나게 빨아댄다. 그 연기를 의도적으로 내가 앉아있는 그네 쪽으로 푸우 뿜어냈다. 어서 이 자리를 뜨라고 시위를 하는 듯한 기분이 들었다. 그걸 그냥 넘기지 못하고 내 근성이 또 솟구쳤다. 앞뒤 생각할 겨를도 없이 나는 즉각 그 처녀 앞에 다가가서 훈육선생님처럼 엄하게 타이르기 시작했다.

"이 나이에 처녀가 담배를 이렇게 피우면 못써. 부모를 생각해서라도 담배는 아니야. 정신 차리고 어서 집으로 돌아가요."

빨강머리 처녀는 기분이 상했는지 짝짝 씹던 껌을 내 발 밑에 찍 뱉더니 미움과 분노로 이글거리는 강렬한 눈으로 나를 노려보았다. 그러자 옆에 있던 세 명의 사내아이들이 보스를 모신 똘마니들처럼 그녀의 앞에 쭉 한 줄로 섰다. 처녀는 턱으로 까닥까닥 나를 가리키면서 이렇게 말하는 것이 아닌가.

"당장, 저 늙은 년 해치워. 그 놈이 오늘 밤에 나와 모텔에 갈 거다."

전혀 예상하지 못한 쪽으로 진행되는 일에 나는 멍멍해서 네 명이나 되는 그들을 멀뚱히 쳐다보았다. 그 중 한 녀석이 시퍼런 칼을 품에서 꺼내 내 목에 대는 순간 몸서

리치게 차가운 섬찟함이 내 목을 스쳤다. 나는 비틀하면서 그대로 옆으로 나동그라졌다. 호루라기 소리가 요란하게 났고 나는 가물가물 깊은 벼랑으로 떨어져 내렸다. 멀리서 앰뷸런스 소리가 아련하게 들려오고 아득하게 밑으로 가라앉은 것이 내 기억의 끄트머리였다.

이 사건으로 얼마나 애를 먹었던지 자식들은 지치고 나는 짓이겨져서 목 밑에 난 상처보다 더 깊은 마음의 상처를 입었다. 이 사건 뒤에 나는 방에 갇혀서 밖에 나가는 것조차 자식들이 막았다. 나가기만 하면 사고를 치니 심지어 치매에 걸리는 편이 낫겠다는 며느리의 종알거림이 그치지 않았다. 나를 혼자 집에 두고 나갈 적에는 식구들이 누구나 밖에도 잠금장치를 해서 안과 밖을 함께 잠그고 나가니 나는 옥에 갇힌 죄수의 몸이 되었다. 이 집을 벗어나서 자유를 누릴 곳으로 달아나고 싶었다. 매일 아파트 창문을 통해 어떻게 하면 이 집에서 도망칠까 하는 궁리를 하면서 살아야했다. 길거리를 헤매다가 거지나 나그네 행려병자로 처리되어 고택골로 간다고 해도 이런 자유가 없는 생활을 면하고 싶었다. 이렇게 도심지에서 달팽이처럼 갇혀 살 바에는 모두가 떠나가고 버려진 시골집으로 갈 마음이 굴뚝같았다. 어린 시절을 보낸 친정집이 비어있었다. 젊은이들은 몽땅 도시로 떠나버려 산골마을에는 집들이 텅텅 비어서 내가 내려가면 노인들만 깊은 산중에서 살게 되는 곳이다. 날이 갈수록 강원도 산골 그 친정집이 그리웠다. 아직도 내 유년의 숲속에 부모와 살았던 집이 동그마니 남아있고 텃밭도 있으니 내 힘이 닿는 데까지 농사도 짓고 사랑을 받아줄 짐승이라도 맘껏 돌보면서 살고 팠다.

그간 모아둔 패물을 꺼내보니 금비녀랑 금반지 금목걸이, 금팔찌, 은행잔고까지 혼자 시골 가서 살아갈 수 있을 만큼의 액수로 충분했다.

나는 며칠을 두고 마음을 다졌다. 여기서 이렇게 닭장 같은 아파트에 갇혀서 옥살이를 하느니 차라리 산골로 가자. 거기서 맘껏 남아있는 노인들을 사랑도 하고 산으로 들로 사방으로 돌아다니면서 살자. 어린 유년의 숲으로 돌아가자. 내 사랑의 마음을 두더지나 산새나 무엇이나 살아있는 것들에게 퍼붓고 내 기질 그대로 맘껏 펴보고 살다 죽고 싶었다.

아들 집에서 마지막 밤을 보내면서 잠이 오질 않아 이리저리 뒤척이고 있었다. 시계는 새벽 2시를 알리고 있었으나 머리는 점점 맑아진다. 그 때 현관 문고리가 가만히 덜컹거리는 소리가 났다. 이 시간대에 누가 온 것일까. 내 모든 신경이 그리로 집중됐다. 누군가 살그머니 현관문을 따고 거실 쪽으로 접근하고 있었다. 밤손님이 분명했다. 이리저리 살피는지 잠시 거실 쪽이 잠잠하다. 나는 침을 꼴깍 삼키면서 밖의 동태에 귀를 곤두세웠다. 갑자기 내 방문이 스르르 열리는 것이 아닌가. 가만히 소리 나지 않게 문을 닫더니 내가 새벽에 도망가려고 꾸려놓은 짐을 만지작거렸다. 나는 벌떡 일어났다. 내 베게 옆의 스위치를 눌렀더니 방안이 환해졌다. 밤손님은 예상외로 곱상한 얼굴에 허기로 인해 피곤한 모습이었다. 갑자기 벌떡 일어나 불을 밝히는 백발노인에 놀란 청년은 품에서 날선 칼을 꺼내들었다. 불빛에 섬뜩하도록 번쩍이는 칼날을 내 얼굴에 들이댔다. 칼을 든 청년의 손이 애처로울 정도로 바들바들 떨리고 있었다.

나는 청년을 향해 다정하게 미소를 지으면서 말했다.

"그거 내가 시골로 가려고 꾸려놓은 패물들이야. 이 집에서 탈출하려고 묶어놓은 짐인데 다 줄 터이니 칼을 치우게. 그 옆에 옷 보따리는 자네에게 필요 없을 터이니 이리 밀어놓고."

그래도 청년은 칼을 든 손을 치우지 못하고 다른 손으로 내 입을 막으면서 조용히 하라는 신호를 보낸다. 나는 청년이 원하는 대로 목소리를 죽이고 속삭였다.

"내 눈에 자네는 배가 고파 죽기 일보 직전이야. 내가 새벽에 먹고 나가려고 마련한 음식이 있으니 어서 앉아 먹고 이거 다 가지고 가도 돼."

나는 내 머리맡에 자식들이 일어나기 전에 먹고 가출하려고 준비한 조반을 내놓았다. 사과, 귤, 빙그레 우유와 앙꼬 빵이었다. 청년은 칼을 다시 안주머니에 찔러 넣고 펄쩍 주저앉아 내가 주는 음식을 맛나게 먹기 시작했다.

음식을 다 먹고 정신이 난 청년이 방안을 두리번거린다. 우리 두 사람이 두런거리는 말소리를 듣고 며느리가 깨어났는지 문을 살그머니 열었다. 밤손님을 본 며느리는 놀라서 기절할 것처럼 비틀하면서 얼굴이 백지장이 되었다. 청년은 다시 손을 품에 넣으며 여차하면 찌르고 달아날 태세였다. 순간 숨 막히는 긴장감이 방안을 찍어 눌렀다.

나는 다급하게 청년의 손을 잡으며 며느리를 향해 말했다.

"먼 팔촌 조카뻘이 된다. 고향에서 앞뒷집에서 살았다. 그간 소식이 없더니 서울에 왔다가 용케 내 주소를 알아가지고 어제 자정이 지나 내게 왔더구나. 너희들이 모두 잠들어있어 깨우지 않았다. 하루 밤 재우고 지금 새벽기차로 시골 간다고 해서 내가 먹으려고 둔 간식을 조반으로 먹이고 있다. 너를 귀찮게 하지 않으려고 이렇게 처리하고 있으니 고깝게 생각하지 말고 어서 자거라."

시계를 보니 새벽 3시. 며느리는 못 믿겠다는 표정을 지으며 머리를 갸우뚱거리고 뿔난 얼굴로 통통거리면서 방으로 들어가버린다. 긴장이 풀린 청년의 얼굴빛이 정상으로 돌아왔다. 내가 꾸려놓은 작은 가방을 앞에 내밀었다.

"이거 내가 일생 모은 금붙이와 현금이 든 통장과 도장이야. 내가 비밀번호를 알려줄 터이니 그걸 써넣어서 돈을 찾아 쓰도록 해요."

가슴에 안겨주는 가방을 받아서 방바닥에 내려놓은 청년은 두 무릎을 꿇고 큰 절을 올리더니 눈물을 줄줄 흘리면서 흐느꼈다. 거실로 나가는 그를 배웅하려 나가니 아들, 며느리가 거실에 나와 있다가 의혹이 넘치는 멀뚱거리는 눈으로 떠나는 청년을 흘겨본다.

　내가 가출하여 쓸 돈과 금붙이를 밤손님에게 몽땅 주어 버렸으니 나는 다시 아들 집에 갇혀서 감옥살이를 하고 있었다. 내가 가만히 집에 죽은 듯이 눌러 붙어 있으니 집안은 조용했다.
　그 때 일이 터졌다. 형사들이 내가 도와준 밤손님을 데리고 나를 찾아온 것이다.
　"할머니! 여기 있는 패물들을 이 사람이 훔쳐간 것이지요?"
　나는 청년의 얼굴을 보면서 아니라고 머리를 흔들었다. 이상하게도 청년의 얼굴은 나를 찾아왔을 적의 초조하고 불안한 얼굴이 아니라 평안하고 안정된 모습이었다. 경찰의 딱딱거림에 청년이 내 앞에 무릎을 꿇고 앉더니 울먹이기 시작했다.
　"제가 할머니의 사랑과 격려의 말을 듣고 도저히 이걸 쓸 수가 없어 새 삶을 살기로 결심하고 자수했습니다. 두 번 전과도 있어 죄 값을 치루고 인생을 다시 잘 살겠습니다. 할머니! 감사합니다. 저를 바른 길로 인도해주셨습니다."

그 일로 인해 소란해지기 시작했다. 이걸 선행이라고 유튜브에 뜨자 수만 명이 호응하면서 나는 일약 유명인사가 되었다. 잡지와 신문에 나기 시작하고 방송과 텔레비전에 나가면서 이 아파트 주민들이 처음에는 좋아하더니 일상생활에 방해가 된다고 반상회에서 거론될 정도로 또 큰 골칫거리가 되었다.

나중엔 가족들이 나를 들볶기 시작했다. 저들이 내지르는 비명은 일률적이었다.

'못 말리는 할머니야! 손과 발에 족쇄를 채우든지 해야지 이렇게 매스컴을 타니 우리가 귀찮고 힘들어 죽겠어. 평안하고 조용한 생활이 깨지고 있단 말이야. 날마다 시끄러워 살기가 힘들어. 제발 가만히 앉아있으면 어디가 병이 나는지 왜 이러는지 몰라. 아무튼 이 바쁜 세상에 할머니 때문에 우리 모두 너무 힘들어. 편안하고 조용히 우리 살 수 있도록 협조할 수 없나. 지금은 익명의 시대고 도시는 익명의 섬이니 숨어서 사는 것이 편한 세상인 걸 할머니는 전혀 모르나봐. 할머니가 매스컴을 타는 것이 돈도 한 푼 생기는 일도 아니고 식구들은 들볶이고 뒤치다꺼리 하느라고 너무 힘들어 죽겠이.'

이제 이 집을 정말 몰래 떠야 한다. 자식들이 편안하게 살 수 있도록 나는 사라져야 한다. 그 결심이 굳어지자 날이 풀린 어느 봄날, 짐을 꾸려서 강변터미널로 나가 버스를 타기로 했다. 아들과 며느리랑 딸에게는 가는 곳을 밝히지 않고 큰 가방을 끌고 새벽에 자식들이 곤히 잠든 틈을 타서 아파트를 나섰다. 이렇게 밖에 나온 지가 도대체 몇 달 만인가! 공기도 신선하고 도심지에도 봄바람이 스며들어 온기가 돌았다. 수중에 목돈은 없지만 여러 가지 잡화를 지고 산골을 다니는 황아장수라도 되어서 사람들과 소통하고 살면 된다. 재래식 아궁이에는 뒷산 사방에 지천인 솔가리를 긁어다가 한 모숨씩 손에 쥐고 불씨를 얹어 후후 불어 불을 살리면서 온돌방도 따습게 덥히고 가마솥에 고구마도 찌고 밥도 해서 먹고 살아갈 것이다.

요즘은 아파트 앞길이 넓어져서 6차선이 되어 건널목으로 길을 건너자면 관절이 아픈 나는 숨 가쁘게 뛰어야 한다. 신호등을 보면서 기다리는 동안 양편의 차들이 쏜살같이 속도를 내서 달리고 있다. 도심지건만 준 고속도로처럼 차들이 씽씽 속도를 내서 달린다.

갑자기 건너편 도로에서 퍽 하는 둔탁한 소리가 났다. 나는 그 소리가 하도 요상해서 순간적으로 눈을 들어 그쪽을 보았다. 청년이 차에 받혀 붕 떠오르더니 길바닥에 척 떨어져 머리를 돌로 세게 맞은 개구리처럼 발발 전신을 떨고 있었다. 지나가는 행인들이 모두 저런! 저런! 소리만 칠 뿐 아무도 차에 치어 늘어진 청년을 도와주러 가는 사람이 없다. 피가 홍건히 도로 위를 적신다. 모두 멍청히 서서 구경만 한다. 나는 끌고 가던 가방을 팽개치고 주위를 둘러보다가 달리는 차들 속을 요리저리 피해 가면서 쓰러진 청년을 향해 달려가기 시작했다. 속도가 붙은 차들이 나를 피해 끼익 브레이크를 밟는 소름끼치는 소리와 길가에 서 있는 사람들이 위험하다고 내지르는 외침이 멀리서 아득하게 들려온다. 나는 달리는 차에 치받쳐 공중으로 새가 날 듯 붕 떠오르면서 도로 위에 나동그라졌다. 그 순간에도 나는 피를 흘리면서 길바닥 위에 누어있는 청년을 향해 꺾은 삭정이 같은 손을 휘둘렀다.

'내가 도와줄 게. 조금만 기다려. 내가 자네에게 지금 가고 있어.'

가물거리는 의식 속에 며느리가 매일 아침, 저녁 설거지를 하면서 틀어놓은 찬송의 내용들이 내 가슴에 따뜻하게 파고든다.

'……사랑은 무례히 행치 않고/ 자기의 유익을 구치 않고/ 사랑은 성내지 아니하며…… 사랑은 모든 것 감싸주고/ 바라고 믿고 참아내며/ 사랑은 영원토록 변함없네.' ✶

나는 그의 말에 점점 흥미를 느끼면서 빠져들었다.

"성탄절 파티에서 우리 모두 군고마를 입에 물고 즐거워할 적에 각자가 이다음에 커서 장차 무슨 일을 할 것인가를 발표한 기억이 나나요? 그 때 주은 씨는 장래에 아프리카 오지와 열대지방에 가서 불쌍한 사람들을 돌볼 거라고 했어요."

그런 꿈을 품었던 아름다운 청춘이 있었다는 생각에 이르자 나는 가슴이 뭉클했다. 그 당시 나는 아프리카 선교로 세상에 널리 알려진 슈바이처 박사의 전기를 읽고 있었다.

산으로 간 물고기

산으로 간 물고기

남편의 장례를 치르고 사람들 만나기가 싫어 보름을 집 안에 틀어박혀 있었다. 전화코드도 빼버리고 남편의 냄새가 고인 침대에 누워 그의 옷이랑 화장품까지 그대로 두었다. 남편이 외국 출장에서 곧 돌아올 것이란 생각을 하려고 애를 썼다.

그가 이 세상에서 없어졌지만 변한 것은 하나도 없다. 해는 정확하게 동쪽에서 뜨고 서쪽으로 지며 비도 오고 바람도 불며 사람들은 바쁘게 길을 오간다. 여전히 쇼핑몰에는 화려한 물건들이 쌓여있고 사방에 사람들이 살아가는 소리로 넘쳐난다.

초인종이 화들짝 놀랄 지경으로 방정맞게 울린다. 남편의 초인종 울림은 성품처럼 상당히 부드럽다. 이런 울림이 아니다. 그냥 가려니 두었더니 나중에는 현관문이 깨질 정도로 두드려댄다. 억지로 몸을 일으켜 나가니 회장실 비서가 울상을 하고 서 있다. 부스스한 머리, 화장기 없는 얼굴에 울어 지친 눈가의 다크서클이 짙다. 발랄한 성품의 비서가 그런 내 헝클어진 모습을 안쓰럽게 보면서 미안한 기색을 감추지 못하고 수십 번 나를 향해 절을 해댄다.

"무슨 일로?"

"사모님이 아무래도 회사에 나오셔야 해요. 안 계시니까 문제가 많아요."

남편이 가고 없으니 대신 나와서 결재도 하고 그 자리에 앉아 기업을 이어받으라는 의도를 에둘러 이렇게 표현하고 있을 터이다. 딸과 아들은 아버지 자리에 들어설 수 없다. 둘 다 유학중이고 아직 이만한 크기의 기업을 이끌기에는 경험과 나이 모두 역부족인 걸 저들도 아는 모양이다.

"내일부터 출근하지요."

나의 말에 그는 활짝 웃으며 허리를 직각으로 꺾어 절을 한다.

우선 남편의 회장 자리에 앉으니 그간 결재 못한 서류가 한쪽에 수북이 쌓여있다. 늘 둘이서 해온 일이라 익숙하게 급한 불을 끄고 잠시 머리나 식히려고 진한 커피 한 잔 마시며 머리를 들었다. 장례식에 들어온 수십 개의 화분이 회장실 벽 언저리에 즐비하다. 향이 짙은 커피를 한 모금 입에 물고 화분에 축축 늘어진 이름들에 눈길이 갔다. 주로 동창이거나 거래처 사장의 이름이다. 유독 내 눈길을 사로잡은 화분 하나가 지나치다 싶게 컸다. 화분에 심겨진 셀 수 없이 많은 난의 꽃대와 특이한 색깔 꽃들 때문이다. 리본에 매달린 임세광이라는 이름이 낯설다.

비서가 화분을 하나 안고 들어온다. 서양의 야하고 물러터진 난초가 아니라 우리나라 심산유곡에 숨어있음 직한 희귀종을 일부러 애써 수집하여 여러 포기를 촘촘히 심어놔서 화분도 무척 컸다. 꽃대가 많아서 세어보니 바로 내 나이 숫자이다. 우연일까. 아니면 무언가 알려주려는 심사(深思)가 담긴 것일까. 장례식에 배달되었던 화분을 장식한 임세광이란 이름이 매달려있다. 아마도 남편이 죽기 전에 새로 튼 거래처의 사장인가 보다.

일주일 뒤 또 다시 난의 꽃 색만 틀리고 내 나이 숫자의 난대를 심은 난초가 배달되어 들어왔다. 이건 분명 무언가 내게 알려려는 비밀스럽게 음흉한 의도가 숨어있을 거라는 생각이 스쳤다.

"최근 우리 거래처 사장에 임세광이란 이름이 있나 좀 검토해주세요."

반 시간 뒤에 내 앞에 나타난 비서는 머리를 절레절레 흔든다. 그러면서 잠시 거북살스러운 표정으로 멈칫거리다가 어렵게 입을 연다.

"그게 지금 사내에서 문제가 되고 있어요."

"무슨 문제?"

"자꾸 사모님을 만나야겠다고 부탁해서 화분만 받고 그냥 돌려보내요."

"지금 그 사람 어디 있어요?"

"현관 입구에 죽치고 앉아있지요."

사업을 하다 보면 늘 이런 사람이 있게 마련이다. 어려운 사정이 있으니 봐달라는 청탁으로 온 사람일 터인데 이 사람의 경우 좀 특별나다는 생각에 나는 비서를 따라 사옥의 현관으로 나갔다. 반백의 남자가 얌전하게 앉아서 손가락을 만지작거리고 있었다. 아무리 기억을 더듬으며 생각을 짜내도 전혀 본 적이 없는 낯선 사람이라 나는 그를 접견실로 들어오게 해서 둘이 마주 앉았다. 남자는 내 얼굴을 보자 눈물이 핑 돌더니 눈가가 촉촉하게 젖는 것이 아닌가. 당황한 나는 이상한 남자의 얼굴 표정을 찬찬히 살피면서 날카로운 시선으로 그의 얼굴을 직시했다. 둘 사이에 잠시 서먹한 기운이 감돌았다. 비서가 녹차 두 잔을 앞에 놓고 나가자 그는 조금 울듯 비죽거린다.

"40년이 넘어서야 드디어 찾았네요."

순간 나는 내 기업에 의뢰할 무슨 정보를 가지고 있나 해서 바짝 호기심이 동했다.

"우리 회사하고 연합해서 벌릴만한 획기적인 상품이라도 개발하셨나요?"

남자는 머리를 흔들면서 찬찬히 내 얼굴을 응시하다가
기어들어가는 목소리로 중얼거렸다.

"옛날 모습 그대로네요."

나는 감이 잡히질 않아 멍청히 그를 바라보았다. 그럼
이 사람이 나를 진즉 알고 있었단 말인가. 아무리 생각을
쥐어짜도 내 기억에는 없는 사람이다.

"누구신시 저는 모르겠는데요."

그렇게 말하는 나를 그는 뚫어지게 그윽한 시선으로 한
동안 넋을 놓고 바라보더니 중얼거렸다.

"그런 줄 알고 있었어요."

이게 또 무슨 말인가? 아무리 생각해도 이해 못할 말을
그는 하고 있지 아니한가. 이런 남자를 앞에 놓고 내 귀한
시간을 낭비하는 것이 아까워 나는 머리에 꽂힌 흰 리본
을 만지작거리면서 일어서려고 했다. 그러자 그는 다급하
게 입을 열었다.

"우리들 십대에 만났어요. 절 자세히 보세요. 기억이 날
지도 몰라요."

십대라면 반세기 가까운 세월이다. 아무리 남자의 얼굴
을 훑어봐도 내겐 전혀 감이 잡혀 오질 않는다.

"십대에 스친 사람을 어찌 기억하겠습니까? 그 시절 전
아버지 돌아가시고 너무 힘든 생활을 해서 연애감정을 느
낄만한 시간적 여유도 없었어요."

"삼광교회 학생부에서 반주를 했지요."

"네! 그건 맞아요."

"크리스마스이브 학생파티에서 우리 둘이 듀엣으로 노래 불렀지요. 주은 씨는 소프라노 제가 바리톤으로 화음을 했던 기억이 나지요?"

내 이름까지 말하는 것을 보니 유년의 숲에서 스친 사람인 모양이다. 그래도 사기꾼일 가능성이 많다는 생각에 경계를 하면서 그의 행동을 주시했다. 그간 기업을 운영하며 수없이 당해온 경험으로 미루어 분명 어려운 지경에서 빠져나올 방도로 돈을 빼낼 목적에 이런 연극을 할 수도 있다.

"제가 반주를 한 탓에 많은 사람들과 노래를 불렀기 때문에 전혀 기억이 없는데요."

나는 가능하면 이 자리를 모면하고 싶었다. 빨리 이 사기꾼을 보내버리고 산더미처럼 쌓인 서류를 검토하고 직원들이 가져오는 서류에 사인을 해야 한다. 나는 칼날처럼 싹둑 그의 말을 끊어내고 발딱 일어나서 가볍게 머리를 숙이고 그 자리를 박차고 나왔다.

그러고 한 달 뒤 새로 개발한 상품의 판매 상태를 보려고 매장에 나갔다. 북적이는 사람들 틈바구니에서 예의 그 사람 얼굴이 눈에 들어왔다. 아니 저 사람이 여길 또 왔네! 아이쿠! 귀찮아 죽겠네. 어서 피해야지 하고 급히 뒷문으로 빠져나왔다. 혹여나 내 앞을 그가 수단방법 가리지 않고 막아설 것이 두려워서였다. 그러나 그는 그저 간절한 시선으로 나를 바라볼 뿐 내 앞에 다가오지 않았다. 이따금 비서를 통해 내 나이 숫자의 꽃대가 있는 큼직한 화분을 정기적으로 배달해오는 동안 일 년이 흘렀다. 이젠 꽃이 배달되지 않으면 혹시 그 사람 어디 아픈가 하는 마음이 들 정도가 되었을 적에 또다시 매장에 나가니 그가 나를 멀찍이 서서 바라보는 것이 아닌가. 아무리 생각을 자아내도 십대에 그를 본 기억이 전혀 없어서 미안하다는 마음이 살그머니 머리를 든다.

몹시 바람이 불고 눈발이 날리는 쌀쌀한 저녁 퇴근하려고 내려가니 그가 멀리 서서 나를 바라보는 것이 아닌가. 요즘 사태로 설명하자면 스토커가 분명한데 나를 해치려는 의향이 없어 보이니 딱 집어 그렇다고 경찰에 고발할 처지도 못되었다. 스토커는 젊은 사람들의 이야기지 내 나이에 할 말이 아니다. 가까운 커피 점에서 만나 조용히 타이르는 것이 상책이란 생각에 이른 나는 차를 멈추고 그를 불렀더니 그는 총알처럼 달려와 내 앞에 섰다.

"우리 회사 맞은편 모나리자 카페로 오세요."

환하게 웃는 남자의 표정에 빛이 서린다. 장신이고 복코에다 큼직한 눈의 빛나는 안광이 미남이란 생각이 스쳤다. 이름이 알려진 배우의 얼굴을 그대로 빼박을 정도였다. 그러고 보니 옷도 아무렇게 입은 게 아니고 아주 귀족적인 냄새를 풍겼다. 남편을 보내고 이런 생각을 하다니! 나는 머리를 흔들면서 카페로 가니 그는 벌써 와 앉아있었다. 코트를 벗으려고 단추를 푸니 그가 잽싸게 받아 옆의 빈 의자에 놓는다. 매너가 사기꾼의 소성이 전혀 없어 보였다.

"시간이 널린 백수신가 보지요? 왜 이렇게 저를 미행하며 스토커 짓을 하는 겁니까?"

"오늘은 눈이 오잖아요. 이런 날은 그냥 보고 싶어서 오는 것입니다."

혹시 이 남자, 남편이 죽은 여자라고 나를 유혹해서 재산을 탐하는 사람이 아닐까 하는 의구심에 나는 몸을 도사렸다. 그간 사업현장을 휩쓸고 다녔던 각다귀 같은 못된 사람들이 얼마나 많았던가! 그는 잔잔한 미소를 흘리면서 나의 얼굴에 또다시 다정한 눈길을 던진다.

"저란 사람은 주은 씨를 만나고 인생에 성공한 사람입니다."

이게 또 뭔 말인가? 나는 의아해서 몸을 도사렸다. 도대체 이 남자가 어떤 궁심을 감추고 이런 수작을 부리는 것이지. 조심해야 한다. 남편도 없으니 덫에 걸리면 큰일이다.

"제가 국내에서 제일 들어가기 어렵다는 S대학 경영학과에 들어가 성공한 것도 순전히 주은 씨 덕입니다. 아프리카 오지나 열대지방을 일 년에 한 번씩 가는 일도 주은 씨 때문이지요."

"아프리카나 열대지방이라면 전염력이 강한 괴질이 많

은 곳인데 거길 뭣 하러 가세요?"

그는 말없이 그저 빙긋 웃었다.

"제 친구 선교사는 아프리카 오지 선교사인데 벌레가 물면 살갗에 알을 낳아 그 알들이 살 속에서 유충이 되어 오물거린다는 말도 들었어요."

"그러니 가봐야지요."

점점 이 사람은 미궁 속으로 흑심을 품고 나를 유혹하고 있다. 조심하자고 몸을 도사렸다. 소매 끝에 묻은 먼지라도 털어내듯 나는 날카롭고 싸늘한 시선으로 그를 노려보았다. 그의 엉뚱한 짓을 제압할 목적이 다분한 심기가 들어날 정도였다.

"나를 사기꾼으로 치부하시는군요. 저 그런 사람 아닙니다."

그가 명함을 내민다. 나는 그걸 받지 않고 머리를 돌렸다. 슬쩍 눈길에 닿은 명함에 이 바닥 작은 기업끼리는 단단하다고 알려진 중소기업 회장 직함이 스쳤다. 옳다구나! 이제 너 잘 걸렸다. 나는 명함도 받지 않고 머리를 흔들면서 어떤 태도를 내가 취해야 이 남자가 떨어져나가지하는 생각에 골똘했다.

집에 돌아와서 인터넷을 통해 그의 이름과 회사이름을 넣으니 사진까지 모두 화면에 떴다. 그렇다면 날 속인 것은 아닌데 혹시 성형을 하고 비슷한 외모를 지닌 동명이인이 아닐까 하는 또 다른 의구심이 연달아 내 마음에 가득 차올랐다.

회사의 잔고를 전부 조사하느라고 눈코 뜰 새 없이 바빴다. 회사가 다시 소생할 수 없을 정도로 기울고 있었다. 도산 직전인 걸 내게 남편은 숨기고 그 압박을 이기지 못하고 심장마비로 간 것이구나 하는 새로운 사실이 내 앞을 가로막았다. 이 많은 사람들의 생계를 어쩌지 하는 걱정이 나의 앞날보다 앞섰다. 직원들 뒤에 숨어 매달린 가족들까지 합치면 엄청난 숫자가 굶어죽게 될 판이다. 이제 나는 남편이 죽은 뒤의 공허함이나 슬픔으로 아파할 그런 상황이 아니다. 당장 발에 떨어진 불을 끄려면 돈을 빌려줄 은행을 찾아야 한다. 매일 발바닥에 불이 날 정도로 은행을 찾아다녔으나 이미 도산에 처한 기업으로 낙인이 찍혔고 아직도 부채가 많아서 은행들은 꿈쩍하지도 않는다. 이대로 문을 닫아야하나 하는 괴로움으로 나는 며칠 밤을 지새웠더니 얼굴도 부석하고 어지럼증으로 몸이 흔들렸다. 당장 이달에 지급할 인건비도 없으니 몰매를 맞을 판이다.

쓴 커피를 홀짝이며 앉아있는데 비서가 화분을 안고 들어온다.

"그 사람이 직접 가져왔나?"

"네! 여기 쪽지를 남겼네요."

시간이 되면 모나리자 카페로 나오라는 메모였다. 딱

정한 시간 약속도 없이 보낸 쪽지를 무시하고 느긋하게 몇 시간이 흐르도록 일을 보고 혹시 하는 마음에 시계를 보니 그 쪽지를 받은 시간에서 5시간이 흐른 뒤였다. 나는 어디 한 번 보자 하는 심정으로 기대하지 않으면서 카페에 가니 세상에, 이런 일이! 그는 예전 우리가 앉았던 자리에 앉아서 손을 흔들며 반가움과 희열이 전신에 넘쳐 몸에 아우라가 형성될 지경으로 행복한 미소를 흘린다. 내 얼굴을 찬찬히 살펴본 그가 안쓰럽고 근심어린 표정을 짓는다.

"얼굴이 많이 상했군요. 사업이 힘들지요?"

"……."

"저도 사업하는 사람이라 잘 알아요. 은행융자가 끊겨 힘든 지경에 이른 것도 알아요."

"제 사업 잔고까지 스토커 하세요?"

나는 자존심이 상해서 톡 쏴붙였다.

"예전 성품이 그대로 나오네요. 그게 멋있고 매력적이었어요."

나는 기가 차서 고개를 꼬고 앉아 불쾌한 심정을 감추지 못했다. 분노한 십대처럼 고삐 풀린 성정을 지닐 나이도 아닌데 이 사람 참 웃기네 하고 나는 요상한 내 기분을 감추지 못했다.

"제 도움이 필요하지요? 얼마나 부족해요?"

그는 착 가라앉은 다정한 음성으로 물었다. 농담이 아

닌 진담의 표정으로 아주 진지했다. 순간 나는 그를 골리고 싶은 마음과 이렇게 해서 완전히 내게 갖는 관심을 버리게 할 목적으로 씩씩하게 큰 액수를 제시하리라 생각하면서 비웃는 음성으로 이죽거렸다.

"50억이요."

"그 정도면 회사가 살아나요? 더 필요하면 지금 말하세요."

그의 요동하지 않는 대응에 나는 당황했다. 이거 나를 또 가지고 노는 다른 방법을 쓰는 모양이구나! 내가 속나 보자. 하는 심정으로 그를 노려보았다. 허무맹랑한 철없는 한 때의 몽상을 끌어안고 있는 사람, 한 번뿐인 삶을 타인의 기준에 맞추지 않고 자신의 고집을 끌어안은 살짝 병이 든 사람일까? 별 생각이 다 스친다.

"내게 시간을 보름만 줘요. 돈을 돌려 송금할 터이니 계좌번호나 여기 써주세요."

그는 수첩을 꺼내 볼펜과 함께 메모지를 내 앞에 내민다. 이 남자 장난을 되게 크게 치는구나 하는 생각에 이르자 너도 한방 맞아봐라 하는 심정으로 거짓 구좌를 써넣어주고 헤어졌다. 일말의 통쾌함이 등골을 스쳤다. 그리고 잊고 있었는데 밤늦게 전화가 울린다. 나이는 들었지만 그래도 혼자 사는 여자이니 전화가 걸려오면 전혀 받지를 않는데 자꾸 같은 번호가 뜬다. 전화 스토커가 분명해서 나는 한방 꺼지라고 야단칠 목적으로 수화기를 확

잡아챘다. 놀랍게도 그의 부드러운 바리톤 음성이 들렸다.

"틀린 계좌번호를 주면 어떻게 해요. 다시 찬찬히 숫자를 불러 봐요. 그 정도로 회사가 휘청거리니 정신이 없어 그럴 만도 하지요. 시간이 다급할 터이니 어서요. 지금 그 회사 도산직전이니 서두릅시다."

나는 얼떨결에 내 통장을 열어 번호를 일러주고 얼굴이 붉어져서 씩씩거렸다. 어디 두고 보자. 네가 나를 놀리니 정말인가 한번 보자꾸나. 이렇게 큰 액수를 어떻게 마련한다고 까불어! 그러고 며칠이 흐른 뒤 빚쟁이와 은행의 독촉에 정신이 없어 멍하니 앉아있는 내게 갑자기 사기꾼의 말을 한 번 믿어보자 하는 심정으로 온라인에 들어가 통장을 열었다. 50억이 들어와 있었다. 동그라미 숫자를 여러 번 세어봤으나 정확하게 그 돈이 입금이 되어있지 아니한가. 순간 내 가슴이 뛰기 시작했다. 남편은 죽으면서까지 해결 못했는데 스토커로 알았던 남자가 내게 이 거액을 넣다니! 정신이 얼얼했다. 그의 명함을 받아놓을걸 하는 후회를 하면서 비서를 통해 연락되어 모나리자 카페에서 다시 마주 보고 앉았다.

나는 그를 만나서 처음으로 가면을 벗은 목소리로 진지하게 물었다.

"이해할 수가 없어요. 어쩌자고 저에게 그 거액을 넣었어요. 고맙기는 하지만 제가 비록 망해서 노숙자가 되어도 그 돈을 받을 수 없어요. 그러니 도로 돌려드릴게요."

"그 성품에 그걸 받을까 하는 걱정이 앞섰지만 워낙 다급한 상황이고 세월이 흘렀으니 주은 씨의 날카롭게 모난 성품도 둥글게 닳았으리라 생각했지요. 우선 다급한 불이나 끄고 봅시다."

나는 세차게 도리질하면서 거부했다. 생판 모르는 남자에게 이런 거금을 받으면 일생 불행의 올가미에 걸려드는 짓일 수도 있다.

"내가 이래서 주은 씨를 좋아해요. 그럼 우리 이렇게 합시다. 빌려줄 터이니 나중에 갚아요. 그 조건이면 되겠어요? 은행융자도 막힌 상황이니 그렇게 우리 처리합시다. 그래도 마음이 허락하지 않으면 햇수를 정하세요. 그동안 기업을 잘 운영해서 회사를 살려낸 뒤 갚아요."

그래도 나는 잠잠히 앉아서 많은 생각을 했다. 길거리로 쫓겨나갈 직원들의 얼굴이 앞을 스친다. 내 자존심 때문에 이런 기회를 놓치면 그건 내 책임이 큰 것이다. 순간 묘책이 스친다.

"그래요. 호의를 받아드릴게요. 그 대신 이자는 매달 꼬박꼬박 넣어드릴게요."

그러자 그는 흔쾌한 목소리로 허허 웃으면서 톤이 낮은 음성으로 속삭였다.

"그 성품 어디 가겠어요. 바로 주은 씨의 그 점을 저는 좋아해요. 긴 세월 아직도 변하지 아니한 그런 소성을 지

넜으니 내가 사람을 잘 본 거지요. 제가 주은 씨에게 받은 은혜를 이렇게라도 갚으니 너무 행복해요."

그의 말에 나는 무라카미 하루키의 수필 『랑게르 한스 섬에서의 오후』에 신조어로 사용한 소확행을 떠올렸다. 거부인 이 남자는 너무 부요한 일상에 병들어 있다. 무언가 보람 있는 일을 해서 지쳐버린 일상사의 비위 상하는 느글거리는 숲에서 빠져나오려는 시도일 수도 있다. 높은 지위에 올라앉아 작지만 확실하게 느낄 수 있는 행복과 그런 가치를 추구하는 경향의 심리적으로 병든 남자가 틀림없다는 생각이 들었다. 거기에 내가 미끼가 되어서는 안 된다.

"도대체 제가 무슨 은혜를 베풀었다고 그래요?"

"주은 씨를 만난 당시, 전 부모님이 다 교통사고로 돌아가시고 자살 직전이었어요. 먹을 것이 없어서 굶어 죽을 지경인데 주은 씨가 그 때 따끈한 군고구마를 저에게 두 개 주었어요. 가슴이 뛰었어요. 나는 보잘 것 없는 반면 주은 씨는 피아노를 반주하고 얼굴도 예쁘고 남학생들이 모두 좋아해서 저는 그 서열에 낄 수가 없었거든요."

그의 고백을 들으면서 나는 조금씩 그 시절 생각에 미쳤다. 성탄절 연습을 마치고 김이 모락모락 오르는 따끈한 군고구마를 많은 대원들에게 나눠주었던 시절이 주마등처럼 스쳤다. 그에게만 준 것이 아니고 모든 대원에게 주었는데 그걸 이런 식으로 기억하고 있다니!

"일류대학에 들어간 뒤 저는 주은 씨 앞에 당당하게 나타나기로 결심하고 온전히 공부에 몰두해서 시골출신이 들어가기 힘들다는 경쟁을 뚫고 당당하게 S대학에 입학했어요. 총명한 주은 씨도 그 대학에 합격했을 것이란 확신을 가지고 단과대학을 돌면서 여학생 명단을 다 뒤졌으나 전주은이란 이름을 찾을 수 없었어요. 혹시 다른 이름을 쓸 수도 있다는 생각에 포기하지 않고 제 눈으로 확인하려고 여학생들 탐색에 나섰지요. 아무리 찾아도 남녀공학인 S대학에 주은 씨가 없었어요. 그 뒤 서울의 다른 대학들 주로 음대로 발길을 돌려 찾아다녔어요. 피아노 치는 분이라 분명 음대에 갔을 것이란 예감에서지요. 지금까지 나는 언젠가 꼭 주은 씨를 찾을 것이란 꿈을 버리지 않았어요. 그 만남을 위해 저는 사업을 일으켰지요."

나는 그의 말에 점점 흥미를 느끼면서 빠져들었다.

"성탄절 파티에서 우리 모두 군고마를 입에 물고 즐거워할 적에 각자가 이다음에 커서 장차 무슨 일을 할 것인가를 발표한 기억이 나나요? 그 때 주은 씨는 장래에 아프리카 오지와 열대지방에 가서 불쌍한 사람들을 돌볼 거라고 했어요."

그런 꿈을 품었던 아름나운 청춘이 있었다는 생각에 이르자 나는 가슴이 뭉클했다. 그 당시 나는 아프리카 선교로 세상에 널리 알려진 슈바이처 박사의 전기를 읽고 있었다.

"이제 우리 나이에 가정도 있고 자녀들도 있을 터인데 아직도 꿈을 꾸시는 건가요. 혹시 편집증에 걸린 건 아닌가요?"

"나를 정신병자로 보는군요. 그래도 주은 씨 찾아다니는 동안 전 무척 행복했어요. 한 여자를 찾아다니는 행군을 계속하느라고 결혼 못했어요. 솔직히 고백하자면 그동안 주변 사람들의 권유로 선을 많이 봤지요. 그 때마다 주은 씨 얼굴이 앞을 가로 막아 전 내시가 된 기분이었어요."

"어머머! 지금도 혼자란 말이에요?"

"가정부가 있으니 불편은 없어요. 색스혼을 많이 불지요. 언젠가 주은 씨를 찾으면 함께 그 시절처럼 피아노와 색스혼을 협주하고 듀엣으로 노래를 부르리란 꿈을 꾸고 있어요."

나를 찾아다니느라고 결혼도 하지 못했다는 말에 나는 기가 질렸다. 사기꾼은 아닌 모양이고 이게 사실이라면 그는 골계적인 소설 주인공이 될 것이다. 이 정도의 수준에 있는 남자라면 사람들 앞에서 곤댓짓을 하고 으쓱거려야 하는 것이 아닌가. 수도승도 아니요 신부도 아닌 속세에 속한 사람이 그들처럼 살아간다는 건 있을 수 없는 일이다. 미친 꼽추왕인 리처드 3세처럼 개성 넘치고 복잡한 심리를 지닌 독특한 다중인격의 사람인지도 모른다.

그간 궁금해서 꼭 물어보고 싶었던 질문을 나는 던지고 말았다.

"어떻게 절 찾아냈어요?"

"주은 씨 남편 부고 뉴스에서요."

"주은이란 이름은 흔한 데 그게 난 줄 어떻게 알았지요?"

"그래서 직접 장례식장에 가서 멀리서 지켜보았지요. 장지까지 가서 모두 흩어진 다음 저 혼자 무덤가에 앉아 있다 왔어요. 지금도 울적하면 가끔 거기에 가요."

나도 회사일이 바빠서 못가는 남편의 산소에 가끔 간다니 이건 또 뭔 소리란 말인가.

"거길 왜 가요? 살아서 만난 적도 없잖아요."

그는 머리를 긁적거리다가 시익 웃더니 조용히 내뱉는다.

"그 분께 미안하다고 말하지요. 공주처럼 제가 주은 씨를 잘 돌보다가 여기 합장까지 해줄 터이니 그걸 허락해 달라고 말이요."

나는 어처구니가 없어서 입을 딱 벌리고 그의 얼굴을 노려보았다. 남녀를 막론하고 백여우 꼬리를 서너 개씩 달고 그길 묘하게 감추고 살아가는 세상이다. 사업을 하다 보니 이런 사람들에게 당한 적이 손꼽을 수 없을 정도로 많았다. 부부금슬이 아무리 좋아도 남자들의 속성이란 일생 한두 번 한눈을 팔게 마련이다. 현실이란 날카로운 돌조각들처럼 서로 부대끼며 살아가는 인생이니 성자들은 이 세상을 고해(苦海)라고 일컫고 있다. 이 자는 어쩌자고 고해에서 뛰어나온 물고기처럼 혼자 산과 허공을 떠돌고 있단 말인가.

그가 빌려준 돈을 덜컥 쓰기가 내키지 않아서 밤새 고민을 했다. 내가 그 돈을 쓴다면 그는 나에 대한 환상이 사라질 것이고 더러운 인간들의 세상인 고해로 내려올 것이 분명하다. 그의 말이 사실이라면 나 때문에 품은 꿈을 깨고 싶지 않았다.

그 순간 엉뚱하게 아버지 생각이 스쳤다. 솔직히 고백하자면 아버지가 가정을 버리고 다른 여자와 미국으로 도망가서 사는 바람에 우리 모녀는 아버지가 죽었다고 치부하고 도시를 떠나 시골에 숨어버렸다. 그 아버지가 임종하면서 변호사를 통해 보낸 유서와 유산을 징그러운 벌레를 대하듯 그냥 집어던졌던 기억이 났다. 벌떡 일어나 금고를 뒤지니 맨 밑바닥에 변호사가 넘겨준 봉투에 든 채 그대로 있었다. 그제야 처음으로 유언장을 열었다. 미국의 온천지인 팜 스프링 땅문서였다. 부동산에 내어놓으니 긴 세월 땅값이 엄청 치솟아 큰 액수였다. 세금을 내고도 남아 회사의 위기를 넘기게 되었다.

그 뒤로 회사를 일으키느라고 그에 대한 생각은 점점 멀어졌고 여전히 꽃은 주기적으로 배달되었다. 거실과 베란다에 그가 보낸 화분으로 빈틈이 없을 정도였다. 내가 50억을 돌려준 뒤 섭섭했는지 꽃만 보내고 나를 보려고 알찐거리지 않아 그렇게 계절들이 흘러갔다. 회사는 간신히 살아나서 이제 본래의 궤도에 올라 나는 일에서 조금

손을 떼어도 되었다.

싱가포르에서 어제부터 계속 국제전화가 걸려온다. 싱가포르에는 아는 사람이 전무하니 잘못 걸려온 전화로 알고 받지를 않았다. 발광하듯 계속 전화벨이 울려대니 짜증이 나서 고함을 내지르기 직전 영어가 흘러나왔다.

"미스 주은! 미스터 임세광을 아시지요?"

"네! 왜요?"

"그 분이 아주 위독합니다. 그런데 목숨 줄을 놓지 못해요. 주은 씨를 만나야 숨을 거둘 것으로 압니다. 계속 주은 씨란 이름을 부르면서 임종을 미루고 있으니 어서 빨리 오시기 바랍니다."

그러고 보니 그의 얼굴을 못 본지 1년이 되었다. 어쩌자고 거기까지 가서 죽으려고 한단 말인가! 아무튼 별난 남자라는 생각에 화도 나고 은근히 신경이 쓰이고 걱정도 되었다. 일부러 병원이라고 속이고 나를 유혹하는 것일까? 많이 망설였지만 만에 하나 마지막 임종자리라면 하는 걱정도 되었다. 내 뜻이 아니지만 자기 마음대로 나를 향한 사랑을 놓지 못하고 긴 세월 혼자 환상을 품고 살았으니 이 세상을 떠나는 순간만이라도 가서 손을 잡아줘야 한다는 마음의 부채를 누를 수가 없었다. 나는 다음날 싱가포르 비행기에 올랐다. 왜 한국에 있지 않고 한 회사의 수문장이 거기서 임종을 맞고 있는지 참으로 미스터리였다. 그곳 닥터의 설명은 아무리 귀를 기우려 들어도 병명이 생소해서 이해할 수가 없었기 때문에 눈으로 가서 직접 확인하고 싶었다.

가장 의료시설이 잘 된 병원이라 유리처럼 어른대는 복도를 걸으며 사방을 경외의 눈초리로 흘겨보았다. 밖은 찜통더위건만 안은 냉방시설이 잘 되어서 시원한 가을 날씨 같았다. 그는 격리된 음압병실에 있었다. 전실에서 개인보호 장비를 갖춰야 한다. 소독을 하고 마스크랑 장갑까지 착용하는 중무장의 방호복을 입고 들어가는 곳이다. 그들은 나를 밖에 세워놓고 유리문을 통해 눈으로 인사를 하라고 한다. 그는 죽어가면서 흐린 눈을 뜨고 나를 향해 희미한 미소를 던졌다. 간호사가 머리끝부터 발끝까지 우주복처럼 생긴 멸균 복으로 무장을 하고 들어가더니 주사를 놓고 연고를 몇 군데 바르다가 숨이라도 막히는 듯 기겁해서 뛰어나온다. 전염성이 강한 위험한 병이라고 한다. 나는 의사에게 다가가서 강하게 말했다.

"저 병실 안에 들어가겠습니다."

"절대로 안 됩니다. 격리된 환자라 의사나 간호사도 잠시 치료만 하고 나옵니다. 큰일 납니다. 당신의 생명이 위험하니 의사로서 그건 절대 허락 못해요."

"도대체 무슨 병인데 그래요?"

무어라고 떠들어대는데 전혀 이해가 가지 않는 용어이다. 아마도 바이러스에 의한 감염성 강한 병인 모양이다.

그 순간 남편도 죽었고 자식들은 다 컸고 회사도 이제 돌아가니 일생 나를 찾아 환상을 지니고 헤맨 이 남자의 마지막을 지키다가 그 병이 옮기면 함께 죽어도 된다는 이상한 오기가 치솟았다.

"죽어도 좋습니다. 하지만 병원의 규칙을 지켜 당신네들처럼 내게 소독한 옷과 마스크를 주시기 바랍니다. 그리고 좀 전에 간호사가 그를 치료하던 연고를 많이 주세요."

"간호사도 아니고 절대 허락할 수 없습니다. 유리를 통해 환자와 눈과 손으로 나누는 대화만 가능합니다."

백인과 중국계의 혼혈인 의사는 사색을 하고 머리를 세차게 흔든다. 그러면 그냥 들어가겠다고 억지를 부리면서 항의하자 그는 죽어도 좋다는 사인을 받고 중무장을 시켜서 나를 들여보냈다. 나는 연고와 소독약과 솜을 넉넉하게 많이 챙겨가지고 들어갔다.

내가 병실 문을 열고 들어서는 걸 보고는 그는 누운 채악을 썼다.

"들어오지 마요. 절대로 안 돼요. 당신 죽으려고 그래. 안 돼요. 안 된다니까. 나가, 나가, 나가버려!"

그의 몸부림을 무시하고 나는 침대 가에 섰다. 마치 우주인처럼 머리부터 발끝까지 중무장한 나는 두 눈만 내놓았다. 전신이 헌데로 빈틈없이 뒤덮인 채 그는 눈만 번득거렸다. 나는 그에게 조용히 하라고 식지를 입술에 붙여보였다. 그래도 그는 나를 향해 죽을힘을 다해 몸을 비틀었다.

"악지 쓰지 말고 가만있어요."

솜에 알코올을 묻혀 고름과 딱지를 제거해가면서 연고를 바르기 시작했다. 먹지를 못하고 가렴증과 아픔으로 약해진 그는 악을 쓰다 축 늘어지더니 몸을 맡기고 두 눈을 질끈 감더니 이따금 투덜거리면서 몸을 비틀었다. 얼마쯤 시간이 지나자 그가 다시 정신을 가다듬고 험악한 표정을 지으면서 발광하기 시작했다. 내게 들어낸 자신의 모습에 괴리감을 느낀 모양이다.

"어서 나가, 어서 빨리. 죽고 싶어. 너 같은 여자 보기도 싫어. 어서 꺼져버려. 너를 보면 숨이 막혀."

내가 거침없이 마구 그의 몸을 만지자 그는 의사와 간호사를 불러댔다.

"미친 여자가 들어와서 나를 죽이려고 해. 닥터, 널스! 어서 이 여자 내쫓아내요."

이런 그의 말에 나는 오기가 더 치솟았다. 대꾸도 않고 상채를 벗기고 가슴팍과 배꼽언저리 그리고 밑으로 내려갔다. 팬츠를 벗기려하자 그는 이젠 너무 기가 막힌 지 눈을 똥그랗게 뜨더니 어이없다는 표정을 지었다. 나는 그의 반응에 관계없이 약솜과 소독약으로 항문 근처와 고환까지 들썩이며 모두 닦아냈다. 간호사나 의사는 감히 손도 못 대고 환자가 죽기를 기다리고 있는 포기상태였다. 살갗이 벌겋게 되어 무척 아플 터인데 그는 내게 몸을 맡기고 눈을 감아버렸다. 전신을 닦아내고 연고를 빈틈없이 바르고 나니 내 몸은 땀으로 푹 젖어 보호 장구인 우주복 속에 물이 홍건히 고일 지경이었다. 죽기를 각오했다는 나의 결단에 이런 사람 처음 본다는 눈으로 구시렁대던 의료진도 복도에 얼찐거리지 않았다. 나는 독방의 창가에 놓인 작은 침대 위에 몸을 눕혔다. 싱가포르까지 오는 피로와 그의 헌데로 뒤집어쓴 몸을 장시간 닦아낸 피로가 겹치면서 그대로 잠속으로 녹아떨어졌다.

등이 시려 눈을 뜨니 그가 침대에 누워 나를 기이한 짐 승을 보듯 노려보았다. 저녁 햇살이 창문을 통해 들어와 부챗살처럼 퍼졌다. 나는 부스스 일어나 그의 곁으로 갔다. 그는 힘없는 손을 내밀어 내 손을 잡았다. 그리고 더듬거리면서 말했다.

"내 전신을 쓰다듬고 본 여자는 어머니 말고 당신이 처음이요."

"전 죽어가는 사람, 다급하게 도움이 필요한 환자를 돕는 심정으로 했으니 이상한 마음 갖지 말아요."

"네기 모래알처럼 하늘의 별들처럼 많은 여자들 중에 딱 한 사람을 참 잘 골라잡았어요. 내 판단이 옳았어. 이제 고만 나가요. 내 병은 바이러스로 인한 감염성이 강한 괴질이라 나처럼 죽고 싶어 이래요. 이제 당신의 마음을 알았으니 편히 가리다. 나 지금 무지하게 행복하거든요."

"회사에는 연락했어요?"

그는 가만히 머리를 흔든다.

"왜 이런 병에 걸렸어요? 제가 듣기로는 치료할 수 없이 죽는다는 열대지방의 무서운 풍토병인 것 같아요."

그는 숨이 찬지 몇 번 호흡을 고르다가 씩 웃어가며 입을 연다.

"십대에 우리가 군고구마 먹으면서 당신이 아프리카 오지나 열대지망 선교가 꿈이라고 말했지요. 당신을 만나 함께 갈 준비로 일 년에 한 번씩 국경 없는 의사나 선교사들을 따라서 열대우림을 다녀왔다오. 그 시간엔 온전히 당신만을 생각했어요. 당신 손을 잡고 여행할 곳을 헤집고 다니다가 열대지방이라 이런 몹쓸 병이 걸린 거요. 이곳 의사들의 겁먹은 호들갑에 죽으면 나를 지킬 사람으로 당신을 택한 것이요."

"도대체 정확한 병명이 무어에요?"

"악성 바이러스 전달매체인 모기에게 물린 모양이요."

나는 병원 밖 호텔로 와서 샤워를 하고 푹 쉰 다음날 그에게 갔다. 놀라운 일은 피부치료가 엄청나게 빨라서 의사들이 달려와 내게 입에 침이 마르도록 칭송을 한다. 다시 마스크와 방역복을 입고 그에게 갔다. 그는 밝은 표정으로 웃으며 내 고무장갑 긴 손을 잡았다.

"이제 살아난 기분이야. 열대 풍토병의 무서운 바이러스 균이 간과 신장에 깊이 침투해서 그게 치료가 힘들겠다는군. 그러나 난 이겨낼 거야. 당신이 이렇게 내 곁에 있으니 난 살아날 거야. 절대 죽지 않아. 내가 당신 남편 무덤에서 한 약속을 꼭 지켜야해."

행복한 미소를 흘리며 나를 그윽하게 바라보는 눈길에서 내가 모르고 일생 받아온 사랑의 에너지가 느껴졌다. 나도 전혀 모르는 이런 사랑의 기류가 결코 녹록지만은 않았던 내 삶을 괴어준 것이 틀림없다. 사람이란 알게 모르게 모두 사랑받기 위해 태어난 존재로 살아가는 모양이다.

어느 정도 그의 병이 호전되면서 내가 직접 회사에 연락해서 놀란 간부들이 달려오고 곁에 많은 사람들이 웅성거리는 걸 확인한 뒤 나는 조용히 혼자 귀국했다. 인의 장막에 둘러싸인 그를 만나러갈 수도 없고 나 자신도 내 회사 일이 바빠 그렇게 계절이 바뀌면서 봄이 되었다.

이른 아침을 먹으면서 조간신문을 펼치면 나는 의례 부고 란을 훑어본다. 이건 무의식 중에 그가 혹시 어떻게 되었나 하는 마음에서였다. 그의 죽음을 알리는 기사가 작은 박스로 떴다. 그는 충청도 산골 선산으로 간다고 한다. 예상했던 일이지만 나는 그의 사진을 눈물어린 흐린 눈으로 신문이 뚫어질 정도로 직시했다. 집안이 몸이 휘둘릴 정도로 빙그르 돌아간다. 억제할 수 없는 울음이 터졌다. 창문을 통해 음습한 날씨의 끄느름한 빛이 스며들었다.

나는 그를 향해 흐느끼면서 소리쳤다.

"이제 진짜 산으로 갔군요."

내 자신의 지난날들을 돌아보니 가장 낮은 자리에서 모든 판단을 중지하고 상사들과 관계를 맺어 신뢰를 쌓은 것이 병신자식을 둔 자리에서 생긴 능력으로 결국에는 승리를 거둔 셈이다. 정말 상대방을 신뢰한다면 모든 판단을 중지하고 상대방의 말과 행동을 그대로 받아드려야 하는 것이다.

바로 그 순간 벼락 치듯 아브라함이 이삭을 바치는 마음이 나의 마음을 사로잡았다.

아브라함의 후예

아브라함의 후예

나는 매일 입술을 깨물어가며 결심을 굳히고 있다. 내가 눈을 뜨고 숨 쉬는 매순간마다 계획하는 이 일은 통속의 개념으로는 살인이라고 하겠지만 이건 자비와 사랑의 손길이다. 아무리 생각해도 백척간두에 선 온가족을 위한 가장으로서의 결단이요, 이 길밖에는 다른 방법이 없다.

어제와 다름없이 오늘도 절인 배추처럼 축 처진 나는 지끈거려오는 머리를 달래기 위해 검지로 관자놀이를 문질렀다. 상사의 으름장에 하루 종일 눈치를 보며 시달렸으니 영육 간에 녹초가 된 상태이다. 늘어진 몸을 간신히 만원 버스에 의탁하여 근 두 시간을 달려왔다. 산자락 한 모퉁이에 자리 잡은 작은 양옥 대문 앞에 섰다. 도심지에서 너무 멀리 떨어져있는 탓에 대문도 잠그지 않고 활짝 열어놓아 밖에서도 훤히 들어난 정원엔 식구들이 오그르르 모여 온통 웃음바다였다. 나는 이렇게 교통에 시달리면서 출퇴근하여 이들 입에 먹이를 날라야 하는 판에 저들의 지나치게 행복한 모습이 슬그머니 부아를 돋운다. 집에 도착했다는 안도감에 나는 대문 문턱에 걸터앉아 저들의 짓거리를 훔쳐보았다. 한여름이라 저녁 7시가 넘었건만 뜨락은 뭉그러지게 익은 연시 빛으로 물들어 북극에서 바라보는 오로라처럼 환상적이었다.

큰아들 대호는 휠체어에 앉아 여전히 몸을 비비꼬면서 입이 귀밑까지 돌아간다. 그 옆에 다섯 살 어린 딸, 미호가 무대 위에 선 배우처럼 병신 오빠를 웃기느라고 온몸을 미풍에 나부끼는 여린 잎사귀처럼 흔들어댄다. 바로 대호 앞에 무릎을 꿇고 앉아있는 작은아들, 소호는 이제 겨우 기저귀를 떼고 아장아장 걸음마를 하는 어린 것이 무얼 안다고 자기보다 엄청 큰 병신 형을 웃기느라고 벌레처럼 꿈틀대는 형의 손을 잡고 엉덩방아를 찧고 있다. 그보다 나를 더 속상하게 하는 것은 아내가 이들을 앞에 놓고 행복에 겨워 활짝 웃으면서 손뼉을 처가며 응수하고 있는 모습이다. 모두 행복한데 나만 이방인이 되어 이 가족에게서 떨어져 나와 외롭고 괴롭다.

문득 큰아들 대호가 중증소아마비에 걸려 아내가 실의에 빠져있던 시절이 떠오른다. 매일 아침 출근할 적마다 손수건도 챙겨주고 바지도 칼날처럼 줄이 서게 다려서 대령하던 아내는 몸이 비비 돌아가는 어린 대호를 껴안고 아침도 해주지 않고 울고만 앉아있었다.

"예방주사는 맞춘 거야. 집에서 도대체 뭣을 하고 지내 아이가 이 지경이 되도록 팽개치고 있었어."

아내는 내 신경질에 대꾸도 않고 아이를 무릎 위에 안고 정신 나간 사람처럼 중얼대면서 흐느끼기만 했다. 머리끝까지 신경질이 마구 올라서 천정을 뚫고 나갈 지경에 이른 나는 고함을 꽥 질렀다.

"포기해버려. 애는 또 낳으면 되잖아. 웬만해야 고쳐본다고 하지. 이건 의사도 가망 없다고 하잖아. 전신이 비비 꼬이고 얼굴도 한마디 하려면 빙빙 돌아가는 아이를 길러서 무엇 하려고 그래. 차라리 어서 죽어버리는 게 우리 가정을 살리는 길이야."

아무 소리 않고 있던 아내가 아기를 침대 위에 내려놓고 발딱 일어서더니 나를 향해 죽을 듯이 악을 쓰면서 포악을 부렸다.

"아버지란 작자가 애 앞에서 그걸 말이라고 해요. 저는 이 아이 포기 못해요. 차라리 나는 이 아기와 함께 죽어버릴 거예요."

처음 몇 년은 나도 이런 아들을 살려보려고 별짓을 다 했었다. 하지만 이젠 포기한 상태다. 의사의 말이 귀에 천둥처럼 지금도 울려온다.

'이런 상태가 일생 치유되지 않습니다. 폴리오바이러스

가 척수 뇌간의 운동신경세포를 침범했어요. 이런 바이러스는 인간에서 인간으로 직접 감염되는 것으로 대변을 통해 입으로 감염된다고 생각되어집니다. 이 질병은 역사가 아주 길어요. 고대 이집트 미라에서 소아마비 앓은 흔적이 발견되었고 벽화에 묘사된 부조에서도 그런 환자의 흔적이 발견될 정도로 인류를 괴롭혀온 무서운 질병입니다. 지금 예방백신을 접종하고 있지만 완전한 상태는 아닙니다. 몇 년 후에는 아마 완벽한 소아마비 백신이 개발되어 지상에서 완전히 박멸되리라 기대하고 있지요.'

내 아들 대호는 폴리오바이러스가 뇌와 척수신경에 침입해 신경기능에 이상을 초래한 병이다. 사지마비는 물론 지능장애, 시력과 청력 장애까지 겹친 아주 중증상태이다. 이런 아이를 데리고 밖에 나가면 뭇 사람들의 흘끔거리는 시선을 피할 수 없다. 자존심이 팍팍 상한 나는 대호를 절대로 밖에 데리고 나가지 못하게 했다. 아내는 내 괴로운 마음을 짐작하고는 신혼에 혼수까지 줄여서 마련한 아파트를 팔아 도심지에서 뚝 떨어진 변두리 시골 산자락에 작은 양옥을 짓고 옮기자고 했다. 우선 사람들의 시선을 피하는 방법으로 나는 그녀의 제안을 받아드려 2천 평 땅을 구입했다. 솔솔바람에 휘날리는 여자의 치미폭처럼 넓찍하게 펼쳐진 산기슭에 터를 잡아 집을 지었으나 내가 출퇴근하는 일이 장난이 아니었다. 아내는 이런 오지에서 사는 조건으로 다시 아기를 낳겠다는 내 조건에 동의해서 열 살이 된 대호 밑으로 이제 다섯 살 딸, 미호와 두 살 터울로 막내아들 소호가 태어난 셈이다.

아내는 여기에 천국을 닮은 가정을 꾸리겠다고 내게 몇 번 다짐을 한 터이다. 널찍한 울안의 반을 농토로 일궈서 농사를 지어 야채를 자급자족했다. 쌀만 사먹지 고추며 김장거리는 물론 저장할 감자, 고구마까지 전부 그녀의 손끝에서 태어났다. 얼굴은 시커멓게 타서 미인이란 소리를 듣던 아내의 자태는 시골 여염집 여자처럼 정말 볼품없이 변해버렸다.

그 반면 나는 정보사회의 첨단을 달리는 회사에서 깔끔하고 매끄러운 외모를 지닌 과장직을 수행하는 도시인으로 성장했다. 이젠 회사의 회장님이 인정하는 엘리트 사원으로 외국의 수입상들을 만나는 일이나 해외출장까지 사회생활에서는 정상급에 자리 잡았다. 새벽 다섯 시에 일어나 출근하는 일이 너무 힘겨워 회사 근처에 원룸을 얻어놓고 급할 때는 귀가를 못하고 거기에 머물렀다. 그래도 아내는 그 외딴 곳에서 혼자 손에 아이들을 기르고 농사를 짓는 억척 촌부로 변신해서 팔뚝은 보기에도 섬쩍지근할 정도로 딱딱한 근육질로 바뀌어버렸다. 어쩌다 아내와 몸이 닿으면 바위를 스치는 느낌이라 야들야들한 내 몸이 거부반응을 일으켜 부부생활도 뜸해졌다.

날이 갈수록 이런 생활은 아니라는 생각을 지울 수가

없었다. 나도 가족들을 데리고 여름휴가에 외국여행도 가고 싶다. 대호가 태어난 이후 단 한 번 국내여행조차 간 적이 없으니 이건 가정이 아니라 지옥이었다. 물론 아내는 텃밭을 가꾸고 형형색색 산야초나 꽃을 심는 재미에 푹 빠져있다. 도심지에서 전혀 느낄 수 없는 정취가 묻어나는 기막힌 시골 향취가 듬뿍 고인 별장 안에서 아내는 무척 행복한 모습이다. 정원 한 구석에는 모래를 깐 어린이 놀이터도 만들어 그네랑 미끄럼틀도 있어 직장에서 떠나 여기 오면 그야말로 별천지이다.

하지만 온종일 일터에서 받은 스트레스를 풀거나 대화를 나눌 상대가 내겐 필요했다. 아내가 나와 전혀 다른 별세상에서 사니 넘어갈 수 없는 높은 담이 두 사람 사이에 가로막혀 답답해 숨이 막혔다. 어쩔 수 없이 대호를 시설에 맡겨야 한다는 결론에 이르게 되었다. 아무리 에둘러 생각해도 이건 내게 가정이 아니었다. 이곳을 정리하고 다시 도심지로 나가야 한다. 병신 아들, 대호가 없는 건강한 가정을 이뤄야 한다. 그래야 미호나 소호를 제대로 교육할 수 있다. 대략 가격을 맞춰서 두 아이가 다닐 학교와 아파트를 둘러보고 또한 대호를 맡길 시설도 알아놓고 아내에게 통보했다.

"대호를 이제 고만 가정 못지않은 비싸고 좋은 시설로 보냅시다. 우리 가족도 이제 정상을 찾아야지."

내 말에 아내는 눈을 동그랗게 뜨고 뜻밖이라는 듯 나

를 노려보았다.

"다른 아이들도 생각해야지. 아이들 교육을 위해 강남으로 이사해요. 이곳을 팔고 은행융자를 얻어 학군 좋은 곳에 아파트를 사서 우리 가족도 삶에 도전합시다. 변두리 여기서 대호 때문에 다른 자식들을 병신 만들 수는 없잖아. 나도 이젠 이런 가정이 지겨워. 내가 꿈꿔오던 그런 가정을 이루고 싶단 말이야. 이만큼 대호를 위해 온 가족이 희생한 것으로 족하다는 생각이야. 우리 먼 훗날 후회 없이 그렇게 하도록 해요. 어서 여기를 부동산에 내놓아 정리합시다. 올 여름에는 우리 가족 모두 하와이로 해외여행 가는 것이 좋겠지."

"대호도 데리고 가는 거지요?"

"그 아이는 시설로 보내고 건강한 우리 가족들의 생활로 돌아가자는 거요."

그러자 아내는 발딱 일어나서 내 앞에 눈을 똑바로 뜨고 주먹을 흔들면서 강하게 도전했다.

"그럴 수는 없어요. 대호는 우리 가족이에요. 우리 몸의 한 부분이라고요. 어떻게 잔인하게 그걸 잘라 던지고 여행을 간다고 그래요. 전 그렇게 못해요."

"그럼 대호 때문에 온가족이 함께 침몰하자는 거요."

내가 침몰이란 단어를 쓰자 아내의 눈에 물기가 핑 돌더니 소리 없이 눈물이 줄줄 뺨을 타고 흘러내렸다. 대호 옆에서 재롱을 떨면서 놀던 아이들이 이런 우리 부부의 험악한 분위기에 놀라서 달려와 아내의 몸을 부둥켜안고 엉엉 울어대고 휠체어에 앉아있는 대호도 짐승처럼 끄윽 끄윽 괴성을 질러대서 집안이 벌집 쑤신 듯 살벌해졌다.

아내는 침착하게 두 손으로 흘러내리는 눈물을 쓱쓱 닦고는 암팡지게 내게 대들었다.

"당신 결혼하기 전에 내게 자랑했던 믿음의 조상 핏줄 맞아요? 아브라함을 보세요. 모든 걸 버리고 하나님이 지시한 땅으로 갔고 백세에 얻은 아들, 이삭을 제물로 바치라고 하니까 진짜로 아들을 꽁꽁 묶어 번제로 바치려고 장작더미 위에 올려놓았잖아요. 우리의 아픔이 아들을 죽여 갈기갈기 찢어 장작더미 위에서 불살라 번제로 바치려는 그 마음 근처는 아니잖아요."

아내의 드센 반격에 나는 불처럼 일어나는 신경질을 억누르면서 밖으로 휘잉 뛰어나와 차를 몰고 마구 한강변을 달렸다. 마침 산 밑 아담한 커피점이 눈에 띄어 강을 바라보는 외진 자리에 에스프레소를 한잔 시켜놓고 몸을 깊숙이 안락의자에 묻었다. 내가 아내를 꾀려고 얼쩐거릴 적에 교회에 열심을 내고 있던 그녀의 비위를 맞추려고 낚싯밥을 던진 것이 바로 우리 증조부 대의 믿음생활이었다. 아내는 몸을 도사리며 나를 피하다가 내 증조부의 이야기에 마음이 동해 그게 결혼충분조건 되어 내게 시집을 온 셈이다.

내 증조부는 시골 토박이로 그래도 먹고 살만한 농토를

지니고 살아가는 평범한 소농이었다. 학자도 아니고 그렇다고 무인도 아니었다. 그저 땅에 코를 박고 살아가는 무지렁이였다. 그런 분들이 동네에 십자가가 그려진 백기를 장대 끝에 매달아놓고 전도하는 전도부인을 따라 교회에 다니기 시작했다고 한다. 그들은 1800년대 중반을 넘긴 시절의 초장기 기독교인이 된 셈이다.

봄철 한창 모를 심기 위하여 논을 갈 적에 이 집의 재산 1호인 황소자리에 증조할아버지가 쟁기 줄을 어깨에 메고 그 뒤에 증조할머니가 쟁기를 잡고 황소를 몰듯 워워 하면서 논을 갈아엎고 있었다. 처음에는 동네 사람들의 눈요기로 입에 오르내렸으나 이젠 으레 그러려니 하고 모두 모를 내는 참에 전도인을 거느리고 논길을 걷던 선교사의 눈에 저들의 특이한 모습이 들어왔다.

"쯧쯧! 가여운 백성들이구나. 소가 없어 동물 대신 자신이 소가 되어 밭을 갈고 있으니 가엾어라, 저를 어쩌나! 너무 불쌍해."

그러자 그 뒤를 졸졸 따라오던 동네 조무래기들이 너도 나도 입을 벌려 그 사유를 설명하느라고 참새 떼처럼 조잘대서 내용을 알아듣지 못한 선교사가 전도부인의 입을 쳐다보았다.

"저 애들 말로는 동네 교회를 짓는데 자기에게 가장 소중한 것을 바쳐야 한다는 말에 그 집의 가장 귀한 황소를 우시장에 내다 팔아서 건축비로 바치고 소 대신 스스로 쟁기를 멘다는군요."

그 말에 선교사는 너무 감동하여 걸음을 멈추고 눈물로 흐려진 눈을 들어 저들의 모습을 한참 바라보다가 사진을 두어 장 찍어 본국으로 보내는 바람에 그 일화가 전 세계에 널리 알려졌다고 한다. 초창기 이 나라 기독교를 빛냈다는 우리 가문의 순수한 믿음의 실례가 이 가정의 내력이었다.

그런 믿음의 뿌리를 주워섬겼더니 그녀는 호기심 어린 눈을 하고 귀를 기우리다가 자기 집에 비해 형편없는 나를 무조건 받아드려 결혼 승낙을 한 셈이다. 그때 그녀는 내 앞에서 또렷하게 가슴에 각인될 한 마디를 던졌다.

"우리나라에 태어난 귀한 아브라함의 후예로군요. 장차 우리가 이룰 가정이 그런 가정이 될 것을 확신해요."

그 시절을 떠올리면서 나는 이제 어둠이 완전히 내려앉아 하늘만큼 거대한 새까만 헝겊조각에 휩싸인 밖을 응시했다. 한강변을 따라 달리는 차들의 불빛이 하늘의 별빛처럼 어둠 속에서 명멸했다.

사실 나는 아브라함에 대하여 십대부터 심한 거부감을 가졌다. 혼자 속으로 끙끙 앓으면서 많이 갈등했고 지금도 그렇다. 간혹 신학을 전공한 분들에게 이런 질문을 던지면 아브라함은 믿음의 조상이라 그렇다고 그냥 치부해 버리니 문제의식이 없어 도통 소통이 되질 않았다.

이 나이에 이르러 아무리 생각해도 번제물이 될 아들을 데리고 사흘간 모리아 산으로 가는 아브라함이 엄청 괴로워하며 갈등했어야 인간일 것이란 내 생각은 변함이 없다. 이삭이란 어떤 아들인가? 천신만고 끝에 기적으로 태어난 아들이다. 구십 세 아내의 나이에 경수가 끊어지고 자신은 백 세의 나이에 기대하지도 않았는데 그 분이 일방적, 강권적으로 아들을 주었다. 그리곤 하늘의 별처럼 바다의 모래알처럼 자손이 번성할 것이라고 약속을 해놓고 번제로 바치라니 얼마나 모순된 말인가! 그간 기르는 재미를 봤으니 다시 회수하겠다는 억지란 말인가. 이건 원시적이며 잔인하고 반인륜적인 무모하기 짝이 없는 명령이다. 이런 비 인적적인 명령이 사랑의 하나님에게 가능하단 말인가. 그렇다면 이방종교의 풍습에서 온 것일까. 하긴 페니키아와 고대 카르타고의 식민지에서 나온 문헌에 다산(多産)을 보증받기 위해 아이를 제물로 바쳤다는 기록이 나오니 그럴 수도 있잖은가. 하지만 생명사랑의 최고봉인 하나님이 그런 명령을 하다니 상상할 수조차 없었다. 아무리 에둘러 생각해도 하나님이 자진출두해서 스스로 약속의 씨를 주어놓고 그 씨를 번제로 바치라니 자신의 약속을 저버리는 자기모순으로 말도 되지 않는 명령이었다. 그럼 아브라함 편에서는 죽여 번제로 아들을 불살아버려도 하나님께서 다시 살려줄 것이란 광신적인 믿음의 발로일까. 4천여 년 전의 인물인 아브라함을 나는 죽었다 깨어나도 도저히 이해할 수 없다. 도대체 아브라함은 정신이상에 걸린 이상한 사람이 아니고야 장성한 아들의 목을 밟고 서서 칼로 경동맥을 끊어 죽여 배를 갈라 찢어서 장작더미 위에 올려놓고 불태우는 일이 가능하단 말인가! 그는 마땅히 정신을 잃고 날뛰면서 땅을 치고 악을 쓰고 하늘을 향해 욕지거리를 퍼부어야 정상적인 인간이 아니겠는가. 이런 내 예상을 뒤엎고 그는 단 한 번도 항변하지 않았다. 성경의 기록을 보면 잠잠히 순명의 길을 나서고 있다. 그럼 그는 광신자란 말인가? 아무튼 말도 되지 않는 모순 속으로 걸어간 요상한 인물이 바로 아브라함이다. 더구나 아들 이삭도 무척 이상하다. 그도 컸으니 백발노인 아버지에게 반항하고 도망칠 수도 있는 상황인데 아버지에게 몸을 맡기고 묵묵히 묶여서 목에 칼날을 받아드리고 있으니 말이다. 그런 명령을 받았을 적에 아들을 죽이려고 칼을 갈아 허리에 차고 아들에게 번제드릴 장작을 지워 산등성이를 올라가는 아브라함의 심정은 어떠했을까? 갈등하고 고민하며 괴로워서 참지를 못하고 울부짖어야 마땅하지 아니한가. 그의 믿음이 이성적이 아닌 무당 같은 신앙이었나 하는 의심의 구름이 뭉게뭉게 피어올라 내 머리가 지끈거릴 정도였다. 그래서 내린 결론은 이건 신화 같은 이야기야. 그 시절 사람들을 꼬이느라고 꾸며낸 이야기라고 밀어놓고 구시렁대기도 했었다. 이렇게도 생각할 수 있다. 아브라함은 분명 아들 이삭을 죽이지 말라고 말릴 것이란 확신을 가지고 갔을 수도 있다. 아니면 죽였다가 살려낼 것으로 믿었단 말인가? 도저히 감이 잡히지 않는 맹랑한 소설 같은 이야기였다.

아내는 대호가 병신이 된 처음 몇 년 동안은 아이를 안고 유명하다는 목사의 손을 대호 머리 위에 얹는 기도를 받으러 다니느라고 허리가 휘고 광대뼈가 앙상하게 들어날 정도였다. 아이를 데리고 산 기도에 가서 목숨을 걸고 금식하면서 울부짖기도 수없이 했었다. 나중에는 전국 어디에서 치유의 집회가 있다고 하면 산골이나 섬을 가리지 않고 쫓아다니다가 지쳤는지 이젠 도시외곽에 자리 잡은 집에 붙박이로 앉아있다.

내가 이 집안의 가장인데 내가 아내만큼 믿음이 없어 아브라함에게 일어난 기적이 일어나지 않는 것일까. 가장인 내가 하나님께 매달린다면 대호의 우그러지고 찌그러진 몸이 좍 펴질 수 있단 말인가. 아무리 생각해도 그건 현대 과학과 정보사회에선 있을 수 없는 얼토당토않은 일이다. 많은 생각으로 머리가 빠개질 듯 아파서 늦은 시간 나는 손님이 없는 텅 빈 커피 점을 빠져나왔다.

소리 없이 현관문을 열고 거실로 가니 아내는 부엌에서 일을 하고 있고 대호는 여전히 휠체어에서 짐승처럼 괴성을 내지르며 몸을 뒤틀어 벌레처럼 꿈틀대고 앉아있다. 무엇이 그리 재미있는지 대호는 낄낄대는 듯도 했다. 아파서 내는 소리도 아니고 행복하다는 뜻이고 고맙다는 뜻처럼 느껴졌다. 자세히 살펴보니 미호가 대야에 물을 떠다가 오빠의 발을 씻기고 있었고 아들 소호는 물수건으로 대호의 비틀려 비비 돌아가는 손을 따라다니면서 닦아주느라고 땀이 이마 위로 송송 내비쳤다. 이런 아이들을 바라보는 아내의 눈길에는 자랑스럽고 뿌듯해서 사랑과 행복이 전신에 줄줄 흘러넘쳤다.

　결혼하여 자식을 낳으면 자식이 부부를 얽어맨다는 사실을 알고 있었다. 자식을 낳으면 하고 싶지 않은 어버이 노릇을 해야 하니까 당연한 일이다. 그러나 대호는 일생 우리 곁을 떠나지 못하고 얽맬 짐 덩어리요 고통 덩어리란 점은 다른 부부에게서 찾기 힘든 상황이다. 자식이야 나이 들면 두 발로 서서 부모 곁을 떠나야 하는데 대호는 죽을 때까지 어깨를 짓누르는 무거운 짐으로 매달릴 것이다. 나는 그게 역겨워 참을 수 없다. 지금이라도 잠든 사이 목을 눌러 질식시키고 싶은 유혹이 물밀 듯 밀려오기도 한다. 안락사를 시키는 방법으로 휠체어를 끌고 벼랑에 가서 바퀴가 미끄러져내려 어쩔 수 없이 죽게 하는 방법도 떠올랐다. 그게 비참하게 일생을 살아갈 대호에게 베풀 수 있는 최상의 사랑이 아니겠는가. 아내나 두 아이들에게도 그게 나만이 해줄 수 있는 선행이 아니겠는가. 이런 상태를 계속 유지한다는 것이 내게 너무 버겁고 짐스럽고 참아내기 힘들다. 더구나 자존심이 강한 내가 주위 사람들에게 받고 있는 눈총도 참기 힘들었다.

결혼하여 첫 아이를 임신하였을 적에 우리 부부는 꿈이 많았다. 장차 위대한 과학자로 길러내서 이 나라에서 처음이라는 노벨상을 타게 하자고 아내와 나는 눈을 맞추고 웃으면서 행복한 꿈을 꾸기도 했었다. 내가 이루지 못한 꿈을 이뤄서 세계에서 제일가는 거부가 되는 대기업을 일으킬 재목이 될 것이란 꿈도 꾸었다. 우리의 무릎 위에서 대호는 웅혼한 기상을 지닌 늠름한 청년으로 이 세상에서 제일가는 인물이 되어주는 푸른 꿈을 꾸게 하던 아들이었는데 이게 뭐란 말인가. 자식이 수치덩어리로 변해서 어깨를 짓누르는 무거운 짐이 되어 거머리처럼 매달리니 이건 정말 참기 힘든 고역이었다. 이젠 이 아들을 안고 그려보았던 그런 꿈은 사라진 지 오래 되었다. 다만 평범한 사람이 되어 하루하루 사람들 틈에 끼어 살아주기를 바라는 소박하고 보잘 것 없는 꿈도 이룰 수 없는 자식이 내 앞을 가로막고 있다.

아내가 막 부엌의 잔일을 마치고 수건으로 손을 닦으며 거실로 나오고 있었다. 손에는 아이들이 먹을 과일이 탐스럽게 담긴 접시가 있었다. 나는 현관의 어둠 속에 몸을 묻고 이들을 바라보았다. 아이들은 탁자 위에 놓인 과일을 포크에 찍어 익숙하게 비비 몸을 꼬고 있는 대호의 입에 먼저 넣어주고 자신들의 입에는 나중에 넣었다. 어린 것들이 그게 어떻게 가능하단 말인가. 이건 비정상으로 우리 아이들이 자라고 있다는 증거가 확실했다. 인간의 본능은 자기가 무엇이나 먼저 인데 두 아이는 먼저 벌레처럼 몸을 발발대는 병신에게 우선적으로 먹을 것을 양보하는 저걸 어떻게 봐야 한단 말인가? 이건 온 가족에게 병균처럼 파고든 병질이 짙어졌다는 뜻일 터이다. 오는 봄엔 가족을 데리고 그간 봐둔 산으로 산보를 가자고 꾀어 적당한 높이의 벼랑에서 휠체어를 슬쩍 밀어 대호를 죽게 하는 방법이 내 마음을 강하게 사로잡았다.

내가 오랜 시간을 두고 비밀스럽고 치밀하게 계획한 안락사의 계획을 단 한 번도 실행하지 못했다. 아내가 내 가슴을 끊어내지 못할 튼튼한 밧줄로 묶어서 끌고 가는 바람에 꼼짝할 수조차 없었다. 아내의 강함에 눌려 이사도 못하고 질질 끌려가며 내 인생의 황금기를 다 보냈다. 내 머리에 희끗희끗 서리가 내리고 있건만 나는 항상 가정의 아웃사이더로 물방개처럼 혼자 물 위만 뱅뱅 돌았다. 일찍 출근하고 늦게 돌아오는 것이 다행스러웠다. 지옥 같은 가정생활에서 이 꼴 저 꼴 안보니 나만이 이 가정에서 유일하게 살아남았다고 믿었다.

그간 미호는 고등학교를 나와 간호대학에 들어가더니 미국으로 유학을 떠났다. 딸은 이제야 겨우 지겨운 집을 빠져나와 훌훌 날아갔으니 오히려 내겐 위안이 되었다. 작은 아들 소호는 의과대학 본과를 나와 전문의가 되어 미국으로 가더니 거기 사는 아가씨와 결혼하여 아예 그

땅에 주저앉았다.

이제 큰 대학병원에서 심장수술로 널리 알려진 의사가 된 소호는 그간의 계획을 착착 진행해 나갔다. 그 곳이 대호 같은 장애인에게 천국이라 믿고 장차 전 가족 이주를 꿈꾸며 살았단다. 병신 아들에게 젖과 꿀이 흐르는 곳이라고 아내도 태평양을 건너 아들딸을 따라 이동을 했다. 이곳 직장에서 은퇴할 때까지 나는 외기러기로 남았지만 오랜 세월 혼자 원룸생활에 익숙하게 훈련된 상태라 미국으로 간 가족들 때문에 큰 불편 없이 지낼 수가 있었다.

기적 같은 일은 도시가 발전하여 아내가 고집해서 살았던 집이랑 이천 평의 땅에 대형 아파트가 들어서는 바람에 나는 그야말로 갑부의 자리에 올라앉게 되었다. 이걸 팔아 우선 아이들이 있는 미국으로 돈을 보내 집도 사고 나날을 살아가기에 넉넉하고 풍족한 삶이 펼쳐졌다. 딸도 결혼하여 대호 옆으로 와서 모두 이웃에 살고 있다고 사진도 보내오고 즐거운 비명이 태평양을 건너서 들려왔다.

나는 여름휴가에 이민을 간 가족들에게 알리지 않고 깜짝 여행을 떠났다. 저들이 살고 있는 집에 당도해서 가만히 안으로 들어갔다. 대호는 반백의 중년에 이른 나이로 여전히 휠체어에 앉아 꽥꽥거리고 아내는 주방에서 열심히 음식을 만들고 이제 대가족으로 불어난 식구들이 한데 모여 휠체어를 중심으로 모여 집안이 떠나갈 정도로 행복한 웃음을 날리고 있었다. 정말로 천국을 보는 듯 아름다운 모습이었다. 이들 주위에는 아우라가 어리듯 사랑이 폭포처럼 흘러넘쳤다. 병신인 대호에게 입맞춤과 즐거운 농담이 농익어 흘러내렸다.

그 자리에 우뚝 선 나는 놀라운 깨달음이 내 마음을 강타했다. 병신 형을 돌본 기나긴 훈련기간이 두 자녀를 사랑이 많고 남을 잘 돌봐주는 사람으로 키워낸 셈이다. 그들의 부끄러워하지 않는 애정표현이 저들이 성공한 비결임에 틀림없다. 이건 친구나 애인이나 그 어떤 이웃도 할 수 없는 일을 대호와 가족들이 해낸 셈이다. 그러고 보니 이 많은 재산도 역시 병신자식 대호가 벌어드린 것이다. 타인에 대해 완벽하게 책임감을 경험하게 하고 약자를 존귀하게 여기고 사랑하는 법과 깊이 서로 엮이는 법을 동생들에게 가르쳐준 대호가 새삼 거룩하게 보여서 나는 화끈대는 볼을 어루만지면서 현관에 오래 서 있었다. 가족들 맨 뒤에 선 아내의 모습이 내 눈에 잡혔다. 아내가 등지고 서 있는 창가를 파고든 햇살 탓일까? 내가 잘못 본 것일까. 아내는 빛의 갑옷을 입었는지 눈이 부셨다.

하필 이런 때에 아브라함이 떠올랐다. 내가 아브라함의 믿음을 놓고 따지고 들면 고집스러운 신념이나 자기 확신을 버리고 판단하지 말라고 잔잔하게 누차 이르던 아내의 동정어린 눈빛이 앞을 스쳤다. 그간 자식으로 인해 나는 주위 사람들 특히 상사에게 고개를 숙였다. 병신자식을 가진 사람이 어떻게 사람들 머리 위에 군림할 수 있단 말인가! 이런 자녀를 가진 자로서 가장 낮은 자리에서 상대방의 말과 행동을 내 식으로 재해석하지 않고 판단을 중지하니 까다로운 직장에서 인정과 사랑을 받아 윗자리까지 올라간 셈이다. 병신자식 대호가 나를 눌러서 가장 낮은 자리에 앉힌 셈이다. 아내의 말처럼 하나님을 옆으로 밀어치우고 내가 앞서 가는 고질적 습성을 깨부수느라고 얼마나 힘들었던가!

내 자신의 지난날들을 돌아보니 가장 낮은 자리에서 모든 판단을 중지하고 상사들과 관계를 맺어 신뢰를 쌓은 것이 병신자식을 둔 자리에서 생긴 능력으로 결국에는 승리를 거둔 셈이다. 정말 상대방을 신뢰한다면 모든 판단을 중지하고 상대방의 말과 행동을 그대로 받아드려야 하는 것이다.

바로 그 순간 벼락 치듯 아브라함이 이삭을 바치는 마음이 나의 마음을 사로잡았다. 모순된 그의 명령에 아브라함이 자기 식으로 항변하고 몸부림치며 악을 쓰고 대들지 않고 그를 신뢰하는가를 그 분은 한번 보고 싶었던 것이다. 하나님은 아브라함과 전적인 신뢰관계를 가지기 위해 아브라함을 시험한 셈이다.

은퇴하여 뒤늦게 나는 아내가 일궈놓은 천국이란 가정에 온전히 소속되었다. 대호를 휠체어에 태우고 공원산책을 나왔다. 세상의 소철을 모두 모아놓았다는 쥐라기(Jurassic)

의 고대정원 한 귀퉁이 벤치에 앉은 나는 겨우 10분을 걷고는 숨이 차서 헐떡거렸다. 우리나라 동해안의 바다 빛처럼 공해 없는 깊은 청록색 하늘이 끝 간 데 없이 깊다. 새털구름이 평화롭게 흘러간다. 거인처럼 하늘로 솟아오른 레드우드의 우듬지에 이따금 가벼운 구름이 걸려 꼼지락거린다. 내가 노년에 죽음을 준비하며 살러온 이곳은 계절의 표정이 뚜렷하지 않고 날마다 날씨가 밍밍하다. 항상 따뜻하고 아늑한 날씨라 노인들의 천국이라고 모두들 입을 모으는 땅이다. 관절염이 심하지만 이런 날씨에는 그냥저냥 견딜만하다.

옆에 앉아 깊은 창공을 보려고 몸을 비비꼬는 대호가 요상한 신음을 토해낸다. 나를 연단하여 정금 같은 상태로 만들기 위해 용광로에 넣고 고난과 고통의 풀무 불속에 집어넣었던 고문도구 같은 아들이다. 벌레처럼 보이는 병신아들에 대하여 나는 오랜 세월 너무 완악했다. 내 목의 힘줄은 무쇠 같았고 나의 이마는 놋처럼 단단해서 오직 내 자존심만 생각한 아비였다. 은비한 일까지 꾸미면서 패악한 생각을 했던 사람이다. 고난의 터널을 벗어나니 옆에 앉은 대호의 머리엔 무서리가 내 머리엔 된서리가 내려앉았다. 찬찬히 아들의 얼굴을 보는 동안 전신에 진율이 일더니 침묵의 절규가 터져 나왔다. 세상에! 언제나 대호는 내 눈에 벌레요, 짐승이었는데 머리를 비비꼬며 창공을 향한 그의 얼굴은 세상에서 가장 아름다운 부드러움과 사랑이 넘치는 천사의 얼굴이었다. 눈물이 흥건하게 내 뺨을 타고 흘러내렸다.

유명한 물리학자 스티븐 호킹 박사는 최근 의사들의 진단으로 루게릭병이 아니고 대호처럼 척수성 소아마비일 거라고 한다. 그는 1963년 21세에 루게릭병으로 진단받고 2년 정도 살 것이라고 했는데 무려 55년 동안 살다가 76세에 타계했으니 대호도 그 나이까지는 살 수 있을 것이다. 내가 고난의 시절 너무 고통스러워 참지를 못하고 비밀스럽게 그를 안락사 시켰다면…… 아아! 생각만 해도 소름이 전신에 깔린다.

이런 자리까지 오는 동안 내 인생여정은 참으로 녹록치는 않았다. 아브라함은 이삭을 제물로 바치라는 명령에 분명 고통을 당했겠지만 그건 삼사일 아니 길게 잡아 일주일간이었다. 나는 일생동안 큰 아들 대호의 소아마비란 무거운 짐을 지고 몸부림치면서 모리아 산 정상에 선 아브라함의 승리의 자리까지 이른 셈이다.

2000년 10월 29일 세계보건기구에서 우리나라를 포함한 서태평양지역 37개국이 폴리오박멸선언을 했으니 지금은 나를 일생 고생시킨 그런 못된 병균이 이젠 깡그리 없어졌다. 긴 세월 소아마비 백신을 개발한 많은 학자들과 특히 에드워드 쇼크 박사의 업적에 머리 숙여 감사함이 터져 나와 나는 고개를 꺾어 가늠할 수 없을 정도로 깊은 창공을 우러러보았다. ✶

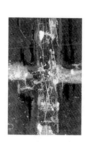

'어머! 돌에 맞아 죽을 뻔한 장로가 저기 있네!'

깜짝 놀란 수련이 눈을 크게 뜨자 서서히 희미한 안개 속으로 예전 인자한 모습으로 되돌아간 장로가 사라진다. 수련은 허리를 깊숙이 숙여 그를 향해 절을 하면서 중얼거렸다.

'장로님은 저를 구렁텅이로 집어넣었지만 좋으신 하나님은 그것을 선으로 바꾸셨네요. 저를 이곳까지 데려오느라고 애쓰셨어요, 장로님! 안녕히 가세요.'

돌에 맞아 죽을 뻔한 장로

돌에 맞아 죽을 뻔한 장로

둘러보니 현실이 명확하게 다가왔다. 성탄절과 세밑에 들어온 계절이라 도시는 사람들로 붐비고 밤 치장이 요란했다. 여긴 도심지에서 멀리 떨어진 탓일까. 하늘이 동해안의 먼 바다보다 더 푸르고 깊다. 오늘 그 밤하늘이 태풍을 만난 듯 출렁인다. 공해가 없는 탓이라 촘촘히 박힌 별들도 하늘물결을 따라 거세게 요동친다. 수련은 머리를 흔들면서 다시 밤하늘을 응시했다. 바람이 거세진다. 몸이 물결에 휩쓸려 창공으로 밀려들어갈 듯 휘청거린다. 이번에는 하늘이 위아래로 출렁인다. 어지럽다. 토할 것 같이 메스껍다. 그런 밤하늘을 보지 않으려고 눈을 질끈 감았다. 출렁이는 물결 위로 그녀가 15년이 넘도록 찾아 헤매는 패역한 남자의 훌렁 벗겨진 대머리가 번들거린다. 하늘자락 끝까지 이른 미움과 저주가 밤하늘까지 출렁이게 하는 괴력을 발휘하다니!

　요즘 수련은 속울음을 쟁이며 살게 한 세월 속의 주인 공인 그 나쁜 놈을 향한 미움이 극에 달해 살이 푸들푸들 떨리고 곤비하여 잠을 이루지 못하고 있다. 이런 자신을 진정시키고 불가마 속처럼 타오르는 마음의 들끓음을 끄기 위해 본래 인생이란 고난을 위하여 있는 것이라고 주술을 외듯 수없이 주절거려본다. 끓어오르는 가슴에 힘껏 얼음덩어리와 찬물을 끼얹어도 꺼질 기세가 아니다. 들나귀가 풀이 있으면 어찌 울겠으며 소가 꼴이 있으면 왜 울겠는가. 그녀의 가슴에도 그럴만한 이유가 있는 것이다. 곰곰이 살아온 인생의 뒤안길을 변박해보면 너무나 억울해서 가슴이 저리고 손발에 쥐가 나서 몸 한쪽이 바그르르 돌아간다. 그를 용서해야 이 고통이 사라진다고 이성적인 방법과 논리적 사고를 동원하여 열거하면서 마음을 다독거려보지만 창졸간에 당한 작금의 이런 깊고 음침한 고난의 골짜기를 도저히 용납할 수가 없다. 살아온 지난날들을 찬찬히 꼼꼼하게 집어내가면서 되돌아 봐도 그녀 자신의 행위에는 포학한 짓이 없었고 그간의 생활은 참으로 정결했다. 하지만 지난 15년간 당하고 있는 끔찍한 지옥생활은 더 이상 이 땅위에서 살기를 원치 아니하고 영원히 이 지상에서 사라지고 싶을 뿐이다. 이렇게 지내는 그녀의 날들은 허망한 것이니 당장 이런 생활에서 놓여나기를 간절히 소원했다.

어제 밤은 손이 늘어질 대로 늘어져서 숨쉬기도 거북했다. 매일 그녀는 괴악하고 악독하여 깡그리 머리부터 발끝까지 부패한 그 인간의 심장과 머리를 향해 던질 돌을 산처럼 쌓고 있었다. 미움으로 몸이 삭아질 정도로 저려 올 적에 이런 마음의 속삭임도 일었다.

"용서하고 잊어버려라. 이런 미움이 너를 죽이고 있다. 이제 고만하자."

그건 분명 영혼 깊은 곳에서 올라오는 음성이다. 그 때 즉각 그녀는 반발하며 거세게 응했다.

"언젠가 용서는 하지만 시간이 필요하다. 나를 두 번 씩이나 배신한 사기꾼을 무조건 용서하라니 이건 인간인 내가 할 수 있는 영역이 아니다."

"그러다가 너는 죽을 것이다. 고만 미움을 던져버리고 그를 용서해라."

수련은 이런 강한 마음의 음성에 잠시 침묵하다가 그 목소리의 주인공을 향해 머리를 흔들면서 응했다.

"제 엄지발가락에 칠한 새빨간 매니큐어가 자라 올라다 없어지면 용서할 거야. 그때까지만 시간을 미루어보자."

아직 그를 용서할 단계는 아니다. 눈앞에 나타나면 핸드백에 감추고 다니는 날카로운 단도로 그 작자의 심장을 찍어 도려내야 그녀의 한이 풀릴 것이다. 가슴에 매일 주워 모은 산만큼 쌓인 돌들을 그를 향해 팔매질해서 그의 시신 위에 산처럼 쌓아놔도 그녀의 아픔 덩어리와 증오의 응어리는 남을 것이다.

수련은 넘어지려는 몸을 간신히 일으켜 더듬거리면서 베란다에서 거실 안으로 들어가려고 허우적거렸다.

"링! 나 좀 도와줘. 어서 빨리 와요."

장군님은 수련이란 이름의 끝 글자 련을 발음하기 힘들다고 링이라고 부른다. 안방에서 외치는 그의 우렁찬 음성이 거실을 가로질러 수련에게까지 전해졌다. 8천 스퀘어 피트가 넘는 대형저택이라 웬만한 사람의 발소리나 목소리가 이곳까지 들리지 않으련만 팔순고개에 이른 퇴역 장군의 음성은 젊은 시절 부하들을 호령한 탓일까. 아직도 쩌렁쩌렁 집안을 잡아 뒤흔든다. 아마도 이 시간에 휠체어를 타고 밤하늘을 보려는 모양이다. 노인이 되면 잠이 오지 않는지 수련에게 이미 굿나이트 인사를 하고 침대에 눕는 것을 보고 베란다로 나왔는데 벌써 잠이 깬 모양이다. 수련은 익숙하게 휠체어를 밀어 침대 옆에 바짝 붙이고 그의 팔을 잡았다. 장군의 몸 상태가 골다공증이 가장 심각해서 넘어지는 날이면 끝장이라고 어찌나 성화를 대는지 매사에 신중을 기해야 한다.

수련이 조금 전 나가있던 베란다로 휠체어를 밀었다. 장군의 목소리에 그녀의 마음이 평정을 찾은 탓인지 하늘의 별빛이 찬란하다. 크리스마스 세밑이라 화려하게 등불로 치장을 한 앞마을이 하늘의 별들에게 화답하듯 반짝인다.

"참으로 아름다운 밤이야! 나이 들어 이제야 확실하게 알게 된 사실인데 그 분만이 홀로 이렇게 황홀한 하늘을 펴실 수가 있어. 오직 그 분만이."

싸늘한 공기가 시원한지 장군님은 깊은 심호흡을 하면서 두 팔을 별이 가득한 하늘을 향해 힘차게 뻗는다. 아직도 정기가 고인 눈을 반짝이면서 수심이 가득한 수련의 전신을 발끝부터 정수리까지 훑어보고는 정이 묻어나는 음성으로 그녀에게 말을 건넸다.

"자고로 집이나 여자는 가꿔야 아름답고 빛을 발하는 법이야. 링은 몸 전체에 음울한 그레이 빛이 고여 있어. 항상 칙칙한 옷을 입고 화장도 치장도 안 하니 너무 불쌍하게 보여. 내 눈엔 링이 진흙에 굴러 떨어진 값비싼 다이아몬드 같아. 그 나이에 귀걸이도 하고 반지도 끼고 화려한 목걸이에 화사한 옷을 입는다면 얼마나 아름다울까! 여자는 치장을 해야 된다고. 그게 여자라고."

여자는 치장을 해야 여자라고? 장군의 말에 수련은 휠체어 곁에 앉아 깊은 생각 속으로 빠져든다. 이 집에 들어온 지 10년이 넘는다. 은퇴한 장군님은 일찍 상처를 하고 재혼하지 아니한 채 아들 다섯을 혼자 손에 길러 다 내보내고 이제 노후에 몸이 말을 듣지 않아서 수련이 이 집의 가정부로 들어왔다. 그녀가 하는 일이란 집안 곳곳을 청소하고 음식을 만드는 등 자질구레한 살림살이를 추스르는 일이 아니다. 오전 중 두 시간은 바로 근처에 있는 데 스칸소 가든에 동행하여 휠체어를 밀면서 산책을 하고 말 벗이 되어준다. 겨울철로 접어든 요즘은 동백꽃이 만발한 숲을 거닐고 있다. 봄이면 라일락 정원에 머물거나 고대 식물로 우거진 숲속에 앉아 수욕(樹浴)을 즐기기도 한다. 지나간 여름에는 장미정원과 그 옆의 호수 가를 거닐었 다. 집에 돌아와 오른 팔 사용이 어눌한 장군의 점심식사 를 곁에서 거들어준다. 오후 한 시간 낮잠을 자고 일어난 그의 곁에서 수련이 하는 아주 중요한 일은 매일 성경을 두 장씩 읽어주면 된다. 이건 장군이 가장 강조하고 중점 을 두는 일과이다. 이렇게 낮에는 그의 곁에서 말벗이 되 어주고 집안일을 돕는 사람들이 모두 귀가한 밤에 혼자 머물러서 장군에게 응급상황이 생기면 911을 부르는 역 할을 하면 된다. 아주 편한 직업이다. 그리고 토요일과 일 요일인 주말은 자유이니 마음대로 나다닐 수가 있다. 다 행스럽게도 대학에서 영어를 전공한 것이 이런 직업을 구 하기에는 적격이었다.

이번 주말에는 그녀를 이렇게 나락으로 밀어낸 그 못된 놈을 보았다는 지인의 귀띔으로 산타 모니카의 한인교회 로 가보기로 했다. 미국으로 그를 찾아나선 지 5년 만에 극적으로 마켓에서 그 자식을 만나기는 했었다. 무조건 허리띠를 움켜잡고 옆의 스타벅스 커피 점으로 끌고 들어 갔다. 그는 사람들 시선을 무시한 채 그녀 앞에 무릎을 꿇고 두 손으로 싹싹 빌기 시작했다. 이런 진기한 광경을 처음 보는 커피점 안 고객들의 시선이 집중하자 수련은 그를 잡아 일으켜 앉혔다. 스타벅스는 귀족적 분위기가 고이도록 장식을 해놔서 여기 들어온 고객들은 너나없이 자신이 특별하다고 느끼게 하는 공간이다. 특별계층의 부류에 속해있다는 기분을 만끽하며 모두 어깨가 으쓱해지는 장소에서 이런 비굴한 자세를 취하는 것은 거기 들어온 고객들에게 실례였다. 어느 정도 주위가 안정되자 수련은 어서 돈을 내놓으라고 으름장을 놓았다.

"저도 그 돈 한 푼도 못 먹었습니다."

"그럼 내 친구 경화와 제 아파트를 저당 잡아 은행에서 꺼낸 그 많은 돈을 전부 무엇에 쓰셨어요? 교회 건축으로는 단 한 푼도 들어간 것이 없더군요. 그냥 착복하고 도망친 것이 아닙니까. 이대로는 저는 못 지나갑니다. 이 일로 제 인생이 망했습니다. 전 남편에게서 쫓겨났고 자식들하고도 생이별을 했어요. 이렇게 당신을 찾아 나그네가 되어 떠돌이 생활을 하고 있는데 내 인생을 어쩔 셈이에요. 그래도 교회의 장로님이셨는데 이럴 수가 있어요."

그는 눈물을 찔끔찔끔 흘리면서 입을 삐죽거리고 윗눈시울을 내리깔았다.

"저도 교회와 주님을 위해서 한 일이 이렇게 되었어요. 석 달만 주식에 넣으면 두 배가 뛴다고 해서 돈을 불려서 더 많이 교회에 바치려고 했는데 그게 물거품이 되었어요. 하필이면 주식이 그 때 폭락할 것이 무엇입니까. 제 집까지 잡혀서 넣었다가 몽땅 다 날려 저도 알거지가 되어 미국에 빈손으로 도망와버렸지요."

"제 아파트를 주식에 넣었다가 몽땅 날렸다고요? 세상에! 어떻게 장만한 집인데 그걸 한 순간에 날려요. 그것도 성전 건축을 위해 잠시 은행에 저당 잡혔다가 헌금이 들어오면 돌려준다고 약속하고 장로님이 교인들 아파트를 모두 은행에 저당 잡았잖아요. 그걸 그런 식으로 날려버렸다니 그걸 어떻게 날더러 믿으라고 그래요. 당장 그 돈을 내놓지 않으면 인터폴에 고발할 것이니 그리 아셔요."

그 사기꾼 장로는 악에 받쳐 울어대며 하소연하는 수련의 말을 몸을 가누지 못할 정도로 흐느적이며 듣다가 머리를 번쩍 들더니 씩씩하고 당당하게 말했다.

"우리 이렇게 합시다. 제가 그간 벌어놓은 돈이 있으니 그거라도 우선 드리고 나머지는 나중에 갚겠습니다. 내일 이 시간에 여기서 만나요. 은행에 저축한 것을 몽땅 체크로 드리겠습니다."

"그걸 어떻게 믿어요."

그러자 그 사기꾼 장로는 자신의 집주소와 전화번호를 내주고 마침 운전면허증인 아이디는 집에 두고 왔다면서 자동차 등록증을 차에서 꺼내주면서 애걸했다. 그 말을 믿고 수련은 다음날 약속시간에 나가 스타벅스에서 다섯 시간을 앉아있었으나 그는 나타나지 않았다. 적어준 주소로 찾아가니 남의 집 방 한 칸을 세내어 살다가 어제 떠났다는 것이다. 자동차는 이미 폐기 처분해서 아무짝에도 쓸모가 없었다. 바다에서 바늘을 찾기지 한국의 50배가 넘는 이 넓은 땅에서 그를 이제 어떻게 어디서 찾는단 말인가. 순간 울어대던 초등학교 3학년인 딸 미화의 얼굴과 그 당시 갓 초등학교에 입학한 아들 미호의 삐죽거리던 입과 눈물로 그렁한 눈망울이 수련의 앞을 스쳤다. 미칠 것만 같았다. 숨쉬기도 힘들었다. 그 애들은 계모 밑에서 자랐을 것이다. 이미 15년이란 세월이 흘렀으니 아이들은 이제 모두 이십 대의 나이에 이르렀을 터이다. 차라리 경화처럼 남편 앞에서 손빌이라도 할 걸 그랬나 하는 생각이 스쳤다. 뜨뜻미지근하게 죽도 밥도 아니고 엉거주춤 모호한 얼굴로 서 있지 말고 동그라미 손빌이 짓이라도 했다면 남편에게 용서를 받았을까. 순간 남편의 표독스러운 눈빛에 부딪히자 수련은 정신을 수습했다. 그녀의 자존심에 빌어먹어도 그의 다리 아래 엎드려 다리 아래 소리를 하는 짓은 진짜 역겨웠다. 그건 인격이 없는 비렁뱅이 짓일 터이다. 그래도 아직도 엄마의 손길이 필요한 아들딸을 위해 우리 선조들처럼 신령님이나 조상신에게 빌 듯 동그라미 손빌이라도 하면서 남편에게 매달렸어야 하는 것이 아니었던가.

돌보고 있는 장군님이 곁에서 무어라 말하든 그녀는 허공을 멍하니 바라보면서 과거의 늪 속으로 빠져들었다.

장군님은 기침을 심하게 하면서 꿀에 재어놓은 유칼립투스 기름을 가져오라고 손짓을 한다. 냉장고로 향하는 수련에게 여기까지 들려오는 노기로 일그러진 남편의 음성이 귓가를 스친다. 오판한 심판의 판정에 항의하는 선수들의 드센 반발보다 더 거센 몸짓이었다.

"여자가 우리 식구의 터전인 아파트를 몽땅 내어줄 정도로 사랑하는 대상이 있었다니 난 그런 여자를 아내로 둘 수 없어. 그런 여자하고 어떻게 살아. 난 못 살아. 당장 내 눈앞에서 영원히 꺼져버려. 이혼수속을 될수록 빨리 끝낼 터이니 그리 알라고."

아무 것도 챙기지 못하고 수련은 입은 옷 그대로 집에서 쫓겨나버렸다. 울어대는 아들딸을 등 뒤에 두고 쫓겨나는 심정을 어찌 말로 다 표현할 수 있단 말인가! 하긴 살고 있는 아파트도 은행에 넘어갔으니 이제 남은 가족들도 길거리로 나앉게 된 마당에 변명의 여지도 없었다.

그녀의 이런 불행의 요인이 바로 이 사기꾼 장로라는 작자의 소행 때문이었다. 성전 터를 닦아놓고 돈이 없어 건축을 시작도 못하니 성도들이 모두 살고 있는 아파트를 저당 잡아 돈을 은행에서 꺼내오면 우선 그걸로 건축을 하겠단다. 매주 들어오는 헌금으로 이자와 원금을 서서히 돌려줄 터이니 성도들 모두 함께 고난의 길을 걷자고 담임목사님이 강단에서 콧물눈물 흘려가며 말하자 교회 안은 숙연해졌다. 각 구역을 책임 맡은 장로들이 그 다음에는 거머리처럼 들러붙어 교인들의 집을 저당 잡아 돈을 가져가는 소란스러운 상황에서 수련은 똑똑해서 전혀 동요하지 않았다.

어떻게 마련한 거처인가! 시골에서 황소를 팔아 겨우 대학을 나온 가난뱅이 남편을 만나 셋방살이로 시작해서 먹을 것을 아끼고 허리를 졸라매며 돈을 모아 산 아파트다. 그녀가 좋아하는 병어조림이나 겨울이면 처녀시절부터 좋아해서 먹어오던 고기만두도 먹지 않고 매일 밥 한 가지에 된장찌개나 짠 밑반찬만 가지고 살아가면서 몇 번을 옮겨 산 아파트가 아닌가. 여자이니 옷을 사 입고 치장을 하고 싶어도 샘플로 주는 화장품으로 살았고 루주를 사는 것도 아까워 민낯으로 살아온 과거의 궁핍했던 생활이 그녀를 미치게 했다. 아이들이 사과가 먹고 싶다고 야단해도 겨우 한두 개를 사다가 앞에 앉혀놓고 껍질을 아주 얇게 깎아 조금씩 저며 아껴서 천천히 먹이지 않았던가.

이런 수련을 놓고 장군님은 여자란 꽃이란다. 여자란 예쁘게 치장하고 아름답게 가꿔야 한다는 것이다. 그녀의 과거를 모르니 하는 말이다. 베란다의 찬 기운에 기침을 하던 장군님은 수련을 손짓으로 불러 거실 텔레비전 앞으로 데려가 달라고 요청했다. 무릎 위에 담요를 덮었고 강하게 진정작용을 하는 유칼립투스 오일 만으로는 밤바람을 견디기 힘들었던 모양이다. 여긴 사막이라 겨울이지만 얼음이 얼지 않는다. 그래도 이 계절은 엄청 춥게 느껴지는 곳이다. 멀리 보이는 산봉우리마다 하얀 눈 모자를 썼으니 말이다. 수련은 휠체어를 밀고 거실 중앙까지 가서 텔레비전을 켰다. 여자 옷들을 파는 광고만을 하는 전문채널을 틀라고 한다. 화면에는 성탄절에 입을 수 있는 새빨간 드레스와 금박이를 입힌 화려한 의상으로 치장한 늘씬한 모델들이 의기양양한 표정을 지으면서 화면을 장식한다.

"예쁘지? 입고 싶지? 링이 지금 화면에 나오는 저런 옷을 입으면 모델들보다 훨씬 더 아름다운 여인으로 변신할 거야. 아까운 인생을 이렇게 칙칙하게 낭비하지 말고 저런 걸 사 입으라고. 링처럼 예쁘고 귀여운 여자는 예쁘게 치장하고 꽃처럼 방글거리면서 살아야 돼요. 칙칙하고 우울하게 두루뭉술하게 사는 것이 아니라 빛나고 반짝이는 모습으로 살아요."

누군 할 줄 몰라 못하나. 모든 여건과 환경이 허락하지 않으니 이러고 있지. 이건 태생적인 반골기질로 인한 허덕임이 절대 아니다. 처녀시절에는 친정이 어려운 가운데 대학을 다니느라고 입고 싶은 옷을 못 사 입었다. 그 당시 기록한 일기에는 먼 훗날 결혼하여 돈 많은 남편 곁에서 입으리라 다짐했었다. 그날 길에서 보았거나 쇼 윈도우에 진열된 입고 싶은 멋진 의상들을 일기장에 늘 데생을 해 놓고 훗날 사 입으리라 결심했으나 그녀의 꿈과는 달리

가난뱅이 남편과 결혼하고는 집을 사고 자식들 기르고 남편 뒷바라지 하느라고 치장을 하지 못하고 산 인생이었다. 여자란 가꾸고 멋을 내고 아름답게 살아야 하는 한 송이 꽃이라고 추겨대는 장군이 못마땅해서 수련은 입을 꾹 다물어버렸다.

"링! 나를 자꾸 장군님이라고 부르지 마요. 나는 그런 이름이 싫어. 이젠 평범한 범부로 돌아왔으니 토마스란 이름을 줄여 애칭으로 토미라고 불러줘요. 그래야 친근감이 있고 나도 전쟁터를 누비고 살았던 지겨운 과거를 잊을 수 있을 거야. 그래 줄 수 있지?"

화면에서 시선을 옮겨 장군의 얼굴을 보니 아주 간절하고 진지하며 순수한 아기의 얼굴이다. 수련이 대답을 아니 하자 그는 다급하게 수련의 손을 잡더니 사랑이 넘치는 음성으로 속삭인다.

"내 남은 생은 당신이란 꽃을 이 세상에서 제일 아름답고 행복한 모습으로 가꾸고 싶어. 이건 순간적으로 떠오른 생각이 아니야. 당신이 처음 이 집에 나를 도우러 왔을 적부터 그런 강렬한 마음이 엄습했어. 당신의 우울하고 속에 가득 고여 있는 이상한 기운이 묘하게 나를 끌어 잡아당기더군. 이제 내 곁에서 당신이 10년을 지냈으니 우리는 같은 지붕 밑에서 식구처럼 살아온 한 가족이었어. 격전지를 돌면서 밖으로만 나돈 내 일생에 당신이 내 곁에 있어준 10년이 가장 행복했다고 고백해도 될 정도지.

그러니 나와 부부가 되자고. 결혼이란 법적 수속을 끝내야 내가 죽은 뒤에 모든 나의 재산이 링의 것이 돼요."

"아들이 다섯이나 있는데 아버지가 이 나이에 재혼하는 것을 그냥 보고만 있겠어요. 특히 재산문제에는 아주 날카로운 법입니다."

"오호호……. 코리아하고 달리 이 나라 미국은 철저한 개인주의야. 자식들보다 나를 더 많이 이해하고 돌봐준 사람은 바로 당신이라 링이야 말로 충분히 그럴 자격이 있어. 내가 받는 연금도 매달 아주 많아. 내가 죽은 뒤에도 그걸로 링 자신을 여자로 가꾸고 꾸미며 살기에 아주 충분하지. 그밖에도 거액의 주식도 있고 세를 놓은 큰 건물이 다운타운에 두 채나 있어 내가 간 뒤 혼자 남은 링이 꽃처럼 자신을 가꾸고 살면서 노후의 여생을 즐기기에 충분한 재물이야."

토미는 수련의 손을 꼭 잡고 간절한 눈으로 그녀의 얼굴을 응시한다. 잠시 혼란이 왔다. 하긴 여길 나가면 갈 곳도 없다. 이 사람이 고용해줘서 영주권을 받았으니 따지고 보면 수련에게 그는 정말로 고마운 분이다.

"이건 중대한 문제예요. 제게 생각할 시간을 주셔요. 저도 과거가 있는 여자예요. 당신 토미는 나에게 단 한 번도 내 과거를 물은 적이 없잖아요. 제겐 이십을 넘긴 아들과 딸이 한국에 있어요."

"오우! 그거 반가운 소식이야. 우리 집이 넓으니 그 애들을 모두 미국으로 데려와요. 그래도 한국보다는 여기가 미래를 바라볼 수 있는 꿈의 나라가 아닌가. 그거 참 좋다. 링에게 자식이 있다는 것은 너무 기쁜 소식이야."

그 밤에 수련은 밤새 잠을 이룰 수가 없었다. 서른둘에 남편에게서 강제로 가정을 등지고 쫓겨나서 15년이 흘렀다. 무작정 원수를 찾아 빈손으로 태평양을 건너 미국에 와서 한국인이 많이 산다는 샌프란시스코와 시애틀을 거쳐 나성까지 왔다. 원수 놈이 장로이니 교회마다 뒤지면 찾을 수 있을 거라는 막연한 생각으로 미국 땅에 왔다. 영주권이 없으니 불체자 신분으로 고학력이지만 식당에서 막일을 하면서 지낸 초창기 5년은 악몽이었다. 다행히 신문광고를 보고 장군댁에 가정부로 오게 된 것은 행운이고 기적이었다.

하지만 결혼을 한다면 47세인 수련에 비해 80세인 토미와는 무려 33년이나 나이 차이가 난다. 이런 노인과 결혼하면 주위 사람들이 어떻게 볼 것인가. 그러잖아도 그녀를 향해 입을 벌리고 와글거리고 천대하며 사팔눈을 하고 구경하면서 대적하는 사람들이 주위에 널렸는데 이 남자와 결혼한다고 하면 더 난리를 칠 것이다. 아무리 생각해도 있을 수 없는 일이다. 하지만 한국에 비해 이곳은 거대한 신분질서 사회는 아니잖은가. 게다가 이 청혼을 거절한다면 당장 이 집에서 나가야 한다. 현실을 직시하고 곰곰이 생각해보니 갈 곳이 없다. 맨몸으로 남의 땅, 남의 나라에서 어떻게 비비고 살아간단 말인가. 아무리 생각해도 수련이 처한 상황은 바람 위에 올라앉아 굴러 다니다가 대풍 중에 소멸해버릴 인생이었다. 토미와 결혼하여 자식들을 미국으로 불러서 노후를 의지하는 것도 좋은 방법이 아닐까. 토미는 심장이 나쁘니 오래 살 수 없는 환자이다. 누군가의 자상한 사랑의 손길이 필요한 남자이다. 의술이 좋은 나라이니 옆에서 잘 돌보면서 그의 귀염 받는 꽃이 되어 서로 의지하고 함께 오래 살면서 그의 가꿈을 받는 것이 최선일지도 모른다. 여자로서 이런 삶을 살아본 적이 없으니 그런 삶이 내 인생의 일부가 되어도 사람들이나 심지어 하나님은 경책하지 않을 것이다. 그간 그의 곁에서 10년 넘겨 생활하면서 정도 많이 들었으니 이걸 사랑이라 해도 될까.

밤새워 잠을 이루지 못하고 뒤척이다가 주말이니 또다시 그 사기꾼 장로를 찾아서 산타 모니카의 변두리에 자리 잡은 한인교회로 가야겠다고 마음을 추스르고 있었다. 그녀가 찾고 있는 남자와 같은 이름을 지니고 거기 거처를 정했다는 정보를 최근에 얻었다. 수련이 집에서 강제로 쫓겨났을 적에 함께 아파트를 사기꾼 장로에게 넘겼던 경회가 오늘 점심에 다운타운 그랜드 호텔로 온다니 그녀와 함께 그 사기꾼 장로를 추적하기로 했다. 약속시간에 수련은 수수하게 차려 입고 친구 경화를 15년 만에 만나러 호텔로 향했다.

경화는 수련처럼 이혼 당하지는 아니하고 남편의 바다 같은 배려와 사랑으로 바닥인생부터 다시 시작했다. 수련이 사기꾼 장로를 찾아 미국으로 떠날 적에 비행기 표 값과 임시 쓸 용돈을 마련해주었고 피차 괴로운 인생을 살아가느라고 소식을 끊었다가 실로 15년 만에 처음으로 얼굴을 대하게 된 셈이다.

토미의 집을 나서는데 다른 도우미의 도움을 받으며 그가 외친다.

"일찍 돌아와요. 오늘은 왜 이렇게 일찍 나가는 거요?"

"원수를 찾아나서는 거예요."

수련이 퉁명스럽게 현관에서 신을 신으면서 내뱉었다.

"원수라고? 링이 매일 내게 성경을 읽어주고 있잖아. 어제 읽은 구절에 이런 것이 있어요. 원수는 내게 맡겨라. 내가 갚아준다고 했는데 무엇 하러 원수를 찾아가는 거요. 원수 갚을 마음 때문에 링의 영혼에 평안이 없고 늘 음울했구나. 헛수고 하지 말고 모든 걸 주님께 맡기고 영혼이 편해야 되어요. 링은 지혜가 있고 명철하니 곧 영혼에 기쁨과 평안이 임할 거야요."

"알았어요. 그 말씀 꼭 기억할게요."

현관문을 닫기 전에 그가 다시 일침을 놓는다.

"당신의 몸은 성전이요. 거룩한 영이 거하는 곳인데 미움과 저주와 원수가 자리를 잡으면 더러워져요. 이 점을 꼭 명심해요."

사실 이 집에 도우미로 들어와서는 그녀의 주요한 임무는 하루에 두 시간씩 날마다 성경을 그에게 읽어주는 일이었다. 벌써 네 번이나 성경을 통독하고 읽어주었지만 그가 이렇게 깊은 신심이 있는 줄을 몰랐다. 때로는 그가 수련의 틀린 발음을 고쳐주기도 하고 마음에 드는 구절은 다시 읽으라고 해서 몇 번을 암송하는 일은 있었으나 그녀의 생활에 성경 구절을 들고 직접 이렇게 개입하는 일은 없었다. 어제 그녀에게 속마음을 고백한 토미가 그녀의 생활에 끼어들고 있는 것이다.

자동차 시동을 켜면서 수련은 중얼거렸다. 내게 지혜와 명철이 있고, 내 몸은 거룩한 영이 거하는 성전이라고…….도대체 지혜와 명철이 무엇이지? 자신에게 질문을 던졌다. 지혜란 어제 읽은 성경으로는 주님을 경외하는 것이고 명철이란 악을 멀리하는 것이라고 했다. 그럼 나는 주님을 알고 있으니 지혜가 있고 악을 멀리 하니 명철이 있는 여자이다. 그렇게 자신을 다짐하면서도 자신이 없다. 더 두고 궁구해볼 문제였다. 확실히 토미는 미국이란 토양에서 자라서 생활에 깊이 뿌리 내린 신심을 지닌 모양이다.

변두리 부촌에 사는 관계로 다운타운까지 프리웨이를 운전하는데도 반 시간이 족히 걸렸다. 시내는 계속 지어가는 아파트들로 인해 주차문제가 심각했다. 대리 주차를 시키려고 조촘조촘 파킹장의 입구로 다가가는 수련의 코앞에 그녀가 애타게 찾고 있는 바로 그 놈, 사기꾼이 서 있는 것이 아닌가. 잘못 보았는가 하여 브레이크를 잡고 앞을 응시했다. 분명 그 사기꾼 장로였다. 돌에 맞아 죽어야 당연한 그 악한이 그녀 앞에 버티고 서 있다. 빨리빨리 지금 지체 없이 액셀러레이터를 꽉 밟으면 그는 즉사할 것이다. 전신이 부들부들 떨렸다. 그녀를 불행의 구덩이로 던져 넣은 그 장본인이 이제 원수를 갚기 딱 좋은 자리에 서 있다. 당장 액셀러레이터를 밟으면 모든 일이 끝날 것이다. 그 순간 다시 한 번 마지막 죽기 전의 악한의 얼굴을 보려고 머리를 드는 순간 그 사람은 얼마나 더웠으면 위에 입고 있는 목이 긴 스웨터를 벗으려고 버부적거려서 얼굴을 볼 수가 없었다. 수련의 뺨이 푸들푸들 떨리고 심장이 콩닥콩닥 심하게 뛰었지만 마음을 진정하면서 그의 행동을 살폈다. 그가 스웨터를 머리 위로 벗는 순간 반백인 머리칼이 마귀처럼 모두 위로 치솟고 앙상한 갈비뼈가 아프리카의 난민처럼 드러났다. 참으로 흉물스럽고 불쌍한 몰골이었다.

그 순간 다시 마음 속 깊은 곳에서 이런 음성이 들렸다.

"저 인간이 너의 귀한 생명과 바꿀 만큼 가치가 있다고 생각하느냐. 나는 너를 저 사람보다 몇 천배나 더 사랑하고 있단다."

순간 눈물이 줄줄 그녀의 뺨을 타고 흘러내렸다. 뒤로

차를 빼면서 호텔 입구로 나오자 친구 경화가 뛰어나왔다.

"왜 차를 빼고 있어. 대리주차를 시키면 될 터인데."

"개새끼 한 마리가 차를 가로막아서 그래. 어서 내 옆에 타라고."

경화는 그녀의 옆에 앉으면서 심상찮은 분위기에 입을 다물었다. 눈물을 줄줄 흘리면서 수련이 한참을 드라이브 하다가 차를 반 시간 거리인 산타 모니카로 몰았다. 두 사람은 태평양이 보이는 아담한 샌드위치 점에 마주 앉았다. 15년 만에 만난 친구 경화의 얼굴은 수련보다 20년은 더 늙어 보였다. 폭삭 늙어버린 할머니였다.

"너 왜 이렇게 몸을 망쳤니? 아주 팍 늙어버렸구나."

수련의 말에 경화의 얼굴에서 굵은 눈물이 뚝뚝 떨어졌다. 한참을 수건을 꺼내 닦아가면서 흐느끼다가 겨우 입을 열었다.

"너처럼 나도 그 때 이혼을 했어야 하는데 잘못했어. 그 인간이 용서한다고 해놓고 허구한 날 나를 두드려 패면서 술을 먹고 행패를 부려 낮에는 가사도우미나 청소부로 밤에는 식당의 설거지 등 막노동을 하면서 돈을 벌어다 뒷바라지를 했어도 용서가 되질 않았어. 자식들도 집을 들어먹은 어머니라고 얼마나 구박을 하는지 제대로 교육을 시킬 수가 없었단다. 지금 이 나이에 이르러서야 가망 없는 집에서 내 스스로 나와버렸어. 그 지옥에 다시 돌아갈 마음이 없다. 그래도 넌 좋아 보이는구나."

　경화는 수련의 얼굴을 찬찬히 살피면서 부러움을 감추지 못했다. 천재들이 모인다는 명문교에서 영문학을 전공한 수재들이 신앙생활을 열심히 하면서 교회를 사랑한 죄로 이런 수난을 당하고 있다는 생각에 이르자 그들이 지닌 신앙이 바른 길인가 하는 의구심이 뻗쳤다. 수련은 경화의 감정이 진정되기를 기다리면서 시원한 얼음물을 앞에 놓아주었다.

　"아참! 내가 여기 온 진짜 목적은 네 전 남편 말이야. 재혼하여 더럽게 살다가 노숙인으로 길에서 지난달에 죽었단다."

　"아이들은?"

　"내가 숨어서 뒤로 조금씩 봐주기는 했지만 겨우 고등학교만 나와서 고생이 말이 아니다. 이제 네가 여기서 자리 잡았으면 늦게라도 어미 구실을 했으면 하는 마음이 든다. 그래서 일부러 시간을 내서 네 형편을 보고 도움을 청하려고 너를 만나러 왔다. 실은 네 아들 미호가 절도죄로 구치소에 있고 딸인 미화는 창녀촌에 있다고 들었다."

　저녁을 함께 먹고 수련이 차를 집으로 몰고 가는 길 내내 방금 친구 경화가 들려준 말들이 마치 꿈에 바라본 풍경처럼 아득하니 음울하다. 깨어진 가정에서 자식들이 잘 자라기를 바란 것은 아니었다. 남편만 해도 대학시절 죽는다고 매달리며 사랑한다고 해서 한 결혼이니 다른 여자를 만나 결코 행복할 수는 없었을 것이다. 15년이란 긴 세월, 미움과 저주의 늪에 빠져 허덕이다가 이제야 정신을 차리고 둘러보니 현실이 명확하게 다가왔다.

'나를 미리 여기 태평양을 건너 남의 땅에 보내서 자식들과 내 앞길, 더 나가 단짝인 친구, 경화를 위해 모든 걸 예비하신 것이다.'

이런 현실은 그간 그녀가 믿음이 망매해서 깨닫지 못한 점이다. 꼼꼼히 따져보니 이 모두가 놀라운 기적이었다.

그녀가 현관문을 열자 토미가 바로 코앞에서 휠체어를 타고 기다리다가 활짝 웃으며 손을 내민다. 편안함과 충만함이 물씬 고인 모습이다. 언뜻 토미의 뒤에 장로의 모습이 스친다.

'어머! 돌에 맞아 죽을 뻔한 장로가 저기 있네!'

깜짝 놀란 수련이 눈을 크게 뜨자 서서히 희미한 안개 속으로 예전 인자한 모습으로 되돌아간 장로가 사라진다. 수련은 허리를 깊숙이 숙여 그를 향해 절을 하면서 중얼거렸다.

'장로님은 저를 구렁텅이로 집어넣었지만 좋으신 하나님은 그것을 선으로 바꾸셨네요. 저를 이곳까지 데려오느라고 애쓰셨어요, 장로님! 안녕히 가세요.'

토마스 장군은 자신을 향해 구십도 각도로 절을 하고 있는 수련을 향해 입이 찢어지도록 헤벌쭉 웃는다. ✸

병풍 뒤에 숨겨진 금고를 열고 묵직한 황금 열쇠를
내밀었다. 서른 돈도 더 되는지 노마님은 잘 들지도
못했다.

나는 세차게 머리를 흔들었다.

"그간 나를 잘 돌봐서 이렇게 살려냈으니 너무 고마
워 자네에게 주고 싶어. 난 부족한 것이 없이 아주
풍족해. 장애인 아들과 자네 노후를 위해 비축해 두
게나."

박꽃 여인

박꽃 여인

아지랑이가 먼 산언저리를 간질이고 있어 나는 알레르기로 가려운 뿌연 눈을 비비며 아픈 허리를 뒤로 젖히고 멈춰 섰다. 사월 초입이건만 아직도 겨드랑이 밑으로 파고드는 바람은 오싹했다. 손에 든 주소로는 얼추 근처에 와있다는 감이 잡힌다. 별장이라고 했으니 내 생각으로는 아담한 현대식 이층건물일 거라고 확신하고 있었는데 아니었다. 마을과는 뚝 떨어진 곳, 감나무가 듬성듬성 자란 아담한 산 밑에 자리 잡은 한옥은 몇 대가 살았음직한 고가였다. 옹기종기 오래된 집들이 모여 있는 동네에서 뚝 떨어진 이 한옥은 잘 생긴 아담한 산을 등지고 마을과 별장 사이에 제법 큰 개울을 끼고 있다. 한옥에 이르는 유일한 통로인 돌다리는 큼직하게 직사각형으로 다듬은 화강암이라 홍수가 나도 끄떡없을 모양새다.

솟을 대문이 앞을 가로막는다. 조가비 입처럼 꼭 닫힌 문 앞에 서서 나는 사방을 둘러보았다. 순하게 생긴 뒷산이 집과 솟을대문을 감싸 안고 지켜서 있다. 잠시 멍멍해진 나는 어떻게 안으로 들어가지 하면서 도시에서는 느껴보지 못한 괴리감을 안겨주는 한옥을 기이한 짐승이라도 관찰하듯 두리번거렸다.

다행히 초인종을 발견하여 세차고 깊게 두 번 눌렀더니 인터폰으로 응답해서 나는 화들짝 놀라 뒤로 물러섰다.

"누구세요?"

"오늘 이 집에 첫 출근하기로 된 박미소라는 사람입니다."

"아하! 9시에 출근할 것이라고 사모님이 전화를 주셔서 기다리고 있는 중입니다."

서른 중턱의 여자가 신발 뒤꿈치를 찌그려 신고 천천히 여유 있게 나와 대문을 열었다. 닫힌 문이 열리는 순간 널찍하고 시원한 공간이 앞에 탁 트였다. 순간 나는 깜깜한 곳에서 밝은 데 들어와 눈의 적응을 기다리듯 잠시 멍청히 서 있었다. 정원사의 손이 많이 스친 정원이다. 하지만 내게 너무나 눈에 익은 풍경이었다. 바로 내가 태어나서 열 살까지 자란 고향집을 기막히게 빼박았기 때문이다. 담 밑에 심겨진 흰 옥잠화, 그 뒤에 봉숭아, 특히 도시에서는 볼 수 없는 꽈리가 널찍한 텃밭 울타리 밑에 죽 심겨 있었다. 생명력이 강한 채송화가 꽃밭의 가장자리를 시루

번처럼 두르고 있다. 정원에서 눈을 돌려 고가를 보니 맞배지붕에 배흘림이 뚜렷한 두리기둥이 눈에 들어온다. 적어도 백년 이상이 되었음직한 오래된 고옥이다.

여자의 재촉에 밀려 안으로 들어간 나는 한옥을 거쳐 산자락에 잇대어 지어진 양옥으로 안내되었다. 한옥과 양옥이 절묘하게 연결되어 예술적 기교가 돋뵈었다. 양옥의 거실에 들어서니 앞이 탁 트인 통유리를 통해 조금 전 지나온 개울과 돌다리 그리고 옆 동네랑 넓은 들판이 시원스럽게 한눈에 들어왔다.

휠체어에 반백의 여인이 앉아있었다. 내가 돌봐야할 노인이라고 생각하여 나는 조심스럽게 잔일로 거칠어진 오른손을 왼손으로 감싸 안고 머리를 숙이고 문 입구에 서 있었다. 십여 분이 흘러도 침묵이 계속되어서 나는 슬그머니 머리를 들어 거실 안을 둘러보았다. 노부인은 치자꽃빛 한복을 입고 멍하니 통유리를 통해 들판을 하염없이 바라보고 있었다. 옆얼굴은 석고상처럼 핏기가 없었으나 전신에 녹록치 않은 귀티가 흘러넘쳤다. 앞머리가 이마를 덮고 오뚝한 코에 냉기가 서려있었다. 어린 시절 달밤에 고향 초가지붕 위에 피어있는 야화인 박꽃을 연상케 하는 모습이었다. 우리나라의 토종 꽃으로 밤에만 피는 꽃들은 분꽃, 달맞이꽃, 박꽃이 있다. 분꽃은 분홍색으로 무더기로 피어 단체미를 과시하고 달맞이꽃은 노란색으로 우르르 함께 피어 우아한 자태를 자랑하는데 박꽃은 흰색으로 수줍음을 머금고 드문드문 홀로 피어 푸르스름한 한기를 품은 청순함을 뿜어낸다. 지금도 나는 유년의 숲에서 그 꽃을 떠올린다. 신 새벽마다 흰 접시 위에 받친 정화수를 담은 대접과 할머니와 함께 초가지붕에 핀 박꽃을 연상한다. 새하얀 소복을 입은 여인의 눈부신 치맛자락을 닮은 하얀 박꽃! 눈 시리게 밝은 달빛을 흠뻑 들이킨 박꽃은 싸늘하고 오싹한 으스스함이 서려있다. 유년 시절 박꽃이 풍기는 냉기가 어린 아이인 나를 항상 오스스 떨리게 했다. 환한 낮에는 꽃잎을 꼭 다물고 박 잎 밑에 숨어 있다가 저녁에 꽃을 활짝 피우고 아침이면 시들지만 때가 차면 지붕 위엔 아기 머리통만한 박을 열매로 영글게 맺는 오랜 시간의 강인함도 있다. 그래서 박꽃의 꽃말은 기다림인가 보다.

  내가 직업을 바꿔 이 집으로 출근하게 된 사연은 참으로 기이했다. 전기 기술자로 일하던 아들이 고압선에 감전되어 양손을 잃었다. 퇴원한 아들 대신 돈을 벌기 위해 집에서 가까운 목욕탕에서 나는 험한 노동인 때밀이를 했다. 일 년 해보니 손발에 무좀이 생기고 그 일이 내 나이에 힘겨워 물을 피하는 방법으로 지압을 배워 손님을 받기 시작했다. 지압을 받는 사람들은 거개가 비싼 화장품을 떡칠하듯 바르고 파리가 입에 들어가도 모를 정도로 입을 딱 벌리고 바보상자인 텔레비전 프로에 열광하는 속

빈 여자들이다. 물론 치료를 목적으로 지압을 받는 아픈 사람들은 예외다. 다행히 두 명의 지압사가 함께 일하니 낮에는 잠깐 집에 들여 불구자인 아들의 식사를 챙기고 대강 집안을 치우고 다시 일터로 나간다.

지압단골들 중에 강추위에는 발등까지 치렁거리는 밍크오버를 입고 다녀 사람들의 눈길을 끌었고 보통 때도 엄청나게 부티를 내는 귀부인이 있었다. 전신을 비싼 장신구로 치장을 하고 다니는 탓에 사람들의 눈에 튀는 그 사모님은 소문으로는 대기업의 회장 부인이라고 했다. 씀씀이도 대범해서 한 번씩 지압을 받고 얹어주는 팁이 엄청 많아서 늘 기다리게 되는 그런 고객이었다. 그 여자가 나를 좋아해서 꼭 내게 지압을 받았다.

하루는 지압이 한창 진행되는 중에 불쑥 이렇게 물었다.

"여기서 버는 돈이 얼마나 되나요?"

나는 대답을 못했다. 사실 팁이 들쭉날쭉해서 뭐라 말하기 어려우나 아픈 아들 돌보고 병원비와 약값을 내면서 살아가기 빠듯했다.

"여기서 당신이 버는 돈에다 더 많이 얹어줄 터이니 제 시어머니를 돌보시면 어떨까요?"

그녀의 요청에 나는 속으로 계산을 했다. 노인을 돌보는 것이라면 똥오줌도 치워야 하고 집안일도 해야 한다. 어쩌면 치매 노인일 터이니 이건 못한다는 마음이 들었다. 그런 일은 훈련 받아 자격증을 가진 양로보호사가 적격일 터이다. 놓치고 싶지 않은 단골이라 똑 부러지게 대답을 못하고 멈칫거렸다.

"막일이 아니고 제 어머니와 점심저녁 식사에 친구가 되어 마주 앉아 식사하면서 말벗이 되어주고 일주일에 세 번 정도 지압을 넣어주시면 되요. 두 번 정도는 목욕을 도와드리고 간간이 오이 마사지를 해주면 좋아하실 것입니다. 방안이나 정돈하고 중풍으로 왼쪽이 약간 어눌하니 옷시중을 들어주고요. 아침에 출근해서 밤까지 어머니 곁에 붙어있는 일입니다. 집안일에는 상주 가정부가 있고 정원은 정원사가 오고 청소는 매일 오는 시간제 도우미가 있으니 말벗이나 되어주고 차려주는 식사를 함께 드시면 해요. 아마 여기보다 덜 힘들 것입니다."

두 끼 식사를 해결하고 일주일에 지압 세 번 하라니 내 마음이 동했다. 하루 종일 여러 명에게 지압을 넣는 일이 고되어 손목이 시큰거리더니 이제 허리까지 아픈 상태라 귀부인의 제안에 마음이 솔깃했다. 하지만 아들문제가 있어서 선뜻 답할 수가 없었다.

일주일에 한 번씩 지압을 받으러 나를 찾는 단골손님인 그녀는 매주 올 적마다 나를 설득하기 시작했다. 무슨 말이라도 해야 할 것 같아서 물었다.

"시어머님 사시는 곳이 어디지요?"

"운길산 밑이에요."

운길산이란 말에 귀가 번쩍 띄었다. 나는 구리에 살고 있어 아주 가까운 거리였다. 마음이 살살 동했으나 아들을 혼자 두고 하주종일 밤 9시까지 근무는 아무래도 어려울 것 같았다. 두 달 동안 귀부인의 요청이 집요했다.

"왜 저를 쓰시려고 해요. 훈련이 잘 된 간병인들이 있잖아요. 저는 나이도 많아 내일 모레면 육순을 바라보는 나이에요."

"바로 그 나이로 인해 제가 그러는 겁니다. 제 어머니보다 열 살 정도 어린 연세고 지압을 이렇게 잘 하시니 제 어머니에게는 아주 적격입니다."

"사실 저에겐 말 못할 사정이 있습니다. 마흔을 바라보는 아들이 사고로 두 팔이 없습니다. 이런 아들을 돌보러 낮에 두 시간은 집에 다녀와야 합니다. 해서 다른 직업을 택하기 어렵습니다."

"제가 알아보니 구리에 사시더군요. 어머니가 계시는 운길산까지는 가까운 거리고 어머니에게 기사가 달려있으니 그건 문제가 되지 않습니다. 아침에는 버스로 출근하고 낮에는 우리 기사가 도울 겁니다. 어머니가 낮잠을 주무시는 동안 댁에 가셔서 아드님을 돌보고 돌아오면 됩니다."

낮에 차편까지 준다니 망설일 필요가 없었다. 나는 그녀가 내미는 주소를 들고 이렇게 첫 출근을 한 셈이다.

창밖을 하염없이 바라보던 여인의 손은 무릎 위에 나란히 놓여있었고 중풍기가 있다는 왼손은 약간 마르고 조금 뒤틀려 있었다. 지압을 계속 받고 재활치료를 하면 나을 수 있는 가벼운 상태였다. 오른 손을 쓸 수 있으니 음식은 혼자 먹겠구나 하는 생각이 스쳤다. 이렇게 돈 많은 집에서 영양실조는 아닐 터인데 먹는 것이 부실한지 노인은 딱할 정도로 피골이 상접했다.

그녀가 부를 때까지 나는 부동자세로 서서 거실을 훑어보기 시작했다. 휠체어 옆에 놓인 긴 의자가 눈길을 끌었다. 특수제작을 했는지 늦가을 노랗게 물든 은행잎 색의 보료가 같은 사이즈의 옥 침대 위에 깔려있었다. 거기에 옛날 양반집 안채 여인들이 주로 사용하던 직사각형 팔걸이 장침이 수(壽)와 복(福)이 새겨진 바탕에 청색 가장자리를 두르고 있어 고급스러움이 줄줄 흘렀다. 산(山)모양의 안석이 보료와 조화를 이루어 등받이로 고여 놓여있다. 아마도 노인은 휠체어에서 내려 바닥에 앉을 수 없으니 걸터앉아 눕든지 아니면 장침을 의지하고 통유리 밖 들판을 바라보는 모양이다.

그녀는 내가 와있다는 걸 이미 알고 있는 모양이다. 거실 가장자리로 휠체어를 밀어달라고 내 얼굴은 보지도 않고 손짓만 해서 화늘짝 놀란 나는 휠체어를 밀어서 통유리에 바짝 붙여 놨다. 고회의 나이에 외롭게 혼자만의 공간에 갇혀 지내는 판에 말벗이 되려고 내가 여기 이렇게 와있으니 노인이 먼저 걸걸하게 신상문제도 물어보고 이름이나 거주지도 알아보며 말을 건네주기를 바랐다. 아무리 기다려도 노인은 벙어리인지 도통 입을 열지 않는다. 창가에서 그녀는 잠을 자는 것도 아니고 깊은 생각 속에 잠겨서 그저 앞만을 멍청히 바라본다. 세상사 모든 무거운 짐을 다 내려놓은 사람처럼 보인다. 할 일이 없으면 저렇게 되는 것일까. 아니면 너무 행복에 겨우면 저런 모습이 되는 것일까?

지루해진 나는 살살 거실 안을 두리번거렸다. 한 쪽 벽면 절반 이상을 차지한 커다란 액자의 그림이 눈에 확 들어왔다. 붉은 자운영이 만발하여 들판을 뒤덮었고 멀리 연녹색 하늘을 배경으로 미루나무들이 줄지어 서 있었다. 무척 눈에 익은 풍경이라 나는 이곳이 어딘가 하고 한참 기억을 더듬었다. 이 나이에 노인도우미로 나오니 기시감 증상이 일러나는 것일까? 문득 자운영이 한창 피어나는 고향의 봄, 먼 산 밑 아지랑이와 잇대어 있는 질펀한 들판이 근사한 모습으로 다가왔다. 자줏빛 뭉게구름처럼 한참 꽃을 피우는 자운영은 오월 상순경에 검은 색 씨가 익으면 갈아엎고 모내기를 한다. 소나 말 등 가축들이 좋아하는 먹이이기도 하지만 땅을 기름지게 하는 거름이 되기 때문이다. 화가가 거기 내 고향의 논둑에 이젤을 놓고 그대로 폭에 옮겨 담은 것이 틀림없다. 자줏빛 바다를 이룬 자운영으로 아득하게 펼쳐진 들판을 끌어안은 논둑이 한

폭의 사진처럼 거기 찍혀있다. 나의 유년시절을 보냈던 고향이 바로 그 그림 위에서 어른댄다. 나는 어깨를 들썩하면서 머리를 갸우뚱했다.

햇살이 거실로 파고 들어와서 먼지알갱이들이 빛기둥을 세우며 춤추는 것을 나는 숨을 죽이고 바라보다가 한쪽 벽면에 세워둔 병풍에 눈이 멎었다. 불로장생을 표상한 10가지 물상들이 그려진 병풍이다. 이 그림은 할아버지 사랑방에 있던 것과 흡사했다. 나는 그것들을 지금까지 모두 생생하게 기억하고 있다. 말없이 마냥 앉아만 있는 노인 곁에서 무료해진 나는 손가락을 꼽아가며 예로부터 오래 산다고 믿어왔던 열 가지 물상들을 병풍에서 찾기 시작했다. 제일 먼저 눈길을 끈 붉은 해, 뒤 배경으로 깔려있는 우뚝 솟은 산, 콸콸 소리를 내고 흘러 화면에서 살아 움직이고 있는 시냇물, 기이한 모습으로 뒤틀린 우아한 소나무, 날갯짓을 하는 학 위로 유유히 흘러가는 구름, 제일 큰 둥치로 그려진 사슴, 냇가에 기어가는 거북이, 불로초로 영지처럼 보이는 것이 어쩜 그렇게 시골 고향집 사랑방에 펴서 벽에 세워놓았던 병풍과 비슷한지!

이집은 내 고향 충청도 산골 모든 것을 옮겨다 응축시켜 놓은 듯했다. 그래서인지 차츰 낯설지가 않고 고향집에라도 돌아온 듯 마음이 푸근해졌다.

시간이 한참 흐른 뒤에 노인은 시선을 들판에 둔 채 딱 한마디 했다.

"지압."

말을 하는 것을 보니 벙어리는 아닌 모양이다. 아마도 며느리가 내게 지압을 받을 수 있다고 말한 모양이라 생각하고 그녀를 편안히 보료 위에 뉘었다. 노인은 내가 몸을 들어 보료 위에 뉘는 동안 내내 두 눈을 꼭 감고 죽은 듯 늘어졌다. 장침을 치우고 얄팍한 방석을 머리에 고이고는 지압을 넣기 시작했다. 한 시간 살살 몸의 상태를 점검하면서 지압을 넣는 동안도 노인은 임종을 앞둔 노인처럼 말이 없다. 맥을 짚어보니 아주 느리게 뛴다. 이따금 멎기도 하는 부정맥이라 심장이 나쁘다는 것을 알 수 있었다. 손발은 얼음장처럼 차가웠다. 나는 그녀의 건강상태를 점검하면서 내가 알고 있는 상식적인 지식을 나열해보았다. 심장이 나쁘고 위도 기능이 약하고 배가 이렇게 차니 젊은 여인이라면 임신하기 상당히 어려운 건강이다. 뼈만 앙상하니 상당히 히스테리가 많을 것이고 이 나이에 가장 두려운 사실은 이런 몸이 암 체질이라는 점이다. 암세포는 찬 몸을 토양 삼아 자라기 때문이다. 옥돌을 깐 긴 의자에 열을 올려서 나는 지압을 넣는 동안 땀을 줄줄 흘렸으나 노인은 시원한지 코를 골면서 달게 자고 있었다.

이 집을 들어설 적에는 긴장해서 자세히 보지 못한 것들이 눈에 하나하나 들어오기 시작했다. 한옥과 양옥을 잇는 통로에는 돌확이 세 개나 놓여있었다. 옹기가 아니고 자연석을 우묵하게 파서 겉이 울퉁불퉁한 거친 돌확이다. 가장자리에 오랜 세월의 더께가 앉은 것으로 보아 몇 대를 대물림한 것이 틀림없는 가보 급이었다. 이끼 긴 물 위에 부레옥잠 몇 포기와 개구리밥 꽃잎이 떠있어 집안의 습도를 조절하고 있었다. 곤히 자고 있는 노인의 무릎 위에 얇은 담요를 발까지 덮어주고 조촘조촘 현관으로 나왔다.

"조금 있으면 점심을 노마님과 함께 드셔야 합니다. 겸 상하라고 사모님이 그러네요."

"어디서 먹나요?"

"휠체어를 밀고 부엌으로 오셔요. 식탁에서 두 분이 마주 보고 드시게 하라는 마님의 전화가 왔어요."

날카롭고 냉기가 도는 표정의 노인과 내가 마주 앉아 밥을 먹을 수 있을까 걱정이 되었다. 아무튼 점심을 먹고 급히 아들을 돌보러 다녀와야 한다. 정원에 나가 이 집안의 구조와 환경을 익히려고 노인이 잠든 시간을 이용해서 밖으로 나왔다. 물레방아 돌확에 물이 찰랑하게 고여 있다. 간밤에 내린 비가 고인 것이다. 그 안에 큰 하늘이 담겨 새털구름이 평화롭게 흘러간다.

가사도우미가 노인을 노마님이라고 부르니 나도 그렇게 부르기로 했다. 점심 식탁은 기름졌다. 나성갈비에 보리조기구이, 득이한 점은 시골스러운 다섯 가지 봄나물무침이 상위에 올랐다. 마님은 밥상을 내키지 않은 듯 죽 훑어보더니 한숨을 삼키면서 수저를 들지 않는다. 오늘 아침에 첫 출근이라 아들 밥 차려 먹이고 씻기고 옷 갈아입히고 오느라고 나 자신은 물 한모금도 먹지 못한 상태라 기름진 밥상을 대하니 속에서 꼬르륵 소리가 났다. 빈 뱃구레의 반란이 민망할 정도로 심해서 나는 겸연쩍은 웃음을 삼키며 마님의 손에 수저를 쥐어주었다. 마지못해 수저를 받아들고는 냉이국 한 수저를 입에 넣고 또다시 한숨을 쉬었다. 식욕이 전혀 동하지 않는 모양이다. 나는 배고파 죽을 지경이지만 이런 노인 앞에서 밥을 허겁지겁 먹기가 떨떠름해서 그냥 앉아있었다. 비싼 갈비찜이나 생선구이에 노마님이 손을 대지 않는데 덥석 내가 혼자 먹지도 못하고 상을 그냥 물렸다. 식사하는 동안도 노마님은 내내 냉기를 품은 박꽃처럼 도도하게 앉아서 내 얼굴을 단 한 번도 쳐다보지 않았다. 매일 김치하고 국만 가지고 밥을 먹던 나는 용기를 내서 노마님에게 물었다.

"생선이나 갈비를 조금이라도 드셔요. 잡수시지 않으니 제가 손을 댈 수가 없잖아요. 전 먹고 싶어 미칠 지경입니다."

내 말에 노마님은 이 집에 와서 처음으로 눈을 들어 내 얼굴을 보았다. 그 순간 흠칫 놀라는 눈빛이 역력했다. 한참 내 얼굴을 뚫어지게 보던 노마님은 어서 갈비랑 생선을 들라고 고개를 끄덕였다. 그래도 미안해서 나는 한 공기 밥만 냉이 국에 말아서 뚝딱 먹어치웠다. 이런 나를 물끄러미 쳐다보다가 갈비구이와 보리조기구이를 내 앞쪽으로 밀어놓고 자신의 밥그릇도 놔주었다. 갈비가 씹기도 전에 술술 목을 타고 넘어간다. 쫀득한 조기구이가 어찌나 맛이 있는지 머리랑 잔뼈까지 맛나게 먹어버렸다. 이런 나를 기이한 눈으로 바라보던 노마님은 가사도우미를 불러 조기구이와 갈비를 더 가져오라고 하자 그녀는 나를 흘끔거리면서 못마땅한 표정을 감추지 못했다.

갈비와 조기구이가 누워있는 아들을 떠올렸다. 아픈 아들이 매일 거친 음식을 먹는 것이 너무 마음에 걸렸다.

"제 아들이 장애인이라 혼자 집에 있습니다. 사모님에게 낮에 두 시간씩 집에 가서 아들을 돌보고 오도록 허가를 받고 이 집에 왔습니다. 그런데 갈비와 조기구이를 보니 아들이 눈에 밟힙니다."

어눌하게 더듬거리면서 말하는 나의 입과 목 언저리를 노마님은 한참 살펴보다가 도우미를 불러 일회용 용기를 가져오라고 하여 그걸 담아서 아들을 주라고 내미는 것이 아닌가. 내가 이 집에 출근한 지 실로 한 달 만에 일어난 일이다. 이제야 노마님이 내 얼굴을 본 셈이다. 아침에 해놓고 온 밥과 김치만으로는 아들에게 너무 빈약한 식사라 갈비와 조기구이를 먹이려는 마음에 들떠서 나는 연신 머리를 조아리며 감사를 표하고는 집으로 향했다. 그것도 이 집 자가용이 대문 밖에서 기다리고 같은 지역이라 이십 여분 만에 집에 도착하였다. 손이 없는 아들 대신 밥을 떠서 먹이면서 나는 무척 행복했다. 어미 새가 먹이를 물어다가 새끼를 먹이는 기분이 이런 거구나 하면서 어찌나 마음이 뿌듯한지! 물을 먹이고 저녁 식사시중을 들어주는 도우미가 올 동안 무료하지 않게 텔레비전을 볼 수 있도록 아들이 좋아하는 채널을 고정시켜 놓고 화장실에 가는 일도 다 봐주고 다시 자가용을 타고 노마님 댁에 돌아왔다.

번철 위에서 탁탁 튀는 깨처럼 움직이는 내 이마 위엔 땀이 질펀하다. 손 하나 까딱하지 않는 노마님의 호강스러운 삶이 시기가 날만큼 무지 부러웠다. 언제 나도 저렇게 호강을 누릴 수 있을까? 나는 너무 일에 쫓겨 아플 시간도 죽음을 생각할 시간적 여유도 없다. 노마님은 매일 정원과 들판을 망연히 바라보면서 아마도 다가올 죽음에 대하여 깊이 사색하는 모양이다.

저녁으로는 닭튀김과 미역국이 나왔다. 이것도 아들 먹이라고 노마님이 싸서 준다. 음식으로 인해 우리 두 사람은 상당히 가까운 사이가 되었다. 노마님은 내가 게걸스럽게 먹는 곁에서 조금씩 음식을 먹기 시작해서 두 달이 지나자 입맛을 되찾아서 이제 공기 밥 한 그릇을 나를 따라서 맛나게 먹기 시작했다. 몸이 건강해지자 나와 함께 정원에 나가 한여름의 더위도 잊고 봉숭아 꽃잎을 따다가 백반을 넣고 찧어서 우리 두 사람의 열 손가락 위에 올려 놓고 옛날식으로 콩잎으로 싸서 실로 묶었다. 내가 온 뒤로 노마님은 눈에 띄게 건강도 좋아지고 말도 많아졌다.

나는 그간 호기심에 가득 차서 묻고 싶었던 것들을 입을 꼭 다물고 지냈다. 하지만 나무등잔과 문갑의 무늬까지 고향집의 할아버지 사랑방 장식과 너무 비슷해서 지나가는 말처럼 물었다.

"여기 오면 마치 충청도 내 고향집에 들어온 것처럼 느껴지네요. 보료랑 여섯 폭짜리 십장생 병풍을 위시해서 돌확까지 너무 똑 닮아서 제가 유년시절로 돌아가 고향집에 머무는 것처럼 푸근함을 느껴요."

내 말에 노마님은 가만히 그윽한 눈길을 내게 던졌다.

"옛날 물건들이란 모두 거의 엇비슷하니까."

"증조부님이 높은 벼슬을 했는데 당파싸움에 낙담하고 낙향하셨다고 해요. 해서 집안의 가구들이 모두 시골풍은 아니었다고 봐요."

내 말을 피해 노마님은 예상 밖의 질문을 던졌다.

"턱 밑에 심한 화상을 입었군."

노마님은 내 가장 아픈 역린인 아킬레스건을 건드렸다. 얼굴이 아니라 다행이지만 여자의 긴 목은 남자들에게 매력이라고 하는데 이걸 감추느라고 언제나 목을 가리는 풀오버 셔츠나 한여름에도 중국여자처럼 목을 덮는 높은 깃을 애호했다. 여자는 견갑근이 들어나도록 목이 푹 패인 옷을 입어야 매력이 있다는 걸 알고 있지만 턱 밑의 흉한 화상은 내게 치명타라 늘 주눅이 들었다. 젊은 시절엔 그 흉터 때문에 기를 펴지 못하고 웅숭그리고 살았다. 남녀

공학에 다니던 나는 남학생들의 눈길을 피해 가능하면 일찍 등교하여 도서관으로 가든지 교정을 걸어도 나무 숲길에 난 좁은 길을 택했다. 화상은 내 인생의 치명타요 걸림돌이 되어 불행의 씨앗이었다. 심지어 친구들까지 만나기를 꺼려해서 늘 혼자 방안에서 외톨이였던 불행한 과거가 주마등처럼 앞을 스쳤다.

나는 폴로셔츠의 앞 단추를 풀어서 턱밑에 징그럽게 몸을 드러낸 화상을 문지르면서 씩 웃었다.

"어쩌다가?"

"갓난아기였을 적에 화로에서 팔팔 끓고 있는 된장찌개 뚝배기에 데었대요. 다행히 얼굴은 비껴갔지만 난리가 났었데요. 열 살짜리 애보개가 나를 업은 채 그 화로에 넘어졌다는군요."

"어머! 저런 큰일 날 뻔했군. 그 애보개는 어찌 되었나?"

"눈이 많이 내린 겨울밤에 할머니의 호통을 들으며 강제로 쫓겨났다고 해요. 대문 밖에서 밤새 울어대더니 새벽녘에 나가보니 어디로 가버렸다고 하대요."

모두가 내 화상을 피해 가는데 그걸 대화에 올리는 노마님 앞에서 나는 내 인생 처음으로 속마음을 내보이기 시작했다.

"이 화상으로 인해 우울증에 시달렸고 대인기피증에 걸려 무지 고생했어요. 제가 좋아하는 남자와 결혼도 못하고요. 제 일생을 망친 화상이지요."

"그 애보개를 무척 원망하고 있겠군."

"처음엔 그랬어요. 어른들처럼 저도 그 애를 아주 미워했지요. 이를 갈면서 증오했지요."

"지금은?"

"아침 군불을 때고 화로에 담아놓은 이글거리는 장작숯불에 애보개가 어째서 넘겨졌겠어요. 어른들 말로는 제가 사내아이처럼 무척 나댔다고 그래요. 가만히 있질 않았데요. 다칠 적에 두 살이었는데 등에 업혀 안존하게 있질 않고 두 팔을 위로 바짝 치켜들고 뒤로 발딱 넘어지기를 잘해서 몸집이 작았던 애보개가 비틀거리면서 화로 위로 넘어졌을 겁니다. 제 잘못이지요. 이제는 모두 다 용서하고 받아드려 내 목 밑의 화상은 잊고 살아요. 이렇게 목이 훤히 들어나는 옷도 입을 수 있어요. 바로 이런 성품으로 비참해진 지경에서도 발발거리고 살아가지요."

나는 호방하게 웃어가며 내 화상으로 인한 마음의 상처를 이제 무시하고 살고 있다는 마음을 내보였다.

노마님은 알겠다는 듯 머리를 가만히 끄덕이더니 나를 가까이 오라고 불렀다.

병풍 뒤에 숨겨진 금고를 열고 묵직한 황금 열쇠를 내밀었다. 서른 돈도 더 되는지 노마님은 잘 들지도 못했다.

나는 세차게 머리를 흔들었다.

"그간 나를 잘 돌봐서 이렇게 살려냈으니 너무 고마워 자네에게 주고 싶어. 난 부족한 것이 없이 아주 풍족해.

장애인 아들과 자네 노후를 위해 비축해 두게나."

그 일 후에도 간간히 그녀는 내게 값나가는 보석들을 여러 번 선물을 하고 아주 만족한 표정을 감추지 못했다. 네게 값비싼 귀한 선물을 한 날은 노마님은 기분이 좋아져서 식사도 더 많이 하고 정원으로 나가 지팡이를 짚고 몇 바퀴를 돌기도 했다. 숫을 대문 밖에도 나가 개울을 따라 걷고 싶다고도 했다.

매달 일한 수고비는 온라인으로 통장에 제 날자에 꼬박꼬박 들어왔다. 이 집에 온 지 반 년이 되었지만 단 한 번도 노마님의 며느리를 본 적이 없었다. 그간 노마님과 나눈 대화로는 세상에 둘도 없는 효부라고 했다. 그런 며느리가 무슨 일로 얼굴을 내밀지 않는지 의구심이 들었으나 내가 떠난 한밤중에 올 수도 있었다. 그만큼 사업이 바쁘고 자신을 가꾸는 일도 벅차서 그럴 것이다. 밖이야 어떻든 이곳은 무풍지대였다.

노인의 복이 넘치는 행복한 삶에 비해 내 팔자는 박복했다. 나의 며느리는 아들이 양손을 잃자마자 회사에서 내준 거액의 위로금과 하나뿐인 내 손자를 데리고 야반도주해버렸다. 일찍 남편을 여위고 혼자 살아가면서 노후를 위해 조금씩 비축한 금반지와 금목걸이 거기다가 나중을 위해 비축한 열 돈짜리 금비녀까지 돈이 될 만한 것은 모두 챙겨서 악독한 며느리는 인사도 없이 도망가버렸다. 나와 달리 노마님은 효성스러운 며느리를 맞아 노년을 이렇게 호강을 누리며 살고 있으니 참으로 복 많은 노인이다. 늙으면 이렇게 늙어야 하는 것이 아닌가. 나는 노마님의 삶이 정말로 샘이 날 정도로 부러웠다.

그래도 반 년동안 단 한 번도 나타나지 않는 이집 며느리에 대한 호기심을 누르지 못하고 가사도우미에게 가만히 귓속말로 물었다.

"사모님은 제가 떠난 뒤 한밤중에 들리시나 보지요?"

대답이 없다. 시큰둥하니 입을 삐죽이다가 돌아서버린다. 그럼 전혀 오지 않고 생활비만 부친다는 뜻인가. 뭔가 석연찮은 구석이 많은 가정이다. 더구나 노마님은 어쩌다가 기분이 좋으면 외동아들을 혼자 손에 고생하며 길러 성공했다고 자랑하는데 그 아들도 단 한번 본 적이 없다.

지압을 받고 나른하게 기분이 좋아 누워있는 노마님에게 나는 지나가는 말처럼 상냥하게 물었다.

"아드님은 밤에 다녀가시나 보지요?"

"그 애가 요즘 외국에 나가 있어 못 온다네. 며느리도 거기 따라가서 앞으로 몇 년간 오지 못한다고 했어. 석유가 나오는 더운 사막나라에 큰 공사를 맡았다고 하니 둘이 바빠서 그러겠지. 아들, 며느리 대신 이렇게 날 위해주고 돌보는 자네가 내 곁에 있으니 난 아주 만족해요."

내외가 외국 건설현장에 나가 있다고 하지만 아무튼 무언가 석연찮았다.

이 집의 특징은 텔레비전이 없어서 도통 세상하고는 연

락이 두절된 상태다. 나는 집에서 아들을 돌보는 시간 간간히 뉴스를 들어서 세상 돌아가는 형편을 알고 있지만 여기 오면 모든 것이 탁 막힌 인큐베이터 같은 공간이 된다. 가사 도우미가 기거하는 방에서 이따금 텔레비전 소리가 들리지만 늘 방문을 잠가놔서 귀중품이라도 있어 그럴 수 있다고 생각하고 관심을 두지 않았다.

이 집에 온 지도 어연 일 년이 훌쩍 지나갔다. 아침나절 점심을 들기 전에 노마님은 앞 정원에 꽈리들이 등불처럼 익어가는 걸 매일 보기를 원해서 휠체어를 밀고 발그레 물들어오는 꽈리를 보고 탄성을 발하고 있었다. 이 틈을 이용해서 나는 재빠르게 물었다.

"노마님은 어째서 무료할 적에 텔레비전을 보지 않으세요? 세상이 급변하고 있는데 정치, 경제, 문화, 교육의 대변혁도 보시고 세계가 어떻게 흘러가고 있는지도 아셔야지요. 사막나라에 나가 있는 아들과 며느리에게 핸드폰으로 통화할 수 있는데 그것도 없잖아요."

"며느리가 내 건강에 그런 것들이 좋지 않다고 자네가 여기 오기 전부터 모두 없앴어. 전자파가 중풍이 온 내 몸에 치명타라고 하더군. 내 건강 때문이라고 이렇게 신경을 써주니 너무 사랑스럽고 참으로 감사할 일이지. 효부는 진짜 효부라고! 전자파는 오래 가까이 하면 암에 걸린다고 못 쓰게 하니 그 말을 무시할 수 없어 따르고 있지.

이제 곧 죽을 사람이 세상 변화를 알아서 무엇해. 이렇게 조용히 자연에 묻혔다가 가면 되지."

"드라마가 얼마나 재미있다고요. 연속극에 취미를 붙이시면 매일 생활이 즐겁고 건강에도 도움이 될 것입니다. 정보도 많아요. 음식, 의학상식, 역사, 여행, 다큐멘터리 등등 아주 유익합니다. 역사 드라마는 얼마나 재미있다고요. 대장금이나 녹두장군, 해신, 주몽, 천일야화 등등 드라마 채널로 들어가면 볼 것이 수두룩해요. 우리가 살고 있는 세상이 초스피드로 변해서 앞으로는 자동차도 운전사 없이 굴러가고 종교도 다 사라진다고 어제 저녁에 본 텔레비전에서 보도하더군요. 생명공학의 발달로 인간이 앞으로 500년도 더 살 수 있데요. 성경에서 900세까지 산 인물들이 나오는데 그럴 수 있나 봐요. 사이보그 공학은 앞으로 우리가 일하지 않고 모두 그것들이 해준다고 하네요. 의사 대신 수술도 하고요. 글도 그것들이 다 쓸 거래요. 비유기체 합성으로 먹을 것도 걱정 없는 시대에 접어들 거라고 하는데 저도 감이 잡히지 않아요."

"그럼 하나님도 필요 없겠군."

"그렇다고 해요. 인간이 신의 자리에 앉게 된다고 보도하더라고요."

"그런 이상한 세상이 온다니 무섭군. 하긴 며느리도 아들도 오질 않으니 그걸 하나 사다 놨으면 좋은데."

"무료하게 지내는 노인들이 치매에 걸린다고 해요. 텔

레비전과 핸드폰은 현대인이 꼭 지녀할 필수품이라고
요."

문득 석 달 전에 장애인 가정을 돕는다고 주민센터에서
선물로 가져온 작은 화면의 텔레비전을 그냥 다락방에 처
박아두었다는 생각에 이르렀다. 내 물건을 그냥 갖다놓는
것이니 노마님이 보지 않는다고 하면 나만이라도 보려고
아들의 점심식사를 챙겨주고 그걸 가지고 노마님 방으로
들어갔다. 다행히 연결코드를 찾아서 켰더니 총천연색의
화면이 뜨고 마님은 아주 기뻐하면서 호기심에 들뜬 표정
이었다. 마침 나오기 시작하는 맛있는 음식정보를 입을
헤벌리고 보다가 그게 먹고 싶다고 가사도우미를 불러 저
녁식탁에 해달라고 요청했다. 갑자기 설치된 텔레비전을
본 가사도우미는 기겁을 해서 얼굴이 하얗게 질리더니 코
드를 잽싸게 빼버리고 벌벌 떨었다.

"사모님이 아시면 야단나요. 노마님 건강에 이런 걸 방
안에 두면 몸이 더 나빠져서 일어나시지도 못할 것이라고
야단하셨어요. 이러다간 저까지 이 집에 못 붙어있어요."

그러자 노마님이 발끈했다.

"나 일찍 죽어도 좋다. 저런 재미있는 걸 보다가 죽을
터이니 그리 알아라."

노마님이 강하게 도리질을 해가면서 의연한 표정을 짓
자 가사 도우미는 나를 흘겨보면서 방을 나가버렸다. 조
금 있다가 기사가 쿵쿵거리고 오더니 텔레비전 화면 앞을

가로 막고 서서 노마님이 보지 못하도록 막아섰다.

"절대로 안 돼요. 이건 사모님의 명령이고 꼭 지켜야할 우리 의무입니다."

그러자 노마님의 불같은 호령이 떨어졌다. 달밤 초가지붕 위에 피어있는 가련한 박꽃 어디에 이런 에너지가 숨어있었단 말인가! 저 몸에서 어떻게 저런 강인한 목소리가 나온단 말인가! 나는 너무 놀라서 이러도 저러도 못하고 멀뚱히 방안의 사람들 눈치만 살폈다. 선심을 쓴다고 노마님을 위해 가져온 텔레비전이 이렇게 소동을 일으킬 줄 정말 몰랐다.

그녀의 불호령에 모두 머리를 흔들면서 사라졌다. 마침 긴급뉴스로 떠오르는 화면을 보다가 노마님은 아악! 소리를 지르면서 기절할 듯 벌벌 떨기 시작했다. 그녀의 외마디에 놀란 나도 눈길을 화면에 던졌다. 내 눈에는 별 것이 아니었다. 늘 나오는 정치범들이나 경제범들 이야기이니 별로 놀랄 이야기도 아니었다. 몇 개월 전부터 화면에 뜨고 있는 인물은 사기꾼으로 많은 사람들의 돈을 갈취한 인물이었다. 밖에 나가면 모르는 사람이 없을 정도로 악한으로 통하고 있는 사람이다. 채권자를 살인까지 하는 일이 발각되어 사형이나 종신형이라고 앵커는 떠들어대고 있었다. 노마님을 반듯하게 보료 위에 뉘어놓고 나는 찬물 수건을 그의 이마 위에 얹고는 의사를 급히 불러야 하나 아니면 119를 호출해서 앰뷸런스로 응급실에 실려

가는 것이 옳은 판단인가 허둥대고 있을 적에 눈을 번쩍 뜬 노마님이 내 손을 잡고 벌떡 일어났다.

"내가 이러고 누워있을 때가 아니야. 내가 나서야 해. 하나뿐인 금쪽같은 내 새끼를 살려야 한다고."

벌벌 떨던 몸도 안정이 되고 전신에 새 힘이 솟는지 노마님은 펄떡 일어나 뛰어다닐 듯이 몸부림치며 버둥거리기 시작했다. 그러다가 또렷하고 강한 음성으로 중얼거렸다.

"모든 것이 잘 되어가는 줄 알았어. 내 꿈을 이곳에 이루고 죽을 준비를 하고 편안하게 지내고 있었는데 내 판단이 글렀어. 아들 며느리를 믿다니! 이게 아니야."

그 다음부터 놀라운 일들이 벌어졌다. 밥도 나보다 더 많이 먹고 힘을 내서 휠체어를 타지 않고 걸으려고 발버둥 치면서 몇 주일 노력하더니 전신에 힘이 넘쳐 일어나 걸을 수도 있게 되었다. 매일 노마님은 전혀 다른 여자로 변신해서 펄펄 날아갈 듯 씩씩하게 나댔다.

부동산을 불러서 양옥이 딸린 한옥과 문전옥답을 팔면 얼마나 되나 흥정도 했다. 부동산업자는 처음 만나는 사이가 아닌지 아주 친숙해 보였다.

"이것까지 팔면 모든 토지와 재산이 깡그리 없어지는데……. 나중 어떡하시려고요? 몸도 시원찮으신 분이 노년을 어데서 보내시려고 이래요. 또 아들 밑구멍에 들이밀려는 거지요. 이제 고만하세요. 밑 빠진 독에 물을 부어도 고이지 않는 법이니 이 마지막 재산은 노후를 위해 간직하셔요."

"사람 있고 재산이 있지 하나뿐인 아들이 죽느냐 사느냐 하는 판에 어미가 이러고 넋을 놓고 있으면 인륜이 아니지요."

노마님은 씩씩하게 일어나서 한복은 벗어던지고 낙타색 바지에 허름한 노동복 윗도리로 갈아입고 나를 향해 힘차게 외쳤다.

"내가 요 몇 년간 너무 달콤하고 깊은 꿈에 빠져있었어. 이제 다 털고 일어서야 해. 촐랑아! 촐랑아! 어서 이리 오너라."

노마님은 전쟁에 나가는 병사처럼 힘차게 나댔다.

"촐랑이는 나랑 함께 있어야 한다. 나가자. 나를 도와다오. 아들을 살릴 유능한 변호사를 찾아내서 꼭 그 녀석을 살려야 한다. 난 할 수 있어. 여직 그렇게 살아왔거든."

촐랑이라고! 나는 전신에 전류가 통하듯 멍해졌다. 시골 고향집 내 아명(兒名)을 알고 있는 이 사람은 도대체 누구란 말인가? ✿

소리를 내는 전자 장난감들을 발끝으로 시큰둥하게 옆으로 밀어놓고 멍청히 서 있던 아이가 제 엄마처럼 길고 검은머리의 헝겊 집시인형을 보자 멈칫하더니 둘레둘레 놀이방을 살폈다. 마침 우주선 옆에 놓여 있던 장난감 파도를 집어 드는 것이 아닌가. 그 다음 순간 아이는 인형의 가슴에 그 파도를 힘껏 두어 번 내리찍었다. 플라스틱 파도는 인형의 가슴에 직각으로 꽂혔고 그걸 보고 우람이는 카르륵 웃었다.

인형의 집

인형의 집

   아들네가 사는 이층은 시내의 번화가에 자리 잡은 고급스러운 선물가게처럼 화려하고 아기자기하다. 오목하게 패인 백자 오리의 등에 꽂힌 노란 장미 두 송이가 싱싱하다. 소담과 월봉의 현대 도자기들이 벽걸이 선반을 가득하게 채우고 있다. 문갑 위에는 금속공예 촛대와 말 탄 기마상이 자리를 잡았고 고온에서 구운 흙 인형, 테라코타가 텔레비전 위에 앙증맞게 몸을 도사리고 있다. 화장실 옆에 턱 버티고 있는 된장독 크기의 인조 대리석 화병이 너무 화사해서 화악 눈에 들어온다. 화병의 툭 불거진 배 위에 뭉클뭉클 이겨 붙인 부들 다섯 송이가 은은한 색을 뿜어 올려 운치가 자르르 흐른다. 그 안에 흑장미가 한 아름 꽂혀 있다. 복도 끝에 놓인 뒤주 옆엔 김미경의 뚜껑 닭이 당당하게 서 있다. 벽에도 빈틈없이 고급스러운 수

직액자나 벽걸이, 도자기가 걸려 있고 끈질기게 살아서 악마초란 별명을 지닌 음지 넝쿨이 벽면을 타고 퍼런 잎을 넌출하게 늘어뜨리고 있다. 게다가 창가에 열 마리 나비가 매달린 모빌이 맑은 금속성의 풍경소리를 내고 있어 이층은 온통 동화의 나라처럼 분홍빛 무드 일색이다.

"아이쿠! 내가 못 살아. 밥을 꼭 두 숟갈 받아먹었으니 굶어 죽기로 작정한 거구나."

우당탕 쿵쾅…… 무엇을 내던졌는지 위층에서 자배기 깨지는 소리가 났다. 오늘도 언제나처럼 우람 엄마가 속을 바글바글 끓여가며 뱉어내는 넋두리가 아래층의 부엌방까지 또렷하게 들려온다.

"쯧쯧……. 오늘도 애를 죽이는군."

안성댁은 나긋나긋 닳아서 이제 쓰레기통에 버려야 할 스웨터의 팔꿈치를 방바닥 위에 펼쳐놓고 스웨터와 비슷한 색깔의 헌 양말목을 끊어내서 팔꿈치에 대고 시침질을 하려고 바늘에 실을 꿰는데 또 다시 우우 타타탕 소리가 났다. 두 눈으로 직접 보지 않아도 절구통 같은 몸을 비비적대며 한 손에는 밥그릇을, 다른 손엔 수저를 들고 우람이를 쫓아다니는 며느리의 모습이 눈에 선하다. 그건 하루아침에 든 버릇이 아니다. 손자가 밥을 먹기 시작한 때부터이니 이런 소동은 햇수로 벌써 삼 년째 접어드는 일이다.

"이 맘마 다 받아먹지 않으면 병원에 데리고 가서 아픈

주사를 놓을 터이니 어쩔 거냐. 이 녀석아!"

두 사람이 또 달음박질을 하는지 이층이 휘이엉청 흔들린다.

사십 줄에 그것도 전처에겐 소생이 없다가 후처에게서 얻은 첫 자식이니 귀할 수밖에 없겠지만 아들보다는 며느리 쪽이 더 별나다.

부엌으로 나간 안성댁은 아들이 먹고 나간 밥상을 훑어봤다. 빵 조각에 우유가 전부다. 새벽에 출근해야 하는 아들은 아침잠이 많은 색시랑 아들이 깰까봐 도둑고양이 마냥 혼자 가만히 나와 손수 차려 먹고 간 모양이다. 그 앤 이런 빵 쪼가리보다 어미가 차려 주는 밥을 더 잘 먹으련만 하는 생각에 이르자 가슴이 찡하다. 아들이 남긴 버터가 엉겨 붙은 빵 한쪽을 입에 넣었다. 너무 들척지근하고 비려서 속에서 받아들여지질 않고 울컥 올라왔다.

아들은 차라리 파래가 섞인 날 김에 시큰하게 익은 총각김치를 넣어 보리밥을 싸먹으라면 잘 먹을 터인데, 아니면 똥하고 머리를 떼어낸 멸치를 보리고추장에 주면 맛나게 먹으련만, 그것도 아니면 소금만 넣고 맑게 끓인 콩나물국하고 젓갈 없이 소금하고 고춧가루 양념으로 버무린 날김치를 척척 얹어 먹으라면 밥 한 그릇 단숨에 뚝딱 먹고 출근했으련만 너무 가슴 아프다.

안성댁은 이런 생각을 하며 다용도실에 내놓은 쓰레기통으로 갔다. 음식찌꺼기는 어제 시간제 파출부가 비닐봉지에 싸서 이미 버렸지만 아침에 위층에서 나온 쓰레기통엔 그녀가 챙겨야 할 숱한 것들이 지천이다. 먹이를 움켜쥔 독수리처럼 날렵하게 그녀는 쓰레기통의 내용물을 치마폭에 쏟아 감싸 안고 방으로 들어갔다. 꼭 도둑질한 사람처럼 가슴이 벌렁벌렁 뛴다. 내용물을 방바닥에 와르르 쏟아놓은 뒤 잽싸게 방문을 찰칵 잠갔다. 만에 하나 며느리가 문을 왈칵 열 것에 대비해서다.

"아니, 이 여자가 오늘도 또 늦어. 아홉 시 반이 넘었는데도 오질 않으니 다른 파출부를 부를까봐."

며느리가 거실로 내려와 지저분하게 흩어진 부엌을 흘겨본다.

"어머머! 어머니, 또 쓰레기를 안고 들어가셨어요? 이를 어째. 어머니는 쓰레기를 방안에 끌어들이고 아이는 저 꼴이고 내가 못 살아. 이 집안이 어떻게 되려고 이 야단인지. 내 머리가 터지려고 하네."

며느리가 방문을 열라고 야단했으나 맛있는 음식을 숨어서 먹는 사람처럼 안성댁은 눈 하나 깜짝 않고 그냥 앉아 있었다.

"구더기가 날 정도로 집안에 악취가 풍겨야 좋겠어요. 우람 아빠를 불러서라도 무슨 수를 써야지 이대로 두면 집안이 쓰레기집결장이 되겠어."

며느리의 고시랑대는 소리가 멎고 밖이 조용해지자 안성댁은 잠근 방문을 풀고 가만히 머리를 내밀었다. 우람이가 이층 계단 맨 위층에 턱을 괴고 옹그리고 앉아있다. 오이씨처럼 갸름하고 창백한 얼굴에 실핏줄이 들어나서 병색이 완연하다.

"이 바보야. 나가 놀아. 휘익 이 집을 빠져나가 똥개처럼 흙에서 뒹굴고 놀란 말이야."

이런 할머니를 우람이는 멍청한 눈으로 슬쩍 흘겨보며 꺾어 앉혀놓은 인형처럼 꼼짝하지 않는다. 할머니가 아래층에서 뭐라고 지껄이든 아이는 눈을 허공에 박고 멍하니 돌처럼 굳어 있다.

안성댁은 방으로 들어와 문을 잠그고 일을 시작했다. 손자가 먹고 버린 초콜릿 포장지는 너무 예쁘다. 주름 잡힌 빨간 종이컵은 꼭 간장종지만 하다. 알 콩을 담듯 그녀는 재빨리 손을 놀린다. 한번 쓰고 버리는 포장지, 요즘 어디나 지천인 비닐봉지, 신문지와 광고지들, 일회용 종이컵과 접시, 플라스틱 일회용 숟갈, 와이셔츠 상자, 손자의 장난감 상자, 종류도 다양하다. 그녀의 눈엔 하나도 버릴 것이 없다. 안성댁의 어린 시절엔 용변을 보고 닦을 종이가 없어 콩잎이나 피마자 잎을 쓰기도 했는데 이게 웬일인가. 매일 쏟아져 나오는 이 집안의 쓰레기들이 모두 귀물(貴物)들이다. 쓰레기통에 매달려 쑤석거리는 안성댁을 아들, 며느리는 울상을 하고 잡아 일으켜 떼어 놓지만 매일 지키고 있을 수도 없는 일이다. 며느리 방엔 오백만 원을 호가하는 밍크코트가 걸려 있고 눈을 현란케 하는 자개농이 창녀처럼 요기를 뿜어내며 그들먹하게 자리를 잡고 있지만 안성댁의 방은 이 집이 버리는 것들로 가득 차서 퀴퀴한 냄새가 뭉근하게 고여 있다. 마치 천출(賤出)로 내몰린 노비의 터전처럼 보인다.

안성댁이 사는 이층 양옥은 큰 아파트 단지 옆에 자리잡은 여든 다섯 평의 건평에 이백 평 대지다. 도시 변두리가 갑자기 홍수처럼 밀려오는 거센 물결을 타고 아파트 단지로 둔갑해서 재작년에 어쩔 수 없이 우람 네도 대를 이으며 살아온 고가를 헐고 그 자리에 고급 양옥을 지었다. 가난한 이웃들이 옹기종기 모여 살 땐 앞 들판이 훤하게 뚫려 있었다. 심심하면 안성댁은 소쿠리를 들고 나가 논두렁이나 밭에서 냉이나 꽃다지, 소리쟁이를 뜯어다 국을 끓이거나 나물로 무쳐 먹었고 쑥을 캐다 개떡도 해먹었다. 그 시절엔 모두가 엇비슷한 처지의 사람들이라 서로 위로하고 살았는데 저들은 아파트 족들에게 쫓겨 어디론가 사라져버렸다. 그 일대의 땅을 많이 가지고 있던 우람네만 여분 땅을 팔아서 이렇게 고급주택을 짓고 외톨이로 남은 셈이다.

삼층 지붕 밑은 우람의 장난감 방으로 놀이터이다. 대문을 나서서 몇 발자국 떨어진 큰길엔 엄청난 물결을 이루며 많은 차들이 씽씽 달린다. 아파트촌으로 뚫린 길은 산보다 높이 치솟은 셀 수없이 많은 20층 건물들이 던지는 그늘로 인해 제대로 살아남은 나무 한 그루 보기 어렵다. 놀이터의 그네나 미끄럼틀도 사람의 손길에 닳아서 땟국이 줄줄 흐르고 후줄근해 보인다.

우람이는 매가리 없이 삼층 놀이방으로 들어가 바닥에 털썩 앉았다. 열 평 크기의 널찍한 방엔 그간 가지고 놀았던 장난감들이 서가로 둘러친 칸칸이 그득 진열되어 있다. 장난감가게라도 차린 듯 삼층 놀이방은 인형이랑 놀이기구가 빼곡하다. 벨벳 곰 인형이나 못 생긴 배추인형, 안데르센 인형, 키디 인형은 물론 깃털이 하늘색인 앵무새, 낙타색 복실 강아지이랑 뽀로로 인형들이 우람 엄마의 극성으로 깨끗하게 빤 옷을 입고 질서 있게 놓여있다. 마치 팔려나가기를 기다리는 인형가게의 물건들처럼 머리도 단정하게 빗겨진 채 말이다. 최근 우람이가 나이 들면서 엄마가 매일 사드리는 신품 장난감들이 포장도 뜯지 않은 체 한 쪽에 쌓여있다. 힘없이 방 한가운데로 걸어간 우람이는 올림픽 고리 던지기에 노란 고리를 던져놓고 그 다음 빨간 고리를 던졌다. 멋들어지게 척 꼬챙이에 걸려 들어갔지만 그건 수없이 해본 일이라 신바람이 나지 않자 우람이는 코코 종합 블럭으로 갔다. 집짓기 블록이니 마당도 깔고 창틀도 만들고 지붕도 이느라고 진득하게 앉아서 얼마간 짜 맞추던 우람이는 그것도 내던지고 벌렁 나자빠졌다.

안성댁에겐 일거리가 하나 더 생겼다. 며느리가 버린

속치마의 레이스가 어찌 황홀하고 앙증맞은지! 가위로 그놈을 조심스럽게 뜯어내서 그녀의 고쟁이 아랫단에 대고 기워 입을 참이다. 손은 바삐 움직이지만 그녀의 마음은 다른 세계에 가 있다. 하늘 이 끝에서 나와 하늘 저 끝까지 운행하는 해의 온기를 피해 사는 이런 생활에서 도망쳐 나와 넓은 들과 산을 달리고 있다. 처녀시절 살았던 어촌 한 모퉁이에서 바라보았던 물마루가 아스라이 앞에 가물거린다. 말이 없고 들리는 소리가 없지만 낮은 낮에게 말하고 밤은 밤에게 지식을 전해 그 소리가 온 땅에 통하는 그런 자연 속으로 찾아 나선다. 암사슴처럼 험한 산봉우리를 향해 치닫기도 하고 목이 마르면 시원한 골짜기 물을 속이 시리도록 퍼마시기도 한다.

"우람이 병원에 데리고 갔다 와요."

며느리가 아이를 데리고 나가며 소리친다. 조금 있다가 철커덕 밖에서 문을 잠그는 소리가 났다. 집안에 갇힌 그녀는 무릎 위에 쌓인 실밥을 털어 내고 거실로 나와 이층으로 올라갔다. 안방 문이 다행히 잠겨 있질 않아 도둑고양이처럼 살짝 안으로 들어갔다. 번쩍이는 자개장의 왼쪽 문을 여니 며느리의 옷들이 가득 걸려있다. 들판에 지천으로 피어있는 토끼풀꽃 냄새 같기도 하고 쌉싸름한 감꽃 냄새처럼 감미로운 향내가 울컥 옷장에서 뿜어 나왔다. 그녀의 일생을 두고 본 적이 없는 보드랍고 현란한 색깔의 멋진 옷들이 빽빽이 걸려 있다. 한참을 서서 안성댁은 그 옷들을 쓰다듬었다. 거친 그녀의 손끝에서 고급천의 옷들이 서걱거렸다. 반코트와 바바리 주머니에 손을 넣으니 동전이 잡혀 나왔다. 오백 원짜리, 백 원짜리 동전 말고도 스웨터 주머니에선 천 원짜리, 더러는 만원이나 오만 원짜리 지폐도 있다. 안성댁은 지폐는 건드리질 않고 동전만 두어 개 꺼내 치마를 걷어 올려 속곳 주머니에 얼른 감추었다.

아들의 옷이 걸린 오른쪽 장롱 문을 열었다. 며느리의 옷에서 나던 향긋한 냄새가 아니라 찌든 땀내가 물씬 풍긴다. 홀아비 방에서 나는 퀴퀴한 냄새다. 울컥 서러운 생각이 안성댁을 사로잡았다.

며느리는 전화로 모든 걸 해결한다. 옷을 사도 몸 사이즈를 재놓은 단골 양장점에 전화를 걸면 재깍 배달이 되었고 단 한 번도 불평이나 투정을 부리질 않고 그 자리에서 누런 오만 원짜리 지폐를 척척 세어서 넘겼다.

"삐악, 삐악, 빼ー약……"

안성댁은 깜짝 놀라 전기 충격을 받은 것처럼 동작을 멈추었다. 이건 텔레비전에서나 들을 수 있었던 소리였는데, 그녀는 허겁지겁 창가로 달려갔다. 아무것도 보이질 않았다. 부엌방으로 돌아와 얼음처럼 찬 바닥에 요를 깔고 누웠다. 개나리가 피는 봄이라 병아리 우는 소리를 들은 것일까. 안성댁은 좀 전에 귀청이 따갑게 들리던 삐악, 삐악 소리를 상기하며 팔베개를 한 뒤 새우등을 하고 옆으로 누웠다.

"삐악 삐악, 삐 삐악……."

이번에는 아주 또렷하게 그녀의 귓가에 병아리의 울음소리가 들려왔다. 세상에! 이제 내가 미쳐 가는 모양이야. 흙이 없는 집에 살면서 난데없이 병아리 생각을 하다니! 귀에 손가락을 넣어 꼭 막고 멀뚱히 천장을 올려다봤다. 그러나 멀리서 또 가까이서 온통 병아리 울음소리가 온방을 가득 채웠다. 안성댁은 그 소리의 출처를 찾아 밖으로 난 유리창가로 갔다. 빛을 차단하는 갈색의 두꺼운 커튼을 밀치고 우윳빛의 안 창문을 열고 먼지로 암코양이를 그린 민 유리를 통해 밖을 내다봤다. 어머나, 저런! 라면 상자에 아기 주먹 만한 노란 병아리를 담아놓고 꺼벙한 청년이 동네 아이들에게 팔고 있지 아니한가. 환청이아닌 사실 앞에 안성댁은 웃음이 터져 나왔다. 동네 조무래기들이 우람이 방에 있는 장난감을 사듯이 동전 몇 닢을 던져 주고 병아리를 사들고 놀고 있었다. 그녀는 장롱서랍을 열어 며느리가 집을 비웠을 때 틈틈이 앗아놓은 동전들을 몽땅 꺼냈다. 병아리 장수가 자리를 뜨기 전에 몇 마리 사려고 기를 쓰고 덧창문의 고리를 벗기고 힘을 다해 왈칵 열어젖혔다.

"여봐요! 병아리 한 마리에 얼마요? 이 동전 몽땅 줄 터이니 병아리들을 다 내게 팔구려."

부잣집의 창문이 열리고 병아리를 모두 사겠노라는 노

인을 흠칫 놀란 눈으로 흘겨본 병아리장수는 담의 높이를 눈으로 가늠해보고 머리를 흔든다.

"대문을 열고 나오세요. 담 위에 박아놓은 유리조각 때문에 힘들어요."

"문을 딸 수 있으면 내가 왜 여기서 소릴 지를까."

"가진 동전을 밖으로 내던지세요. 그럼 저도 병아리 한두 마리쯤은 대문 밑으로 밀어 넣어 드릴게요."

"이 사람아! 현관문을 못 여니까 못 나가지."

"세상에! 이렇게 큰집에 갇혔단 말이오. 감옥살이를 하고 있군요."

안성댁은 식탁 의자를 놓고 창틀에 기어 올라가 동전을 길가로 내던졌고 돈을 주워 가진 청년은 겨우 병아리 한 마리를 담을 사이에 두고 곡예를 하듯 간신히 그녀의 손에 넘겨주었다. 병아리가 들어온 방안은 온통 삐악거리는 소리로 가득 찼다. 생명이란 무서운 힘을 지녔는지 조그마한 몸에서 나는 소리가 엄청나게 귀청을 자극한다. 삐악, 비악, 삐악……. 텔레비전 소리가 아닌 살아 꼼틀거리는 생명의 소리가 집안에 넘쳐흐른다. 그녀의 입가에 웃음이 고인다. 살맛이 난다. 생명이 있는 병아리의 따뜻한 피가 안겨주는 환희라니!

우람이를 안고 이층을 오르는 며느리의 발자국 소리가 우레 치듯 아래층으로 울려 퍼졌다. 병아리가 극성스럽게 삐악 거린다. 그녀는 이 소리를 상쇄할 다른 소리를 만들어야 한다는 다급함에 텔레비전 볼륨을 최대한 올렸다.

"우람이가 주사를 맞고 잠들었으니 소리를 조금 줄이세요. 동창회에 잠깐 다녀올게요."

시어미의 대답도 기다리지 않고 횡하니 현관을 빠져나가더니 안팎으로 문을 잠그는 소리가 징그럽게 그녀의 신경을 자극했다.

우람 아범의 어린 시절 놀이터는 들판이었다. 시냇물 속의 물고기와 들판의 메뚜기, 뱀이 우글거리던 안골이란 논의 개구리들, 얕은 논물 속에 가만히 등을 보인 우렁이, 이 모두가 아들의 장난감이었다. 겨울에는 참새잡이로 눈을 반짝였던 아들의 어린 시절이 그녀의 눈앞에 주마등처럼 지나갔다. 대소쿠리를 자치기 막대기로 세워놓고 모이를 뿌려놓은 뒤 노적가리 뒤에 숨어 기다리다가 참새란 놈이 모이를 먹으려고 소쿠리 밑으로 기어 들어가면 막대기에 달린 줄을 잡아당겼던 아들의 기쁨에 달뜬 얼굴을 어찌 잊을 수 있겠는가! 빛을 뿜어내던 눈과 달아오른 붉은 뺨에서 건강함과 재기가 눈부시게 번뜩이지 않았던가. 하늘은 지붕이고 대지를 놀이터로 삼아 신나게 놀았던 어린 아들이 먹을 것이 없어 걸근거렸으면서도 웅심을 품고 이렇게 훌륭한 사람으로 컸는데 우람이는 왜 이렇게 병든 닭처럼 커야 하는지 모르겠다. 그녀의 간곤했던 시절의 아픔이 세월을 따라 많이 둔화되었지만 아직도 가슴이 미어질 만큼 멍하다.

죽은 며느리가 이 집에 시집왔을 적엔 하루 두 끼 죽을 끓여 먹기도 벅찼다. 그 며느린 시집온 다음날부터 나물을 캐 가지고 장터에 나앉았다. 나중엔 길거리에서 수수부꾸미도 해 팔더니 살림일랑 아예 안성댁에게 맡겼다. 시장에 가게를 얻어 옷장사를 시작하더니 그 장사로 돈이 많이 벌려 집도 사고 논밭도 사들여 풍선에 바람이 차오르듯 재미나게 살림이 불어났는데 어느 날 갑자기 뻥 터져버렸다. 그러나 그 때 사둔 땅들이 요술을 부려 이 집안을 이렇게 거부로 만든 셈이고 후처로 들어온 지금의 며느리가 우람이를 터억 낳고는 여왕으로 군림해서 모든 걸 쥐고 흔들었다.

"배라먹을 년! 이 재산 다 벌어놓고 왜 자빠져 죽어버려."

안성댁은 텔레비전을 끄고 삐악거리는 병아리의 등을 쓰다듬으며 죽은 며느리가 시집오던 날 입었던 노랑 저고리를 떠올렸다. 자식을 못 낳는다고 남편의 사랑도 받아보지 못했고 헐떡이며 무거운 짐을 지고 고개를 오르다 가버린 참으로 불쌍한 며느리다.

병아리가 어찌나 뽀시락대는지 물통을 갈퀴 발로 걷어차버려 물이 상자 속에 무채처럼 썰어놓은 종이 사이로 스며들어버렸다. 다시 물을 뜨려고 부엌으로 나갔다.

"차약, 차약, 핑 핑. 크르륵, 꽈강, 탕, 탕……"

잠에서 깨어난 우람이 늘 그랬던 것처럼 이층의 맨 위,

첫 계단에 앉아 기관총을 아래층에 겨누고 입가에 거품을 물고 총소리를 내고 있었다. 안성댁은 병아리에게 줄 물 그릇을 엎지르지 않으려고 조심조심 걸었으나 치맛자락에 다리가 휘감겨 나동그라졌다. 아이는 모르는 척 목각 인형처럼 이층 계단 꼭대기에 앉아 여전히 총구에 눈을 대고 와르르, 꽈다당을 연발했다.

이런 소란을 틈타서 병아리가 활짝 열린 문을 빠져나와 거실로 내달았다. 그녀는 물그릇도 팽개치고 병아리를 잡으려고 넓은 거실을 종횡무진 뛰기 시작했다. 몇 백만 원인가 주고 샀다는 거실의 인도산 양탄자에 물찌똥이라도 냅다 갈기는 날이면 큰일이다. 조그마한 것이 어찌 약삭빠르고 몸이 잰지 할머니의 손에 잡히질 않고 요리조리 빠져나갔다. 이런 광경을 묵묵히 지켜보던 우람이가 층계를 경중거리며 뛰어내려와 할머니와 합세했다. 삼층 방안에 가득 차 있는 그 어떤 인형도 흉내 못 낼 병아리의 몸놀림에 신바람이 난 우람이는 버럭버럭 소리를 지르다가 까르르 웃으며 할머니보다 앞서서 병아리를 쫓아 뛰어다녔다. 결국 아이의 손에 잡힌 병아리는 눈을 또락거리며 무서워하지도 않고 그의 손을 콕콕 쪼았다. 그것이 재미있어 까르르 까르르 웃어대는 아이의 신나는 웃음소리가 너른 집안에 퍼져나갔다.

"병아리가 배고픈가 보지, 할머니?"

"그럼. 병아리도 사람처럼 목이 마르고 배가 고프단다."

"놀이방에 있는 장난감하고 다르구나. 내 장난감은 아무 것도 먹지 않는데. 근데 무얼 먹이나, 큰일 났네."

우람이는 엄마가 그에게 했듯이 밥을 떠먹이려고 한 손에 병아리를 든 채 부엌으로 가서 수저와 밥을 찾고 있었다.

"병아리는 혼자서 먹을 줄 안단다. 할미 방에 가면 병아리 밥이 있어. 내 방에 들어오련?"

"할머니 방에 더러운 균이 많다고 엄마가 그랬는데 병아리가 어떻게 살아?"

"병아리는 할머니 방이 제 집이거든."

우람이는 마지못해 아기작거리면서 병아리를 안고 할머니 방으로 들어왔다. 예쁘게 꾸며준 병아리 집을 보고 놀란 우람이는 할머니의 무릎 위에 앉아서 병아리가 물한 모금 입에 물고 위를 쳐다보고 또 한 모금 입에 물고 머리를 젖히는 걸 재미있게 구경했다. 뾰족한 부리로 좁쌀을 콕콕 주워 먹는 것도 신기해서 아이는 키드득 웃어가며 할머니 무릎에 앉아 궁둥이를 들썩거렸다. 뼈만 앙상한 손자의 삐죽한 엉덩이가 그녀의 버쩍 마른 무릎과 맞물려 어찌나 아픈지 아이의 궁둥이를 이따금 양손으로 받쳐야 했다.

"할미랑 비밀을 가져야 한다. 엄마는 보나마나 병아리를 집에서 기르는 걸 반대할 터이니 엄마가 밖에 나간 뒤여기 와서 병아리랑 놀고 가거라."

우람이는 이런 제의에 머리를 주억거리면서도 걱정스

러운지 깊은 한숨을 삼켰다. 그때 밖에서 문 따는 소리가
귀에 송곳이 꽂히듯 날카롭게 들려왔다. 우람이는 인두에
라도 덴 듯 기겁해서 이층 층계를 기어 올라갔다. 어디에
그런 민첩함이 숨어 있었는지 다람쥐가 나무를 타듯 잽싸
게 놀이방으로 몸을 감추는 순간 며느리가 찬거리가 담긴
비닐봉지를 들고 들어섰다.

"어머니, 점심은 어떡하실래요?"

"글쎄다."

"우람이는 햄버거를 먹는다는데요."

"관두어라. 난 속이 늘 그득해서."

안성댁은 아침도 거른 참이라 점심은 된장찌개에 밥을
먹을까 기대했으나 참기로 했다. 아들이 들어오는 저녁에
나 밥 구경을 할 수 있으려나 보다.

그 날 이후로 우람이는 제 엄마가 외출하는 걸 기다려
다람쥐처럼 그녀의 방에 찾아들었다. 병아리와 뽀뽀도 하
고 할머니의 등을 두드려주고 할머니가 날마다 주워오는
쓰레기를 가지고 놀기도 했다.

"할머니는 이 많은 장난감을 어디서 샀어?"

"니 엄마가 버리는 쓰레기통에서 주운 거야."

"엄마가 그러는데 할머니는 노망이 났대요."

그녀의 생활 스타일을 두고 하는 말일 게다. 헤어져 나
긋나긋한 할머니의 치맛자락에 휘감겨 손자는 병아리하

고 놀면서 아주 행복했다.

"아니 이게 웬일이에요. 집안에 병아리가 있다니. 쟤는 깃털 알레르기성 체질로 오리털 옷도 못 입는 아인데, 어머닌 손자를 죽이기로 작정하셨나요. 어쩐지 아이가 재채기를 하고 눈물을 많이 흘리더라니!"

"넌 이제 겨우 서른한 살이야. 나는 네 나이의 두 배하고도 이십 년을 더 산 사람이다. 아이를 그렇게 기르면 못쓴다."

할머니와 손자가 병아리를 사이에 두고 너무 푹 빠져 있어 문 따는 소리를 듣지 못한 모양이다. 분을 삭이지 못한 며느리가 식식거리면서 나대는 통에 아이는 울상을 짓고 병아리를 상자 곽 속에 조심스럽게 넣었다.

"요 배라먹을 것아! 할머니 방에 균이 많아 들어가지 말라고 했는데 이런 쓰레기통 속에 앉아 있어. 주사를 맞혀가며 깃털에서 오는 알레르기를 진정시켜 놓았는데 병아리를 껴안고 있다니, 내가 미쳐."

이층으로 줄행랑치는 우람이를 곁눈질하며 며느리는 방구석에 놓인 병아리를 거실의 유리문을 열고 앞마당에 힘껏 패대기쳤다. 병아리는 떨어지며 머리를 시멘트 바닥에 세차게 부딪혔는지 바들바들 떨다가 두 다리를 쭉 뻗어버렸다. 이걸 이층 계단에서 지켜보던 우람이가 우아아, 우우아…… 서럽게 울면서 죽은 병아리를 향해 돌진했다. 이런 아이를 번쩍 안은 며느리는 바지를 벗겨 볼기를 소리 나게 찰싹찰싹 때렸다. 아이가 목청껏 울어대서 집안이 시끌시끌했다. 보다 못한 안성댁이 아이를 빼앗으려고 달려들었다.

"아니, 어머니는 왜 안 하던 짓을 하세요."

며느리의 몸엔 비 온 뒤 음습한 공기를 타고 공동묘지 산등성이를 휘감으며 번쩍번쩍 지나가는 도깨비 불빛이 서려 있어서 안성댁은 진저리를 쳤다.

"아이를 그렇게 기르면 못쓰느니라."

"아이 교육에 참견하지 마세요. 지금은 모두 이렇게 기른단 말이에요."

"너처럼 요란하게 기르지 않았어도 나는 네 남편을 의젓하고 똑똑하게 잘 길러놓지 않았더냐?"

"그렇게 기른 걸 자랑하시는 거예요. 배가 고파 소나무 껍질을 벗겨 먹고 죽도 먹지 못해 비틀대며 기르신 걸요."

"그래도 잘 자라서 네 남편이 되지 않았느냐."

"그래서 우람 아빠는 돈을 쓸 줄 몰라요. 움켜쥐기만 한다니까요. 다른 집 아버지들은 앞장서서 아이의 아이큐를 높이기 위해 난리를 치며 지능개발용 장난감을 사들이는데 그인 언제나 돈이 아까워 잔소리라니까요. 우리 집은 어머니의 그런 저질 생활 사고방식으로 인해 부부가 늘 다툰단 말이에요."

얼마나 분이 폭발했는지 며느리의 숨결이 고르지 않았다. 안성댁은 세월만큼이나 깊이 파인 턱의 주름살을 매만지며 대들었다.

"아이들이란 흙을 가지고 놀며 병아리와 강아지를 친구 삼아 놀아야 밥도 잘 먹는 법이여. 놀이방에 가득한 서양 인형이나 장난감들 중 단 한 가지도 우람이 아범에게 사 준 적이 없지만 건강하게 잘 컸다."

"내 아이 내가 알아서 기르는데 끼어들지 마세요."

며느리는 병아리를 죽인 것으로도 분이 풀리지 않아 안성댁이 긁어모은 귀물들을 커다란 비닐봉지를 가져다가 뭉떵뭉떵 담아서 밖으로 내갔다. 안성댁은 그저 입을 씰룩이며 그런 며느리를 지켜볼 뿐이다.

방이 썰렁하게 비어 허전해진 안성댁은 허리를 잔뜩 휘고 다음날까지 누워 있다가 밖이 조용하기에 살금살금 층계로 올라갔다. 낌새로 봐선 며느리가 급한 일로 우람이를 놀이방에 넣고 나간 것이 확실했다. 이층은 썰렁하게 비어 있었으나 안성댁은 도둑질하러 올라온 여자처럼 발꿈치를 들고 삼층 놀이방으로 고양이 마냥 소리 없이 다가갔다. 문이 반쯤 열려있어 문 뒤에 몸을 숨긴 그녀는 우람이가 어떻게 혼자 노나 보려고 귀를 곤두세웠다. 손자가 다섯 살에 접어들면서 수없이 사들여 온 삐용, 피피픽, 지지지찍, 덜덜덜, 쓰르르쓰르르 이건 외계에서 온 우뢰매나 우주보안관, 불이 번쩍번쩍 들어오는 로봇, 리모트 컨트롤을 가지고 조종하는 차들이 내는 소리다. 아이는 이런 전자 음향에 심취해서 병아리를 잊었을지도 모른다. 그러나 예상과는 달리 놀이방에선 아무 소리도 들리질 않았다. 갑갑해진 그녀는 병아리를 가지고 놀 때처럼 손자와 친하고 싶어서 안을 기웃거렸다. 할미가 무슨 수를 써서라도 병아리를 사 줄 것이란 말을 해줄 참이었다. 심각한 표정을 짓고 우두커니 서 있는 손자를 보자 입을 다물고 그냥 숨어서 지켜봤다. 소리를 내는 전자 장난감들을 발끝으로 시큰둥하게 옆으로 밀어놓고 멍청히 서 있던 아이가 제 엄마처럼 길고 검은머리의 헝겊 집시인형을 보자 멈칫하더니 둘레둘레 놀이방을 살폈다. 마침 우주선 옆에 놓여 있던 장난감 과도를 집어 드는 것이 아닌가. 그 다음 순간 아이는 인형의 가슴에 그 과도를 힘껏 두어 번 내리찍었다. 플라스틱 과도는 인형의 가슴에 직각으로 꽂혔고 그걸 보고 우람이는 카르륵 웃었다. 창백한 아이의 얼굴에 서렸던 살기가 섬쩍지근할 지경이다. 그 뒤 신경질적으로 키디 인형들의 치마를 북북 잡아 찢었다.

우람이 아범은 그 나이에 처마에서 떨어진 참새 새끼를 안고 불쌍하다고 목을 놓아 서럽게 울었는데 이를 어쩌지. 손자의 행동을 숨어서 지켜본 안성댁은 다리가 후들거려 계단을 내려올 수가 없었다.

"우람아, 우유가 오늘은 늦게 배달되었구나. 어서 이걸 마셔라. 튼튼해져야 태권도도 하고 미술학원에도 다니지. 거실에 놓인 피아노도 배워야지."

이층을 향해 우유를 흔들던 며느리는 우람이가 늘 앉아 있는 자리에 엉뚱하게 시어머니가 앉아 있는 걸 보고 눈을 동그랗게 떴다.

"아니, 어머니는 왜 거기 앉아 계세요."

"우람이는 삼층 놀이방에 있다."

"노인이 거기 앉았다가 만에 하나 실수해서 구르면 뼈가 부러지고 그 다음에 어떻게 되는 줄 아세요?"

며느리의 지청구를 들으며 안성댁은 난간을 잡고 엉금엉금 계단을 기어 내려왔다.

"우람아, 이 우유 마셔라. 어서 나와."

안성댁은 일층과 맞닿은 마지막 계단을 내려서며 심통이 난 아이에게 어떻게 우유를 먹이나 보려고 위를 올려다보았다. 좀 전에 우람이가 보였던 어미에 대한 미움이 차가운 물을 등에 끼얹듯 되살아났기 때문이다. 쿵쿵거리며 삼층까지 단숨에 올라간 며느리가 우람이 손에 빨대를 꽂은 우유를 쥐어주고 돌아서서 내려오는 중이었다. 갑자기 우람이의 눈에 인형의 가슴에 칼을 꽂을 때 괴었던 그런 빛이 번쩍했다.

"휘익, 피익……"

"아악!"

우람이는 우유를 엄마의 뒤통수에 명중시켰다. 그건 순간이었다. 며느리가 계단을 굴러내려 안성댁 옆에 쓰러졌다. 계단에 우유가 지천이었고 우람이는 삼층의 첫 계단에 떠억 버티고 서서 무표정하게 아래를 내려다본다. 며느리는 어제 마당에 내던졌던 병아리처럼 사지를 발발 떨고 있었다. 머리를 세차게 층계에 부딪혔는지 집시 스타일의 머리에서 피가 줄줄 흘러나온다.

"아가, 이리 내려온. 어서, 이리."

두 다리에 힘이 쭉 빠져나간 안성댁은 점점 깊숙이 꺾어지는 허리에 힘을 주며 삼층 맨 윗 계단에 서 있는 아이를 향해 손짓을 했다. 우람이는 인형의 가슴에 칼을 꽂았을 때와 똑같은 괴기스러운 미소를 살짝 흘리다가 계단을 급하게 내려와서 할머니의 손을 잡았다. 아이의 손이 바들바들 떨리고 있었다.

우유를 먹이려고 서두르느라 며느리는 문 잠그는 걸 잊은 모양이다.

"어서, 나가자. 어서."

할머니가 서두르자 아이는 지남철처럼 찰싹 그녀 몸에 달라붙어 걸음을 옮길 적마다 휘감겼다. 아이는 입을 삐죽거리며 몸을 떨었다.

"병아리하고 놀고프지?"

"으응."

아이는 고개를 크게 끄덕였다. 찬바람이 휘잉 몰고 가는 골목을 빠져나온 할머니는 손자의 손을 잡고 무작정 뛰기 시작했다. 활짝 열린 대문 앞에 멈춘 앰뷸런스의 귀청을 찢는 사이렌 소리가 천지를 잡아 흔든다. ✘

아들은 고비를 넘기고 살아남았다. 의사의 예상을 뒤엎고 하나님이 살려주신 것이다. 우리 부부는 기도의 눈물과 땀으로 푹 젖은 헝겊신을 하나님이 베푼 이적의 징표로 삼아 그걸 가문의 귀한 보물로 삼기로 했다. 억만금 나가는 집문서보다 더 귀한 유물이요, 유산이 된 셈이다.'

어머니의 일기는 여기서 끝을 맺고 있었다. 내가 살아난 것이 부모의 기도 탓이고 더구나 이 신발이 그 징표라니! 알 수 없는 커다란 충격이 가슴과 머리를 짓이기고 지나갔다.

갓난 아기의 헝겊신

갓난 아기의 헝겊신

한밤중 전화를 받고 나는 새벽까지 잠을 설쳤다. 가긴 가야 한다. 어머니가 돌아가셨다니 외아들인 내가 가야하는 건 당연한 일이다. 마음은 이렇게 말하지만 몸은 자꾸 이불 속으로 기어들어간다. 정말 가고 싶지 않다. 희뿌연 어둑새벽이 방안을 파고 스며들자 다시 전화가 방정맞게 울린다. 마지못해 나는 천천히 수화기를 들었다.

"오빠! 아직도 안 떠났어? 목소리를 들으니 그냥 침대에 있지? 잠에서 덜 깬 것 같잖아."

"알았다. 간다."

"오빠가 와야 모든 일이 진행된다고요. 급한 대로 내가 우선 어머니 시신을 양로원 근처 병원으로 옮겼고 제일 작은 방을 하나 얻었어. 요양원은 사람이 죽으면 바로 내쫓아. 다른 노인들이 보면 마음 상한다고. 어서 꽃장식도 해야 하고 영정사진도 만들어야 하고……."

하나뿐인 여동생의 잔소리에 나는 수화기를 팽개치고 마지못해 이불자락을 젖히고 일어나 앉았다. 진짜로 거기 가기가 몸서리쳐질 만큼 싫다. 침대 위에 멍청히 얼마간 앉아있는 동안 몸이 자꾸 밑으로 가라앉는다.

다시 전화벨이 울린다.

"빨리 와요. 오빠가 와야 엄마가 돌아가시기 전에 부탁한 유물도 넘겨주니까 어서 와요."

이번엔 내 대답도 기다리지 않고 여동생이 전화를 끊어버린다. 유물이라니? 무얼 남겨줄 것이라도 있단 말인가.

따지고 보면 내 방랑생활의 원인이 어머니에게 있고 내 불행의 근원도 바로 어머니다. 이런 어머니를 얼마나 원망하고 미워하며 살아왔던가! 그런 어머니가 이제 이 세상을 떠났다니 가보긴 해야 하지만 마음은 영 그 반대로 달린다. 천천히 마지못해 일어나 대강 머리를 매만지고 버스를 탔다.

어머니와 아버지는 무척 정분이 좋았다. 내가 태어났을 적에 아버지는 날마다 아기인 나를 목마 태우고 얼려대면서 부엌일로 바쁜 어머니를 웃겼다고 한다.

"우리 태수 몸집을 보라고! 이거 완전 장군감이야. 제 나이또래에 비해 머리 하나는 더 클 거야. 전국 우량아대회에 나가면 금메달감이 틀림없어. 지금은 그런 대회가 없어져서 참 아쉽다. 이걸 보라고! 이 녀석의 떡 벌어진 어깨골격이 한 자리 할 놈이라고."

"아이쿠! 그러다 아기를 놓치면 목이나 허리 다쳐요. 마룻바닥에 내려놓고 놀아요."

어머니의 성화에 마지못해 아기인 나를 무릎 위에 앉히고 숱이 많은 검은 머리카락이 신기하다고 만지작거리며 아버지는 입을 다물지 못했다. 내 머리칼은 보통아이들하고 사뭇 달랐다. 먹물보다 더 검고 송충이처럼 숱이 많아서 이마를 덮고 눈까지 가릴 지경이었다. 아무리 봐도 갓난아이의 머리털이 아니다. 게다가 내 머리칼은 시냇가, 논두렁이나 밭둑 양지바른 곳에 지천으로 자라고 있는 뱀밥인 쇠뜨기처럼 밤사이에도 픽픽 길어졌다. 이런 내 두발을 놓고 내 머리에 각인될 정도로 주위 사람들은 찬사를 아끼지 않았다.

"사사기에 나오는 삼손처럼 우리도 태수를 나실 인으로 기릅시다. 기골이 장대하고 머리털이 많은 것이 꼭 삼손을 닮았다는 생각이 들어요. 아기를 오랫동안 낳지 못한 마노아의 아내처럼 나도 6년이나 기도하고 태수를 얻었으니 귀한 우리 아기가 삼손과 비슷하지요."

"나실 인이야 머리에 삭도를 대지 않는 것이니 얼마나 쉬운 일이야. 우리도 그렇게 합시다."

"그럼 우리 태수의 아명을 삼손이라고 짓고 집에선 그렇게 부릅시다."

"그거 좋은 아이디어야. 좋아, 좋아. 당신은 참으로 머리가 팍팍 잘 돌아간단 말이야."

아버지의 칭찬에 어머니는 만면에 웃음이 가득하고 전신에 행복이 넘쳤다. 해서 나는 부모님 자신들의 바람으로 삼손이 되었고 내 머리는 태어나서부터 깎지를 않고 여자아이처럼 길게 등 뒤로 길러서 너풀거렸다. 이렇게 특이하고 귀한 내 머리털이 넘어설 수 없는 엄청난 걸림돌을 만나게 되었다. 유치원에 들어갈 나이가 되니 주위 사람들이나 아이들이 여자아이라고 내 머리를 놓고 놀려대서 어머니와 아버지를 난감하게 만들었다. 머리를 깎아야하기 때문이다.

그까짓 것 이발소에 가서 가위로 썽둥 잘라내면 끝장인 것을 놓고 삼손이요, 나실 인으로 자란 내가 고집을 부리기 시작했다. 이발소에 가서 나를 의자에 앉히면 어찌나 울고불고 난리를 쳐대는지 머리를 깎지 못하고 어머니는 울상이 되어 몇 번을 되돌아왔다. 그만큼 나는 허리께까지 길어진 내 머리에 아무도 손을 대지 못하도록 죽음을 각오하고 대항했다. 어머니는 머리 깎기 싫어하는 아이의 심정을 달래는 요령이 있다고 소문난 노련한 이발사나 미용사를 찾아다녔으나 어느 누구도 내 머리에 손을 대지 못하고 혀를 내둘렀다.

유치원에 다니기 전까지 나는 어머니의 무릎 위에 앉아서, 그리고 교회에 가면 유년주일학교에서 수없이 삼손의 거대한 힘이 나실 인이었기 때문이라고 들어왔다. 나도 삼손처럼 되려고 머리를 자르지 않고 길러서 등 뒤로 치렁거려 머리를 빗을 적에 아프고 귀찮아도 참아왔는데 이걸 자르겠다니 말이 되는가! 머리를 자르는 것은 나를 죽이는 것이나 다름없었다. 나의 존재가치가 없어지는 것이기 때문이다. 유치원에 갈 적에 머리를 둘둘 말아서 머리 위에 얹고 모자를 쓰고 다니겠다고 우길 정도로 어린 나이에도 나는 머리를 자르는 문제에 대하여 예민했고 목숨을 걸 정도로 결사적이었다.

이런 나를 무시하고 나의 생명과도 같고 내 몸 지체인 귀한 머리를 내가 깊이 잠든 사이에 어머니가 댕강 잘라버렸다. 아침에 눈을 떴을 때 생경스러운 내 얼굴이 화장실 거울에 나오는 걸 보고 나는 그 자리에 털썩 주저앉아버렸다. 얼마나 그 충격이 컸는지 며칠 말을 못할 정도였다.

아마 그때부터 내 방랑생활이 시작된 것 같다. 나는 어머니에 대한 배신감을 지우지 못하고 저녁 늦게까지 밖으로 나돌아 다녀 온가족이나 심지어 이웃까지 동원되어 나를 찾아다니는 일이 다반사였다. 내 허락도 없이 보물처럼 귀하게 여기는 머리털을 댕강 잘라버린 어머니가 싫었다. 유치원 다닐 적부터 나는 멀리멀리 집을 등지고 혼자 무작정 도시의 미궁 속을 쑤시고 돌아다녔다. 가족들은 이런 나를 찾으려고 경찰서를 수없이 드나들 정도였다.

고등학교를 제대로 졸업하지 못한 것도 어머니에 대한 반항심을 보여주기 위한 내 몸과 마음의 표현이었다. 그나마 아버지가 살아계셨다면 이런 방랑생활이 일찍 마무리되었을 터이지만 내가 유치원을 졸업하는 날 교통사고로 돌아가셔서 나는 온전히 어머니 손에 의탁해야 하는 처지였다. 홀어머니의 외아들이 속을 썩이지 말아야하지만 내겐 이게 기막히게 좋은 기회가 되었다. 어떻게 하면 어머니의 속을 푹 곪게 만들까 하는 것이 내 속내였다.

나는 고등학교에 들어가자마자 불량아들과 어울리면서 술을 먹고 담배를 피우고 여자 꽁무니를 따라다녔다. 사사기를 읽어보니 삼손은 성경에 기록될 정도로 타고난 바람둥이였다는 점이 나를 충동질했다. 하나님의 명령대로 머리에 삭도를 대지 않고 나실 인으로 잘 길러낸 좋은 부모의 속을 끓이는 일로 삼손은 여자들을 건드렸다. 그것도 모두 부모님이 싫어하는 이방여인들이었다. 딤나의 여인, 가사의 기생, 나중에는 자신의 머리털을 싹둑 잘라 내버린 소렉 골짜기의 들릴라 같은 악녀들을 사랑했으니 어찌 보면 어머니 속을 끓여주는 나보다 더 심했다. 삼손과 들릴라의 이야기는 귀에 못이 박히도록 주일학교에서 들어 배웠고 영화로도 본 적이 있다. 아무튼 성경에 나오는 유명한 사사인 삼손이 부모가 싫어하는 블레셋 여인들을 사랑한다고 나대면서 재미있는 사건들을 일으키고 결혼시켜달라고 부모 속들 썩힌 점이 나를 매료했다. 그 점을 본받아 나도 일찌감치 길거리 여인들을 데리고 다녔다. 창녀출신이거나 후레자식이 되어 가정을 등진 남자들을 후리는 불량한 여자아이들이 내 관심의 주축을 이뤘다. 나쁜 짓을 골고루 다 해대서 어머니 속을 끓여주는 것에 나는 쾌감을 느꼈다. 이러니 소년원을 드나들다가 나중엔 가정도 이루지 못하고 교도소에 몇 번 다녀와서 별이 다섯 개나 된다.

삼손처럼 나실 인으로 두었다면 아마도 나는 세계에서 명성을 떨치는 운동선수가 되었을 것이다. 그만큼 내 체격은 수준을 넘을 정도로 우람하고 실팍했다. 권투선수나 아니면 올림픽에 출전한 역도선수가 되어 빛나는 금메달을 목에 걸고 다녔을 터인데 어머니가 내 앞길을 막은 셈이다. 나도 몰래 도적처럼 내가 잠든 사이에 내가 그토록 아끼고 사랑하는 머리를 잘라버려 내 힘의 근원을 차단했으니 요 모양, 요 꼴이 된 것은 당연한 일이다.

내 인생의 책임을 져야만 할 어머니가 이제 이 세상을 떠났으니 나는 비벼대며 행패를 불릴 대상을 잃은 꼴이 되었다. 긴긴 세월 어머니는 울며불며 나를 따라다니면서 저질러 놓은 일들을 뒷바라지했고 옥바라지를 하느라고 등이 휠 정도였다. 나중엔 가진 재산을 몽땅 나 때문에 날려버려 어머니에게 남은 것이 한 푼도 없다는 것을 여동생의 넋두리에서 수없이 들었다. 어머니는 교회에서 운영하는 무료양로원에서 숨을 거두었으니 빈손으로 가버린 것이 확실한 판에 나에게 줄 유물이 있다니 그게 무엇일까? 혹시 나를 위해 몰래 숨겨둔 통장이나 시골구석에 감춰놓은 땅을 유산으로 주려는 것일까. 아니다. 아마도 마지막 감추고 있는 비장의 카드로 내 인생에 딴죽을 걸려고 큰 빚 뭉치를 넘겨줄 수도 있다는 생각에 이르자 등골이 오싹했다. 그만큼 어머니는 내 인생의 장애물이었다.

서울 변두리의 작은 병원이라 찾기가 쉽지 않아서 여기저기를 헤매며 시간을 낭비하고 빈소에 도착했을 적에는 이미 흰 국화꽃을 두른 영정사진도 만들어 놓여있고 조촐하니 꽃장식도 해놓은 상태였다. 안을 들여다보니 빼곡하게 앉은 교인들이 부르는 찬송소리가 평화롭게 울려 퍼졌다. 순간 내 속에 부아가 끓어올랐다. 나를 이 지경으로 만들어놓은 어머니가 죽은 뒤 저렇게 많은 사람들의 관심을 끌고 있다는 사실이 너무나 역겨웠다. 내 힘의 근원을 차단한 여자, 내 삶을 엉망으로 만들어놓고 어떻게 이렇게 사람들의 관심과 사랑을 받으면서 저 세상으로 갈 수 있단 말인가! 나는 도저히 이런 현실을 받아드릴 수가 없었다.

머리털이 곤두설 정도로 영정사진을 팽개치고 꽃들을 내 발밑에 깔아뭉개고 악을 쓰면서 행패를 부리고 싶은 충동이 확 끓어올랐다. 내 속 무의식 깊은 데까지 삼손을 닮은 기질이 뿌리내려 있다고 나는 믿고 있다. 사고를 칠

적마다 나는 삼손의 기질을 타고났다고 내심 으쓱해할 정
도였으니까. 아무리 사고를 쳐도 나는 삼손에 비해 새발
에 피였다. 딤나라는 여자로 인해 부아가 치민 삼손은 여
우 300마리를 붙들어다 꼬리와 꼬리를 매고 두 꼬리 사
이에 한 홰를 달고 홰에 불을 붙여 그것을 블레셋 사람들
의 곡식밭으로 몰아넣었다. 마침 가을걷이를 할 시기라
들판에 널린 곡식 단과 아직 베지 아니한 추수를 기다리
는 곡식과 포도원과 감람나무들을 몽땅 불살라버린 요란
한 그의 기상이 가상스러울 만큼 나와 너무나 비슷했다.
나귀의 턱뼈로 1000명을 때려죽이는 삼손의 늠름한 모
습은 내 모델 감이었다. 해서 내가 모든 그악스러운 행패
를 부릴 적마다 삼손의 모습을 시네마스코프로 떠올리며
삼손의 영기를 얻어냈다.

소렉 골짜기의 들릴라라는 독녀가 삼손의 머리를 삭도
로 밀어버리자 힘이 없어진 삼손을 블레셋 사람들이 눈을
빼버려 맹인으로 만들었다. 그리곤 개처럼 목을 매어 끌
고 가사로 내려갔다. 삼손을 놋줄로 묶어 옥에 가둬놓고
맷돌을 돌리게 하는 것도 모자라 재주를 부리라고 채찍으
로 때리면서 블레셋 사람들의 웃음거리가 되었다. 나처럼
삼손도 머리털이 잘려 힘이 없어지자 당하는 고통이 나와
너무 똑 같아 동질감을 느꼈다.

이제 내게 남은 일은 삼손처럼 다곤 신전의 두 기둥을
잡고 마지막 힘을 써서 신당을 무너뜨려 많은 사람들과

함께 죽는 일만 남았다. 학교나 공연장에서 총기난사를 하여 많은 사람들을 살상하는 인물들은 아마도 삼손의 마음으로 그런 일을 행했을 터이니 나는 그들의 마음을 이해한다. 삼손처럼 나도 많은 사람이 모인 곳에 가서 그의 흉내를 내면서 내 생의 마무리를 지을 것이다. 최근 세계를 떠들썩하게 만든 미국 사막도시 라스베이거스의 총기난사는 얼마나 멋진 장면인가!

나란 사람은 삼손이라는 이름을 지녔던 어린 시절, 어머니의 속임수로 머리털이 잘린 순간부터 뜨거운 불 못처럼 끓어오르는 파괴욕망과 행패의 소용돌이에 빠져들기 시작했다. 어머니가 잠이 깊이 든 나를 속이고 머리를 잘라버린 것을 알고 내 속에서 끓어올랐던 최초의 파괴본능은 토네이도의 중심이나 화산의 심지보다 더 강력했다. 유치원생이었던 내가 감당할 수 없을 정도로 불어 닥친 엄청난 강진이어서 세상이 빙그르르 돌았던 바로 그 충동이었다. 그러고 보니 내가 사고를 칠적마다 이런 감정을 누르지 못하고 깨부수고 난리를 치곤했다는 사실이 확연하게 다가왔다.

아무튼 나는 삼손처럼 사람들의 찬사를 받으면서 살았을 터인데 어머니 탓에 망한 인생이다. 내 머리털을 그냥 두었다면 나는 분명히 힘을 쓰는 면에서 성공하여 이름을 날리고 있을 티인데 말이다.

부글거리는 마음을 애써 눌러가면서 나는 빈소 안으로

들어가 무례하게 그들 사이에 떠억 버티고 앉았다. 찬송을 부르던 교인들은 나를 보더니 다정하게 웃으면서 내 앞에 프린트된 예배 순서지를 눠주는 것이 아닌가. 내가 고인의 아들인 것을 알고도 이렇게 나를 대우하는 것이라면 이건 가면을 쓰고 속내를 감춘 짓이니 나에 대한 지독한 모독이 된다. 울컥 치미는 충동적인 폭력의도가 저들이 부르는 찬송의 은은함으로 살그머니 살살 억제할 수 있을 정도로 사그라졌다. 한 번도 어머니가 다니고 있는 교회에 가 본 적이 없으니 저들이 나를 알 수 없을 것이란 안도감이 거친 내 심사를 잠재우고 은은한 찬송 속으로 밀려들어갔다.

갑자기 내 등을 세차게 때리는 손길을 느꼈다. 나보다 다섯 살 어린 여동생이었다. 찬송이 끝나자 전체를 향해 여동생이 나를 소개했다.

"여기 어머니의 가장 사랑하는 아들인 제 오빠가 멀리서 이제야 왔습니다."

그러자 첩첩히 둘러앉은 많은 교인들이 박수를 쳤다.

"멀리 외국에 나가 있어 늘 기도 줄을 잡고 밤을 새우게 했던 바로 그 아들이구나. 아이쿠! 저 기상이 씩씩하고 참 잘 생겼다."

"어머니의 기도가 그치지 않는 아들은 결코 망하지 않는 법이야. 타향살이에서도 아주 훌륭한 모습이네요. 늘름하고 기골이 장대하고 자신감이 넘치는 모습이 아주 멋

있어요."

"요즘 아들이란 다 쓸데없는 자식이 아닌가. 잘난 아들 은 나라의 아들이고 조금 덜난 아들은 장모의 아들인 세 상에 멀리서도 어머니를 기억하여 장례식에 달려왔으니 참으로 효성스러운 귀한 아들이군요."

"지난주에 장례를 치른 김 권사는 아들이 다섯인데 모 두 외국에 나가있어 한 사람도 오지 않았어요. 이런 시대 에 외국에서 장례식에 늦지 않게 이렇게 오다니! 참으로 좋은 아들을 우리 송 권사님은 두었군 그래. 아이쿠! 부 럽다 부러워."

저들의 자자한 칭송과 과도한 찬사에 밀려 나는 어쩔 수 없이 좋은 아들처럼 행동해야만 되었다. 하긴 외모로 는 키 크고 가슴이 떡 벌어지고 희어 멀건 얼굴이 잘 생긴 측에 속하니 행동만 잘 하면 멋진 남자로 뵐 것이다. 나를 특출한 사람으로 믿고 있는 저들에게 특권계급에 속한 송 권사의 귀한 아들이란 점을 보여주기 위해 나는 행동을 조신하게 해야만 했다. 위로예배가 끝나가고 있었다. 목 사님의 어머니에 대한 찬사는 정말로 놀라웠다. 하나뿐인 아들을 위해 하루도 집에서 잔 적이 없을 정도로 강단 밑 에 꿇어 엎드려 울부짖던 기도의 어머니였던 점을 강조하 고 자식의 성공을 위해 모든 재산을 팔아서 써버린 모정 에 대한 깊은 사랑이 설교의 주축을 이루었다. 그런 어머 니를 둔 아들을 부러워하는 시선이 내게 쏠리면서 그들이 속으로는 질투하고 있다는 느낌이 들기도 해서 어깨가 으쓱했다.

이렇게 정신없이 하루 다섯 번도 더 되는 예배를 드리는 교인들의 모임과 많은 성도들이 와서 인사를 하는 통에 나는 어머니의 또 다른 면을 보게 되었다. 내 어머니, 송미숙 권사는 저들이 가장 존경하는 인물이었고 본받을 만한 신앙인이었다는 사실이 저들의 주된 찬사의 내용이었다.

교회 사람들에게 떠밀려 어머니를 화장하여 교회묘지에 묻고 돌아선 나는 사흘 동안 이상한 나라의 엘리스처럼 신비스러운 곳에 있었던 것처럼 머리가 휑했다. 그 전과 다른 점은 사방이 휑뎅그렁하니 빈 것을 느꼈다. 왠지 외롭고 서럽고 마음 한 구석이 썰렁했다. 이건 처음 느껴보는 심정이다. 술을 취하도록 마시면 되는데 장례를 치루는 사흘 동안 들은 설교와 찬송 탓인지 술도 당기지 않아서 나는 여동생이 퉁명스럽게 건네준 어머니의 유물상자를 가슴에 안고 집으로 향하는 버스에 올랐다. 이 안에 무엇이 들었을까 하는 호기심에 나는 버스가 서는 중간지점 휴게소 화장실에 들어가 급하게 상자를 열었다. 안에 든 것은 어머니가 언제나 신주단지처럼 위했던 갓난아기의 헝겊신이었다. 아마도 만들었을 당시 백옥처럼 희었을 헝겊신발이 여러 번의 세탁과 세월의 때를 견디지 못하고 빛바랜 명주처럼 누렇게 들떠서 아무짝에도 쓸데없는 물건이었다. 나는 헝겊신을 신경질적으로 두 손으로 뭉개서 화장실 쓰레기통에 던져버렸다. 겨우 이걸 유산이라고 나에게 주다니! 끝까지 어머니는 내 딴죽을 걸고 가는 모양이다.

갓난아이의 헝겊신은 거실 장식장에 소중한 보물처럼 장식을 해놓아서 내가 무척 싫어했는데 이걸 또 나더러 간직하라고 주다니! 어머니의 사악한 심보에 간신히 잠재웠던 유년시절의 충동적 반항기가 치솟기 시작했다. 화장실을 나와 커피를 한 잔 마시고 나니 버스가 떠날 시간이 가까웠다. 차를 타려는 순간 아가의 헝겊신을 여기 쓰레기통에 버리느니 집에 가지고 가서 가위로 가루가 될 만큼 조각을 내서 태워버려야 내 심사가 풀릴 것 같았다. 급하게 다시 화장실로 달려가서 아기의 헝겊신을 찾아 상자에 찔러놓고 버스로 향했다.

어머니의 장례를 치르고 한 달이 지난 뒤 그동안 치우지 못한 방안이 난장판이었다. 청소를 한답시고 물건들을 정리하기 시작했다. 그간 잊고 있던 어머니의 유물상자가 눈에 띄었다. 가위를 찾기 시작했다. 한참을 찾아도 가위가 눈에 띄지 않아서 또 심사가 뒤틀리기 시작했다. 어머니와 관련된 일은 사사건건 내 인생의 걸림돌이고 언제나 딴죽을 걸어 나를 골탕 먹인다는 생각에 이르자 어머니에 대한 증오가 다시 발동하기 시작했다. 차라리 만 원권 한

장이라도 주지 어린 시절 잠깐 신겼던 헝겊신을 유물이랍시고 주고 가는 어머니의 속마음이 너무 추하고 미워서 부아가 부글부글 끓어올랐다.

유명세를 타는 사람으로 살아가야 한다고 나를 삼손이라고 아기시절부터 불러준 사람은 바로 어머니였다. 그걸 일방적으로 취소한 사람도 바로 어머니였다. 나를 데리고 헤살을 부린 것이다. 나를 이 꼴로 만든 어머니가 미워서 전신이 와들와들 떨렸다. 가위를 찾으면 나중에 백 조각도 더 되게 아기 신을 조각내서 화풀이를 하리라 다짐하며 헝겊신을 텔레비전 위에 올려놓고 유물상자를 찌그려 쓰레기로 버리려고 하는데 발밑으로다 뚝 떨어지는 사륙배판 크기의 누런 봉투가 있었다. 그것도 그냥 쓰레기통에 집어던질까 하다기 돈이라도 몇 장 넣었기를 기대하면서 만져보니 도톰한 공책이 손에 잡혔다. 그냥 버릴까 하다가 헝겊신과 나란히 놓아두고 방바닥에 대자를 그리면서 누워버렸다. 오월이건만 등을 타고 흐르는 한기에 몸이 떨려 침대로 올라갔다.

사람들의 찬사를 들으면서 특권층으로 살아야 할 자신을 이렇게 비참하게 만든 어머니가 이 세상에 없다는 사실을 인정하지만 행패를 부릴 대상을 잃은 것이 썰렁했다. 기사가 달린 외제자가용을 타고 다니면서 차문도 내 손으로 열지 않을 정도로 존경과 부러움의 대상이 되어있어야 하는 사람이 바로 나다. 사람들의 굄을 받으면서 살아가는 나의 진짜모습을 눈앞에 그려보고 있자니 괜스레 눈가가 축축하게 젖어왔다.

창문을 통해 뒷산의 아카시아가 강한 향내를 뿜어냈다. 멍청히 누워있으니 침대 위에서도 오스스한 한기를 참을 수 없어 손을 맞잡아 무릎 사이에 찔러 넣고 개구리처럼 웅크리고 옆으로 누웠다. 갑작스럽게 그 노트에 어머니가 무엇이라고 써놓았을까 하는 호기심이 솟구쳤다. 혹시 만에 하나 어디엔가 나에게 유산으로 넘겨줄 토지의 주소를 적어놓은 것일지도 모른다는 마음이 불같이 일었다. 벌떡 일어난 나는 아기 헝겊신과 나란히 놓아둔 공책을 들고 다시 침대에 누우면서 이불자락을 가슴까지 덮었다. 토지가 아니면 혹시 도심지의 변두리에 별장처럼 화려한 주택을 유산으로 남겼을 수도 있다. 그만큼 아버지는 돈을 많이 벌었다고 하지 않았던가. 할아버지의 유산도 엄청났다고 들은 적이 있었으니 그럴 가능성이 많았다. 도심지에 높은 빌딩을 소유하고도 아들인 나를 위해 돈을 아끼면서 무료양로원에서 죽었을 수도 있다. 사람들의 칭송 속에 어머니는 가난을 초월한 당당함이 있었다고 하지 않았던가.

이맛살을 찌푸리고 느린 동작으로 공책의 첫 장을 넘겼다. 마치 탐정 책을 읽는 것처럼 헝겊신이 모티브가 되어서 엄청난 유산을 찾아낼 가능성도 있었다. 나는 세월로 인해 끈적끈적해진 종이의 촉감을 애써 무시하면서 책장을 넘기기 시작했다. 내가 태어난 날부터 기록한 어머니의 육아일기였다. 별 것이 없었다. 누구나 아기를 기르면서 체험했을 엇비슷한 여자의 마음이 나열되어 있었다. 간간히 눈물자국이 있어 글씨가 흐려지고 잉크가 번져있어 대충 몇 줄씩 뛰어넘으면서 읽었다. 내가 다섯 살 적의 일기는 전 페이지가 온통 눈물로 흐려져서 제대로 읽기가 힘들었다. 어머니의 눈물만이 아니라 아버지도 눈물을 함께 쏟았는지 물속에 텀벙 빠트렸던 것처럼 공책의 한 쪽이 온통 주글주글 오그라들어 있었다 그 얼룩진 부분을 읽어가던 나는 벌떡 일어나 앉았다. 전기충격이라도 받은 듯했다.

거기엔 이 헝겊신에 대한 내역이 기록으로 남아 있었다.

'우리 기도의 아들인 삼손이 살아나지 못하고 죽는다고 의사는 말했다. 단 한 사람도 살아남은 적이 없는 희귀병에 걸렸다고 한다. 오늘밤을 넘기지 못할 터이니 편안하게 갈 수 있도록 부모가 원한다면 안정제주사를 놔주겠다고 했다. 모든 조치를 거절하고 어린 삼손을 안고 우리 부부는 집으로 돌아왔다. 자정을 넘기면서 삼손이 숨을 몰아쉬기 시작했다. 마지막 순간이 온 것이 틀림없었다. 우리 부부는 무릎을 맞대고 앉아 기도하기 시작했다. 마침 삼손이 태어나서 신었던 헝겊신이 서가에 놓여있었다. 내 손수 수를 놓고 만든 헝겊신이라 버리지를 않고 고이 간작한 것이다. 우리 부부는 신발을 한 짝씩 두 손으로 움켜

쥐고 울부짖으면서 기도하기 시작했다.

"이 아들을 살려주셔요. 이 아들을 살려주시면 하나님의 사람으로 살도록 훈계하고 양육하겠습니다. 그간 아들의 재롱에 빠져 하나님보다 아들을 더 사랑했던 저희 부부를 용서해주시고 목숨만은 돌려주셔요. 살아서 숨만 쉬어도 좋으니 코끝에 호흡이 있게 해주셔요. 의사도 손을 들었습니다. 생명의 주관자인 하나님만이 이 아들을 살려낼 수 있다는 걸 저희 부부는 압니다. 이 아들을 우리 무릎 위에 앉혀주시고 겨우 5년만 보게 하시고 다시 데려가지 말아주셔요."

밤새워 우리 부부는 전신이 땀에 푹 젖도록 울부짖었다. 얼마나 몸부림치면서 기도했는지 신발은 눈물과 땀으로 푹 젖어 있었다.

날이 새면서 창문이 밝아오기 시작했다. 의사의 말대로라면 죽어 있어야 할 삼손이 편안하게 잠들어 있었다. 코끝에 손을 대보니 숨을 쉬고 있었다. 이마 위에 손을 대보니 열도 사라지고 건강한 아이처럼 뺨에 핏기가 발그스레하게 돌았다.

아들은 고비를 넘기고 살아남았다. 의사의 예상을 뒤엎고 하나님이 살려주신 것이다. 우리 부부는 기도의 눈물과 땀으로 푹 절은 헝겊신을 하나님이 베푼 이적의 징표로 삼아 그걸 가문의 귀한 보물로 삼기로 했다. 억만금 나가는 집문서보다 더 귀한 유물이요, 유산이 된 셈이다.'

어머니의 일기는 여기서 끝을 맺고 있었다. 내가 살아난 것이 부모의 기도 탓이고 더구나 이 신발이 그 징표라니! 알 수 없는 커다란 충격이 가슴과 머리를 짓이기고 지나갔다. 이 신발이! 휴게소의 쓰레기통에 집어던졌던 이 헝겊신발이 내 생명의 징표라고! 나는 텔레비전 옆에 놓아둔 아가의 헝겊신을 와락 가슴에 끌어안았다. 머리끝부터 발끝까지 전신을 관통해 흐르는 찌르르한 진한 물결이 나를 방바닥에 쓰러뜨렸다.

마지막 죽기를 각오하고 다곤 신전의 두 기둥을 잡고 젖 먹었던 힘까지 다 쏟았던 삼손처럼 나도 아기의 헝겊신을 양손에 움켜쥐고 전신으로 절규하며 다짐했다. ✤

"그거 아주 좋은 점이네요."

민희는 그녀의 말에 그저 인사치레로 맞장구를 쳐주자 신이 난 여자는 말이 길어졌다.

"귓밥에 있으니 효자 자식을 둔다는군요. 게다가 지성이 뛰어날 상을 가진 총명한 자식을 둔다고 했어요. 이런 점을 가진 여자는 고집이 세다고 하니 제가 자식을 안고 지독한 고집을 부리며 살았지요."

귓불에 검은 점을 가졌다고 저렇게 확신에 차서 소망을 가질 수 있을까? 그녀가 간 뒤에 한참동안 의아한 생각도 들었으나 귓불의 검은 점이 그녀의 일생에 심리적으로 힘과 위로를 준 것이 확실했다.

귓불에 검은 점이 있는 여자

귓불에 검은 점이 있는 여자

오랜 만에 나들이를 가는 민희의 마음은 구름 위를 걷는 듯 사뭇 경쾌하다. 일 년에 딱 한 번 보스턴에 사는 친구 정옥이 그녀가 살고 있는 로스앤젤레스에 오는 날이기 때문이다. 초등학교 동창인 두 친구가 견우와 직녀처럼 일 년에 딱 한 번 볼 수 있는 기회인 셈이다. 4년 전부터 서로 번갈아가며 작년에는 민희가 보스턴으로 갔고 올해는 정옥이 나성으로 오는 식으로 둘만의 만남을 즐긴다. 이건 남편들도 서로 양해를 해서 얻어낸 금쪽 같은 시간이다. 보스턴에 사는 정옥이 우울증에 시달리는 통에 정신과의사의 충고로 성사된 일이기도 하다. 장장 5시간 대륙횡단의 비행 끝에 서로 만나 집이 아닌 장소에 머물면서 근처 명승지를 드라이브하고 즐기는 스케줄이다. 꼭 2박 3일을 서로 밤새워 이야기를 나누고 맛있는 별식을 사

먹는 코스이다.

이번에는 민희가 정옥이를 데리고 나성에서 2시간 거리에 있는 팜 스프링(Palm Spring)으로 갈 예정이다. 거기에 방을 얻어 앞마당의 노천 온천을 즐길 참이다. 이 도시는 프리웨이 건너편에 쇼핑을 즐길 수 있는 거대한 몰이 있고 고급 가구들을 싸게 파는 가구점이나 집안을 고급스럽게 장식할 수 있는 온갖 실내 인테리어 장식품상점이 즐비해서 눈으로만 쇼핑을 해도 되는 곳이다. 더구나 대도시보다 더 싸게 과일과 야채를 파는 식품점이 있다는 것도 큰 이점이었다. 캘리포니아 사방에서 구해온 싱싱한 야채와 과일을 즐길 수 있어 시들어빠진 과일이나 야채를 사먹는 보스턴에 비해 싱싱한 음식을 소꿉놀이하듯 접시를 장식하여 먹을 수도 있다.

엘에이공항에서 정옥을 태우고 그대로 팜 스프링으로 뚫린 10번 프리웨이로 차를 몰았다. 이 길로 1시간 반쯤 달리면 사막의 온천에 내릴 수 있다. 운전대를 잡은 민희가 유년시절 함께 즐겨 불렀던 '퐁당퐁당 돌을 던지자'란 노래를 부르며 약간 우울해 보이는 친구의 흥을 돋우었다. 둘이는 만날 적마다 이 노래를 어린 소녀들처럼 부르며 유년의 숲으로 돌아가 깔깔대며 웃었기 때문이다.

노래도 따라 부르지 않고 침묵만 고집하던 정옥이 갑자기 약간 슬픈 표정을 지으면서 차를 엉뚱한 방향으로 돌리라고 지시하는 것이 아닌가.

"왜 그래. 지금 가야 예약해 놓은 방으로 들어갈 수 있어. 늦게 가도 되지만 야외 온천에 한 번은 들어가야지. 물 온도가 세 곳이 서로 달라서 15분씩 세 탕을 뛰자면 줄잡아도 50분을 잡아야 한다. 시급한 일이 아니면 오는 길에 들리자."

"아니야. 지금 가야 내 마음이 편하다."

"누구야. 옛 애인이라도 만나려는 속셈이니?"

민희는 친구의 첫사랑이 10번 프리웨이 근처 동네인 어디쯤에 살고 있는 걸 떠올리며 이죽거렸다.

"아무튼 210번 프리웨이로 가자. 빅 베어 못 미쳐 15번을 타고 곧바로 깊은 산속으로 들어가 있는 곳이야. 지금쯤 그 곳엔 동백꽃들이 흐드러지게 피어있을 거야. 내가 받은 편지와 사진에 동백꽃 숲이 보였고 팜 트리(palm tree)들이 뒷산에 듬성듬성 하늘을 향해 머리를 쳐든 사진을 받았거든. 거기 가보자."

보스턴에 살고 있는 정옥이 이곳 지리를 연구했는지 유식하게 갈 곳의 길 이름을 나열했다. 특히 프리웨이란 단어는 다른 주에서는 잘 쓰지 않는 말이다. 고속도로라고 모두 말하기 때문이다. 프리웨이는 톨 게이트가 없이 무료로 달리는 길이기 때문이다. 한 때 귤 농사로 미국전역에서 돈을 긁어모아 부자가 된 주정부가 톨 게이트 없이 무료로 달리는 고속도로라는 의미로 프리웨이라고 명명했기 때문이다. 너무 강권적으로 나대는 바람에 민희는 그녀가 원하는 데로 210번 이스트 프리웨이를 내려서 15번 북쪽으로 꺾어 들어갔다. 친구는 우울증 환자가 아닌가. 원하는 것을 해줘야 한다는 강박감이 민희를 찍어 눌렀다. 말없이 그녀가 내민 주소를 찍어 떠오른 내비게이션을 보면서 붉은 줄이 가는 데로 차를 몰았다. 15번 프리웨이를 달리다 산기슭으로 뚫린 길로 접어들었다. 산길이 점점 경사져서 귀에서 윙하는 소리가 났다. 동백꽃이 한창 피어날 이른 봄이긴 하지만 이 꽃을 보기 원한다면 나성 근교에 있는 데스칸소가든에 가는 편이 훨씬 나을 것이다. 그 정원에는 세상에 존재하는 모든 종류의 동백꽃을 몽땅 수집해 놓아서 동백꽃 전시장이라고 명명해도 과언이 아닐 정도로 유명한 곳이다. 거기를 놔두고 이 깊은 산속으로 차를 모는 것은 아마도 정옥의 첫사랑이 집을 그리로 옮기고 유혹하고 있는 것이 아닐까. 민희는 내심 별별 생각을 다 해가면서 처음 와보는 길이라 신경을 잔뜩 곤두세우고 차를 몰았다. 얼마를 달렸을까. 차는 요양원이라 쓴 집 앞에 멎었다. 그럼 첫사랑의 옛 애인이 여기 있는 모양이다 하는 생각을 하면서 민희는 친구의 행동을 지켜보았다. 입을 다물고 묵묵히 따라주는 친구가 민망했는지 정옥은 환자의 이름을 대고 기다리는 동안 나직한 목소리로 말했다.

"어머니가 일찍 돌아가셔서 나를 대신 길러준 분이야."

하긴 어린 시절 정옥은 엄마라는 이름을 대화에 올리는

걸 알레르기 반응을 일으킬 정도로 싫어했다. 함께 살고 있는 엄마는 엄마가 아니라고 늘 머리를 흔들었던 기억이 났다. 대학을 아버지가 있는 미국으로 갔으니 어린 시절 정옥은 계모가 아닌 친척의 손에서 자란 모양이다.

간호사의 허락을 받고 정옥의 이모가 있는 방으로 안내를 받았다. 복도에나 널찍한 거실에는 여기저기 백발의 할머니와 할아버지들이 옹기종기 모여 앉아 담소를 했고 더러는 느린 걸음으로 복도를 오가거나 서로 무언극을 하듯 헛손질을 하며 멍청이처럼 웃고 있었다. 영어를 사용하고 있었고 특이한 점은 모두가 백인이라는 사실이다.

"여긴 동양인이나 흑인이 단 한 사람도 없는 곳이구나. 하긴 동네가 부촌이니까."

정옥이 이렇게 중얼대면서 열심히 두리번거리며 이모를 찾고 있는 뒤를 바짝 따라가고 있던 민희도 사방을 살폈다. 갑자기 귀에 익은 한국어가 들렸다. 그쪽을 보니 역시 머리가 하얗게 센 할머니가 백인 할머니에게 한국말로 열심히 무엇인가 이야기하고 있었고 백인은 영어로 대답을 하고 서로 웃어가면서 다정하게 말을 나누었다. 한국어와 영어의 소통이 아주 원활해 보였다.

"어머머! 한국말을 할 줄 아는 미국분이 계셨구나. 다행이다."

곁에 서 있던 간호사가 민희의 말을 듣고는 씩 웃었다. 이런 깊은 산중에 있는 요양원에 다행히 한국말을 할 줄 아는 백인 환자가 있다는 점이 신기해서 정옥이도 흥분할 정도였다.

감탄하고 있는 두 사람에게 간호사가 소곤거렸다.

"어차피 치매에 걸려있는 상태라 모두가 어느 나라 말을 해도 전부 통해요."

민희는 너무 놀라서 입을 딱 벌리고 시시덕거리는 사람들을 훑어보았다. 그러고 보니 영어를 하는 사람, 독일어를 하는 사람, 모두 제멋대로 자기나라 말로 지껄이며 소통을 하고 있었다. 거의가 이민온 사람들이라 영어를 사용하기보다는 어려서 배운 말을 더 즐겨 쓰고 있는 모양이다. 치매가 어린 시절로 돌아가게 하는 회귀본능 병이니 그럴 수 있다고 본다. 게다가 늙어 머리에 된서리가 내리면 살갗도 비슷해져서 흑인을 빼고는 동양인이나 서양인이나 첫눈에 모두 엇비슷했다.

정옥이 이모에게 다가가서 다정하게 껴안고 자신의 얼굴을 이모의 눈에 바짝 들이밀었다. 그러자 화들짝 놀란 이모는 뒤로 물러서면서 머리를 흔들었다.

"부끄럽게 이러시면 안 됩니다. 이렇게 남 우세스럽게 총각이 처녀에게 덤벼들면 어떡해요."

그러고는 진짜 처녀처럼 얼굴을 붉히며 쏜살같이 자신의 방으로 뛰어 들어가는 것이 아닌가. 이모의 엉뚱한 반응에 말을 잃은 정옥은 눈물을 그렁거리며 천천히 이모의 방으로 쫓아 들어갔다. 민희도 친구가 들어간 방으로 따라 들어가 한쪽 구석에 서서 두 사람의 만남이 어떻게 진행되는지 호기심을 가지고 지켜보았다.

"이모! 저에요. 정옥이요. 절 딸처럼 길러주셨는데도 정말 저를 몰라보시겠어요?"

여전히 이모는 머리를 외로 꼬고 처녀가 숫총각의 구애를 받는 듯한 모양세로 부끄러워 얼굴을 들지 못한다. 그러다가 잽싸게 일어나 침대 가장자리 쪽으로 가더니 행주치마를 입는 시늉을 하고는 나왔다.

"귀한 손님이 오셨는데 식사를 대접해야지요. 사랑채에 나가 기다리세요. 저녁상 올리겠습니다."

부리나케 빈 벽 쪽으로 가더니 수돗물을 트는 시늉을 하고 쌀을 씻는지 부지런히 쉬쉬거리면서 쌀을 비벼 씻는 열심을 냈다.

이런 이모의 모습을 지켜보다가 정옥이 울음을 터뜨렸다.

"어쩌다 이렇게 되셨어요. 똑똑하고 야무지고 무섭게 세상살이에 도전하면서 살았는데 이게 뭐예요."

이모의 등을 뒤에서 껴안고 정옥은 사뭇 소리를 삼키며 울어댔다. 이모는 총각에게 잡힌 처녀처럼 몸을 비비꼬면서 정옥의 손길에서 벗어나더니 치마를 걷어 올리고 속곳 여기저기를 뒤지는 시늉을 했다.

"여기 돈이 있어요. 여비에 보태 쓰세요. 제게 오신 손님을 그냥 빈손으로 보내면 예의가 아니지요."

이모는 허리에 차고 있는 주머니에서 돈을 꺼내는 시늉을 하면서 정옥에게 어서 받으라고 빈손을 내밀어 흔들면서 수줍게 웃어댄다.

너무나 황당한 상황에 방문 옆벽에 바짝 서 있던 민희도 몸을 어디 둘지 몰라 멈칫거리는 순간 할머니의 오른쪽 귓불에 검은 점이 눈에 확 들어왔다. 어디서 본 낯익은 귓불 점이었다. 아무튼 이 여자를 오래 전에 어디선가 만났던 기억이 떠올랐다. 그러나 상대가 누군지 금방 생각나지 않았다.

침울해진 정옥이 퉁퉁 부은 얼굴로 요양원을 나와 말없이 차에 올랐다. 팜 스프링으로 내비게이션을 틀고는 민희도 말을 아끼며 차를 몰았다. 210번 동쪽으로 얼마간 가다가 시원스럽게 뚫린 10번 프리웨이로 접어들자 차는 빠른 속도로 달렸다

"치매가 심해서 집에서 돌보기 힘들다고 아들, 며느리가 성화더니 여기 요양원에 넣었다는 소식을 듣고 이번에 방문한 거야."

정옥이 무어라 종알대며 말이 많았으나 민희는 귓불에 검은 점이 있는 여자를 어디서 만났는지 기억해내려고 애를 쓰면서 과거의 숲속을 더듬고 있었다. 40분간 달려서 팜 스프링에 거의 당도할 무렵 번개처럼 머리에 스치는 여인이 있었다. 맞다. 바로 그 여자다. 민희의 가슴이 콩닥콩닥 뛰었다. 귓불에 검은 점이 특이하게 귀걸이처럼

붙어있어 기억에 남아있는 여자가 무의식의 세계에 잠겨 있다가 의식의 수면 위로 떠올랐다. 새까맣고 도톰하게 똥그란 점이 마치 블랙 다이아몬드처럼 보였다.

이런 보석을 떠올린 사연이 있다. 바로 그 전날 장관자리를 부탁하면서 찾아온 여자가 요상한 미소를 흘리며 내밀었던 바로 그 블랙 다이몬드를 닮아서 그런 연상을 한 모양이다. 이런 보석은 다이아몬드가 생성되는 과정에서 다른 원소와 결합되어 특이하게 검은 색상이 나온 희귀보석이라고 입가에 거품을 물면서 고가로 어디서나 쉽게 구하기 어렵다고 부정한 물건을 가져온 여자는 으쓱거리면서 나댔다. 엄청난 가격의 뇌물이라 놀란 민희는 손사래를 치면서 거부했는데 그런 모양의 보석이 그녀의 귓불에 붙어있다니! 귓불에 검은 점이 너무 예쁘게 박혀서 다른 쪽 귀에 귀걸이 하나를 똑같은 모양으로 맞춰서 달았던 여자였다. 한쪽은 점이지만 다른 쪽은 진짜 귀걸이였던 셈이다. 그 여자와 몇 번 만나고 양쪽 귀의 귀걸이가 조화가 완벽했던 점을 발견하고는 '검은 점이 참 멋있다!'고 감탄했던 기억도 떠올랐다.

정옥은 이모에 관한 모든 걸 잊어버리려는 듯 부산하게 수영복으로 갈아입고 노천 온천으로 나가자고 서둘렀다. 둘이는 이제 중년을 지나 노년으로 접어들었으니 제일 뜨거운 탕으로 들어가 몸을 덥혔다. 10분이 지나자 땀이 이마 위로 줄줄 흘러내렸다. 너무 덥다고 정옥은 옆의 미지근한 온천탕으로 갔으나 민희는 아직도 귓불에 검은 점이 있는 여자를 생각하느라고 머무적거렸다.

정옥이 미안한 어투로 어렵사리 입을 열었다.

"네가 이모님을 자주 찾아뵈면 참 좋겠다. 내가 여기 오기엔 너무 멀어서."

"……"

"힘든 줄 알지만 한 달에 한번 만이라도 안 되겠니? 그러면 내 우울증도 고쳐질 것이란 마음이 든다. 사실 이모가 내 어머니나 다름없어. 날 이렇게 반듯하게 길러주었는데 며느리를 맞아 마음고생이 대단했단다. 그간 그 분의 넋두리를 전화로 매일 몇 시간씩 들었더니 나도 덩달아 병이 든 거야. 내 병의 근원이 바로 이모라고 해도 된다."

민희는 그러겠다고 대답하지도 않고 가만히 있었다.

귓불에 검은 점이 있는 여자는 민희의 인생길에서 죽이고 싶을 만큼 미워할 정도의 사람들 대열에 끼어있는 한 사람이었다. 혐오스러운 정도를 벗어나 저주까지 했던 사람이다. 진짜 죽이고 싶도록 증오심에 휩싸여 밤잠을 설쳤던 기억에 이르자 민희는 몸을 부르르 떨었다.

그 여자와의 만남은 아주 우연이었다. 민희 쪽에서 자진해서 만난 그런 부류의 여자가 아니었다. 남편의 지위로 봐서 아무나 섣부르게 만났다가는 큰일을 자초하는 경우가 많아서 되도록 사람들을 피하면서 살았고 확실한 사람만을 뽑고 가려서 만났다. 마치 쌀에서 뉘를 가리듯 무척 조심했던 시절이었다.

그렇게 몸을 도사리고 있던 그녀를 찾아온 귓불에 검은 점이 있는 여자는 아들이 미국의 유수(有數)한 대학을 졸업하고 취직에 걸림돌이 있어서 도움을 청하려고 찾아왔다고 했다. 현금을 사과상자에 잔뜩 넣어가지고 와서 높은 지위를 바라거나 부당한 일을 풀어달라는 그런 청탁이 아니었다. 순수한 어미의 사랑으로 부탁하는 것이라 민희도 마음이 동할 수밖에 없었다.

얼굴에 화장기도 없고 오십대 후반의 나이인데 입술연지도 바르지 않아서 창백한 나머지 한눈에 위험할 정도로 낙망한 모습으로 다가왔다.

"딸도 없이 아주 늦게 낳은 외동아들이 어렵게 공부하여 미국에서 제일가는 유명한 대학을 졸업했지만 취직하려고 하니 문제가 생겼습니다."

"그 정도의 대학을 졸업했다면 취직이 쉬울 터인데요."

"그게 글쎄 한국말을 해야 되는 직장에 걸렸습니다."

"어쩌자고 한국말을 집에서 가르치지 않으셨어요?"

"아들을 그만큼 공부시키느라고 그럴 시간이 없었어요. 과외까지 시키자면 돈을 벌어야 했습니다. 더구나 미국의 대학학비는 살인적입니다. 한국에서는 상상도 할 수 없을 정도로 비싸요. 그러니 우리 부부는 그 애 뒷바라지 하느라고 밤낮을 가리지 않고 뛰었습니다."

　미국의 등록금은 집을 팔아도 어렵다는 소문을 익히 들어서 알고 있던 터라 민희는 아들을 그만큼 길러낸 부모의 노고에 머리가 숙여졌다. 더구나 재산이 있는 것도 아니고 남의 땅인 미국에서 손수 수고하여 돈을 벌어 감당했다니 정말 그 헌신은 대단한 것이 아닌가. 해서 치하할 수밖에 없었다.

　"너무 수고하셨어요. 미국에서 대학공부를 아무나 시키는 것이 아닙니다. 더구나 사립대학을요. 참으로 장하셔요."

　그러자 귓불에 검은 점이 있는 여자는 마구 울어가면서 민희의 손을 와락 잡아 가슴에 대고 애청을 했다.

　"미국의 유수한 기업에 취직이 되었으나 일 년간 말미를 주고는 그 안에 한국말을 유창하게 할 수 있어야 한다는 조건입니다."

　"어떤 이유로 미국회사가 한국말을 요구하지요?"

　"그 기업의 한 파트가 한국어를 잘 해야 하는 부서래요. 한국을 상대로 거래하는 곳이라나요."

　"그럼 저더러 아들에게 한국어를 가르치라는 말입니까?"

　"아니지요. 이 집 양반이 우리나라에신 이름난 정치인이니 대기업을 움직일 수 있지요. 제 아들을 한국의 대기업에 취직시켜서 일 년만 다니면 한국말을 잘 하게 될 것입니다. 부탁합니다."

너무 애타게 울어가면서 야단을 치는 통에 민희도 자식을 기르는 입장에서 강하게 거절할 수가 없었다. 엉거주춤해서 그녀의 청을 수락하고 말았다.

현관에서 인사를 하는 그녀를 배웅하면서 민희는 불쑥 한 마디를 했다.

"오른쪽 귓불에 검은 점이 참 예쁘네요."

그러자 여자는 나가다가 몸을 휙 돌리고 민희의 얼굴을 당당하게 마주 보며 확신에 차서 말했다.

"이거 복점이래요. 재물이 펑펑 들어오고 성공하는데 특히 자식이 성공할 점이랍니다."

"그거 아주 좋은 점이네요."

민희는 그녀의 말에 그저 인사치레로 맞장구를 쳐주자 신이 난 여자는 말이 길어졌다.

"귓밥에 있으니 효자 자식을 둔다는군요. 게다가 지성이 뛰어날 상을 가진 총명한 자식을 둔다고 했어요. 이런 점을 가진 여자는 고집이 세다고 하니 제가 자식을 안고 지독한 고집을 부리며 살았지요."

귓불에 검은 점을 가졌다고 저렇게 확신에 차서 소망을 가질 수 있을까? 그녀가 간 뒤에 한참동안 의아한 생각도 들었으나 귓불의 검은 점이 그녀의 일생에 심리적으로 힘과 위로를 준 것이 확실했다.

그녀가 간 뒤에 여기저기 남편의 이름을 팔아 알아봐서

다행히 큰 기업의 한 파트에서 일 년 간 일할 수 있는 곳을 마련할 수가 있었다. 솔직히 고백하자면 남편의 유명세가 그만한 자리를 얻어 낼 수 있었다. 그렇게 일 년을 지내고 귓불에 검은 점이 있는 여자의 아들은 미국의 대기업으로 잘 돌아갔다. 민희는 이따금 그 일을 떠올리며 참 잘한 일이라고 늘 스스로도 자랑스럽게 생각했었다. 순전히 어머니라는 타이틀이 주는 동질감이 남편의 이름을 팔아서 그런 모험을 했기 때문이다.

귓불에 검은 점이 있는 여자의 아들을 도와준 뒤 민희는 모든 걸 포기하고 조국을 떠나야 했다. 한국의 정치판이라는 게 늘 칼날 위에 선 힘든 자리가 아닌가. 남편은 모함을 받고 쫓겨나자 조국에 실망하고 이민 길에 올랐다. 낯선 미국의 한 귀퉁이 작은 도시에 자리를 잡으면서 외롭고 억울하고 슬펐던 민희에게 뜬금없이 번개 치듯 귓불에 검은 점이 있는 여자가 떠올랐다. 그녀가 바로 이 도시에 살고 있었기 때문이다. 해서 예전에 기록해두었던 수첩을 뒤져서 전화를 걸었다. 그만큼 아들을 도와주었으니 당연히 달려와서 위로하며 그 당시 일을 치하하고 반갑게 대해줄 것이란 기대를 가지고 말이다. 한국에서 버겁도록 사람들 틈에 끼어서 살았는데 갑자기 홀로 남겨진 외로운 생활이 견디기 힘들어 말할 상대가 필요해서였다. 귓불에 검은 점이 있는 여자를 만나서 이번엔 민희 자신이 도움을 받고 싶었다. 돈을 요구하는 것이 아니라 아프

고 외로운 마음을 위로해주는 말 몇 마디를 듣기 원해서
였다.

그녀는 처음 전화에는 바쁘다고 나중 만나자고 하더니
수십 번 전화를 해도 받지를 않다가 자주 거는 전화에 짜
증이 났는지 통명스럽게 답했다.

"한국에서 문제를 일으키고 도망 왔으면 조용히 있지
무슨 전화질이에요. 귀찮아 죽겠네. 숨어서 지낼 분이 이
렇게 나대도 됩니까. 조용히 회개하는 마음으로 지내세
요."

기대하지 못했던 무례한 반응에 너무 놀란 민희는 그대
로 수화기를 든 채 흐느꼈다.

"바보처럼 울기는 왜 울어. 그만큼 해먹었으면 되었지
무슨 심보로 울고 이 야단이야. 부끄러운 줄도 모르고."

거친 말을 뱉어낸 전화기 저쪽으로 위잉 전신줄의 울음
이 지나갔다.

세상 사람들이 던져댔던 돌팔매질보다 더 심한 아픔을
준 말이었다. 아무리 생각해도 이 여자는 인간이 아니었
다. 겨우 사람들의 질시와 질타와 난무하는 말 틈바구니
에서 빠져나온 민희에게 귓불에 검은 점이 있는 여자의
말은 치유할 수 없을 만큼 엄청난 큰 상처를 안겨주었다.
그 전화사건 이후 민희는 심한 불면증에 시달렸다. 밤마
다 귓불에 검은 점이 있는 여자가 나타나서 괴롭히더니
나중엔 꿈속에 나타나서 목을 졸라댔다. 극도로 불안한

증세가 나타나서 정신과 의사를 만나야 했고 안정제를 먹어야만 했다. 그녀의 매섭던 질타를 잊고 평정을 찾기까지 오랜 기간 헤맸던 아픔과 혹독한 질곡의 시절이 생생하게 다가와서 민희는 숨을 쉬기도 힘들었다. 세월이 약이라고 했던가. 이제 어느 정도 그런 험한 일을 잊고서 살고 있던 터에 다시 악몽을 떠올리는 상대방, 귓불에 검은 점이 있는 여자가 민희 앞에 나타난 셈이다.

갑자기 침묵하고 우울해진 민희를 친구는 흘끔거렸다. 온천 안 맛집으로 소문난 레스토랑의 스테이크를 먹으면서도 말이 없는 민희를 우울증에 시달리는 정옥이 걱정하기 시작했다.

"왜 갑자기 그러니? 요양원에서 나는 냄새가 역겨웠지? 누구나 요양원에 가면 처음엔 그래. 우리의 미래를 보는 것 같으니까 우울하고 힘들지만 자꾸 가면 익숙해진단다. 이모가 요양원으로 들어가고 난 뒤 이따금 교회에서 가는 양로원 봉사팀에 끼어 나는 일부러 동네 요양원엘 다녔다. 여기까지 오지 못하는 죄송함을 그렇게 해서 위로를 받았지."

그 말에도 민희는 대꾸하지 않고 기름기가 적당히 돌아 입에 착착 들어붙는 맛깔스러운 스테이크를 모래알 씹듯 입안에 물고 있다. 마음을 다스릴 시간이 필요해서였다.

"우리 이모 상당히 극성스러웠다. 애를 낳지 못해 나를 데려다 기르면서 사십대에 아들을 하나 낳았지. 그 아들을 성공시키겠다고 미국까지 싸들고 이민을 온 분이야."

"그래서 그 아들이 좋은 대학을 나왔겠구나."

"그럼. 미국에서 손꼽히는 일류대학을 나왔지."

"그런 아들이 어머니를 요양원에 보내니?"

"워낙 유난스러웠는데 치매에 걸려서도 그 극성으로 인해 아들이 견딜 수 없었나봐. 더구나 며느리가 백인여자니 그런 시어머니를 누가 돌보겠니. 한국이라면 몰라도여기 미국에선 절대로 치매에 걸린 시어머니를 모실 며느리는 단 한 명도 없을 거다."

"남편은 뭐하고?"

"이모부가 죽고 나서 저렇게 급속도로 무너지기 시작해서 치매가 온 거야. 우리 이모 참 불쌍한 여자지. 미국에서 밑바닥 일을 하면서 아들 공부를 시킨 것이 아마도 병이 되었을 거야. 더구나 말이 통하지 않는 며느리 때문에."

정옥은 이모를 만나고는 기분이 좋아져서 우울증 환자의 불면도 없이 잠도 잘 잤다. 온천을 즐겨서 팜 스프링의 따가운 햇살에 거무레하게 얼굴과 등이 타서 선 불럭을 발라달라고 몸을 민희에게 내맡기기도 했다. 밤에도 나가서 온천을 즐기는 통에 민희는 상처받은 마음을 안고 마지못해 따라 나서야 했다.

"어머머! 저 별들을 봐라. 은가루를 뿌려놓은 듯 하늘에 촘촘히 박혀있구나! 이건 아무데서나 볼 수 없는 별들이다."

정옥은 뜨거운 온천에 몸을 맡기고 하늘을 향해 고개를 한껏 뒤로 젖히고는 유년시절에라도 복귀한 듯 소녀처럼 조잘거린다. 팜 스프링의 밤하늘은 참으로 깊고 아름다웠다. 그녀가 좋아하는 옅고 맑은 푸른색에 약간의 녹색 기운이 감돌아 청자를 연상케 하는 티파니 블루가 아니라 검은색이 돌 정도로 진한 하늘색이다. 그 속으로 한없이 빠져들어도 밑바닥이 없을 듯 끝을 짐작할 수 없는 깊이었다. 공해가 없는 하늘이 창조될 당시의 모습 그대로 태고적 비밀을 간직한 듯 보인다. 찬란하게 빛을 발하여 구름 한 점 없이 짙은 파란 바탕에 깔려있는 별들이 눈부시게 다가와서 안겼다. 이곳의 물은 세상에서 제일 맑은 물로 그냥 수도꼭지에서 받아 먹어도 약이 된다고 써 붙여 있어 물도 수도를 틀어 직접 마셨다.

정옥은 그렇게 즐기면서 약속한 날들을 채우고 대륙을 횡단하여 가버렸다. 내년에는 민희더러 보스턴으로 오라고 손을 흔들면서 말이다.

문제는 그 다음부터였다. 정옥이 간 뒤 민희에게 다가온 불면증과 우울증은 친구의 병을 대신 옮겨 받아 앓고 있는 지경이 아닌가 할 정도였다. 이건 순전히 그 귓불에 검은 점이 있는 여자 때문이었다. 도저히 용서할 수 없는 분노가 치밀어 마음을 다스릴 수가 없었다. 그동안 모든 걸 수용하고 현실에 충실하게 살아가면서 과거는 잊고 미래만을 향해 가고 있다고 확신했는데 아직도 지난 일을 청산 못하고 과거에 매어있는 걸 새삼스럽게 깨닫게 되었다. 변하지 않겠다고 스스로 다짐한 상태도 아니건만 거머리처럼 그 일이 민희의 곁을 떠나지 않고 맴돌면서 달라붙었다.

아침이면 불면으로 베개를 안고 뒹군 탓인지 골이 찌근거리고 눈앞이 흐렸다. 모든 일이 귀찮고 아무리 지난 일이라고 마음을 다스려도 잠이 오질 않았다. 낮이나 밤이나 죽을 지경이었다. 단지 늙어 치매에 걸려있는 불쌍한 신세인 노파를 만났을 뿐인데 이렇게 힘들어하다니! 요양원에서 죽음을 기다리고 있는 호호백발 늙은 여인을 만났을 뿐인데 이런 괴로움에 젖게 되다니! 이런 자신이 한심하기도 했다.

그녀와 얽힌 과거를 잊기 위해 짐짓 행복한 척 이런저런 일을 해보았다. 이곳 지인들을 따라 고사리를 캐러 다니기도 하고 1번 프리웨이의 바닷가에 내려가 전복을 잡아보기도 했다. 바닷가 바위에 덕지덕지 붙어있는 전복을 따는 일은 모든 시름을 잊게 한다지만 그것도 허사였다.

불면증과 마음의 고통으로 몸부림치고 있는 판이라 부석부석 부은 얼굴에 병색이 짙어갔다. 이런 민희를 보다 못한 옆집에 사는 마음이 넉넉한 이웃이 강제로 가까운 카지노에 데려갔다.

"고통을 잊는 방법으로 여기만큼 좋은 곳이 없어. 가보면 알지만 거의가 노인들과 환자들이야."

가보니 그녀의 말이 맞았다. 외로움을 잊기 위해 오기도 하고 육체적 정신적 고통을 잊기 위해 오는 사람들이 대부분이었다. 외로운 노인들과 영육 간에 병든 불쌍한 사람들의 오락장이라고 보면 되었다. 나성 시내에서 무료로 왕복버스가 오가며 그런 사람들을 실어나르고 있었다.

그 친구를 따라가서 스롯 머신에 돈을 넣고 돌아가는 재미에 빠져보았다. 그들 틈에 끼어 앉은 민희는 스롯 머신을 돌리는 일이 그다지 재미가 없었다.

민희의 음울한 마음은 날로 깊어만 갔다. 미워할 때는 실컷 증오해서 안에 고인 증오의 뿌리를 상하게 만들어 뽑아야겠다는 생각에 혼자 골방에 들어가 귓불에 검은 점이 있는 여자의 얼굴을 짓이겼다. 그 때 밑에 깔린 여자는 지금의 백발노인이 아니고 민희와 첫 상면했을 적에 아들을 위해 헌신하는 극성스러운 여자의 얼굴이었다. 땀이 나도록 귀불에 검은 점이 있는 여자를 짓밟고 나니 조금 마음이 후련해진 듯 숨통이 트이기도 했다. 그러나 그것으로 안에 응어리져서 자리 잡은 단단한 미움덩어리를 깨트리기에는 역부족이었다. 밤에는 여전히 그녀가 살아나서 민희는 불면증에 시달려야 했다. 불면증은 멜라토닌이라는 호르몬 부족이라 그걸 한 알씩 먹고 자면 잠이 잘 온다고 해서 민희는 그걸 사다가 먹었다. 처음에는 잠이 오는지 녹작지근하고 머리가 흐리멍덩해지더니 그다음 다시 또록또록 머리가 살아나서 어지럽기만 하지 잠은 오지 않았다.

이런 고통을 당하느니 차라리 혼자서라도 그 여자를 다시 찾아가서 미움의 대상을 직시해야겠다는 생각에 민희는 하루를 잡아 러시아워를 피한 시간대에 고속도로를 타고 달리기 시작했다. 210번을 달리다가 15번 북쪽을 향해 달려 요양원으로 향했다. 정옥이 왔을 적엔 봉오리만 졌던 동백이 이제야 마구 입을 벌려 요양원의 뒷산은 가지각색의 동백꽃이 만발했다. 초인종을 누르고 귓불에 검은 점이 있는 여자의 이름을 대고 안으로 들어갔다. 백인들과 섞여 복도를 천천히 걷고 있는 노인들 중에서 귓불에 검은 점이 있는 여자를 찾는 일이 쉽지가 않았다. 갑자기 거실에서 거친 음성으로 심하게 다투는 소리가 들여와서 모두의 시선이 그곳으로 향했다.

"이것 내 것인데 왜 네가 가지고 있니? 이거 내 아들 주려고 내가 만든 것이야. 이리 내놔."

처음엔 영어라 민희가 못 알아듣고 있나 했으나 자세히 들어보니 분명 영어가 아닌 한국말이었다. 백인 할아버지가 오른손에 꼭 쥐고 있는 손수건을 빼앗기지 않으려고 얼굴이 시뻘게져서 씩씩거렸다.

"이건 내 손수건이야. 죽은 아내가 날 위해 정성스럽게 수를 놓아준 것이라 내 일생 보관하고 있는 소중한 물건이야."

노인이 귓불에 검은 점이 있는 여자를 밀쳐내서 엉덩방아를 찧으며 바닥에 나동그라졌으나 여자는 악착같이 몸을 일으켜 노인의 두 다리를 껴안고 손수건을 앗으려고 몸부림치고 있었다. 간호사들이 달려오고 나중엔 의사까지 오는 소동을 민희는 우두커니 지켜보다가 그녀의 방으로 들어갔다.

귓불에 검은 점이 있는 여인은 분을 삭이지 못하고 침대 모서리에 앉아서 씩씩거렸다.

"내가 꼭 빼앗을 거야. 내 아들 손수건을 그 영감탱이가 왜 가지고 있어. 내가 아들의 성공을 빌면서 수를 놓으며 얼마나 기도를 했는지 몰라. 그 기도 덕분에 아들이 미국에서도 천재들만 들어간다는 대학에 입학했거든. 그 손수건에 주술이 서린 것인데 그 못된 노인이 내 방에 들어와서 훔쳐갔어. 아이쿠! 억울해. 경찰을 불러야 해. 재판을 해야 한다고."

민희는 서서히 그녀 앞에 다가가서 앞에 섰다. 서로의 눈이 마주쳤다. 짐짓 놀라는 듯 귓불에 검은 점이 있는 여인은 입을 다물고 민희의 얼굴을 말똥말똥 응시했다.

"저를 아시지요. 아들이 한국말을 익히도록 도와준 사람입니다."

순간 그 여자의 정신이 돌아온 것일까. 아들이란 말에

정신이 드는지 화들짝 놀라는 표정을 짓더니 벌떡 일어서 는 것이 아닌가. 그리고는 방구석을 왔다 갔다 하면서 상 당히 분주하게 움직였다.

"아들을 위해서 오신 분이지요. 아들아! 귀한 손님이 오셨다. 대접을 해야 한다. 어서 과일을 내오너라. 예쁘게 깎아야지."

여자는 연신 쉬쉬하는 소리를 내면서 과일을 씻는 시늉 도 하고 깎는 시늉도 했다. 놀란 민희는 우뚝 서서 여인의 짓거리를 바라볼 뿐이었다.

"아들! 어서 봉투를 가져오너라. 돈을 줘야 한다. 돈이 없으면 이런 일은 해결이 안 된다. 어서 봉투를 가져와. 빨리, 빨리."

손에 봉투를 든 자세로 민희 앞에 선 노인은 오른쪽 귓 불에 검은 점을 만지면서 자신감에 넘쳐 말했다.

"이게 복점이고 총명점입니다. 아들이 효자가 되는 점 이고 총명해서 공부로 성공할 점입니다. 여자의 오른쪽 귓불에 있는 검은 점은 사랑하는 사람에게 행운을 가져다 주는 소중한 점이지요. 제가 가장 사랑하는 사람은 하나 뿐인 제 외동아들이에요."

할머니는 연신 벙글거리면서 행복한 표정을 지으며 오 른쪽 귓불의 검은 점을 쓰다듬었다. 그녀의 눈에 사랑과 소망이 가득 넘쳐흘렀다.

이런 그녀의 행동을 지켜보면서 민희는 아득한 마음이

들었다. 아직도 이 여자는 아들을 위해서 갇힌 공간에서 살고 있구나. 치매에 걸렸어도 그 순간만을 잡고 있구나. 남이 어떤 평가를 내리든 마음에 두지 않고 타인이 싫어 해도 두려워하지 않고 살아간 그녀의 삶은 진심으로 용기 있는 인생이었다. 다른 사람의 기대 같은 것을 응할 필요 없이 자신의 주관대로 당당하게 산 것이 아니겠는가. 하지만 민희 자신은 어떤 인생을 살았는가? 타인과의 관계 가 깨어질 것이 두려워 전전긍긍하며 다른 사람만을 생각 하고 눈치를 보는 그런 비루한 삶이 아니었던가. 아아! 이것이 병의 뿌리였구나.

민희는 요양원을 빠져나와 차를 나성시내로 몰면서 답 답했던 가슴이 조금씩 트이는 걸 느꼈다. 연약한 노인일 뿐이야. 저런 여자를 놓고 가슴아파할 이유가 있단 말인 가. 아들을 위해 능소화나 담장이넝쿨처럼 아무것이나 기 댈 것이 있으면 칭칭 감고 올라가는 습성이 있는 연약한 덩굴이요, 치매 노인일 뿐인데……

그간 남편과 가정을 향해 수많은 사람들이 찔러댔던 상 처투성이 뇌관 입구를 봉인하여 무의식 깊은 곳에 눌러두 었는데 그 뚜껑을 귓불의 검은 점이 건드린 모양이다. 유 명세를 탔던 남편이 치유될 수 없는 아픔을 주는 모함을 받고 한국을 떠났으니 아마도 우리를 안다고 했다가 아들 의 장래를 망칠 것을 두려워해서 피한 것이 그녀의 아들 사랑 본능인 걸 왜 이해하지 못했지. 그 나름의 지고한 자식사랑이라고 하는 것이 옳지 않겠는가. 민희는 뇌관뚜껑을 꼭 닫아 통째로 뱉어내는 심정으로 창문을 열고 들판을 향해 긴 휘파람을 불었다.

그 밤, 민희는 오랜 만에 단잠을 자고 났다. 아침에 남편의 식사를 특별히 준비하면서 민희는 속으로 다짐했다.

'불쌍한 여자를 내가 가서 돌봐줘야지. 한 달에 한 번씩이라도 꼭 가서 친구 대신 내가 딸 노릇을 해야겠다. 정옥에게 바로 전화해서 요양원에 있는 이모를 한 달에 한 번씩은 찾아가 뵙겠다고 말해야지 하면서 수화기를 들었다. 이 길만이 친구의 우울증도 민희의 불면증도 치료가 되는 비법이기 때문이다.

창밖의 울타리 나무들 위로 쏟아져 내리는 나성의 찬란한 아침 햇살을 타고 녹작지근한 평안이 사방에 내려앉기 시작했다. ✦

거대한 카니발을 연상하게 하는 축제의 틈바구니에 낀 상미와 애경도 함께 덩실덩실 춤을 추었다. 플라스틱 망치로 머리를 때리면서 다니는 사람도 있어 머리를 맞아 삑 소리가 나면 모두 웃어대고 춤을 추워서 거대한 기쁨의 물결이 출렁거렸다. 상미도 며느리에 대해 가졌던 고까움과 미움을 저들의 함성 속에 쏟아버렸다. 자살과 살인 같은 피기한 생각들을 이들 틈바구니에서 다 토해내고 덩실덩실 춤을 추었다. 춤을 추면서 그녀는 일상을 주관해 가시는 하나님의 손길을 느꼈다. 지극히 평범하게 살아가는 일상 중에 하나님의 섭리가 있음을 이곳 예루살렘의 부림절에 참석하면서 상미는 뼈 속까지 깨닫고 기쁨으로 몸을 떨면서 외쳤다.

"살라면 살지요!"

살라면 살지요

살라면 살지요

남편이 죽으면 혼자 남은 아내는 사람 만나기를 싫어하여 칩거생활을 하는 것이 보통이다. 그런 상미를 밖으로 끌어낸 것은 임종자리에서 간절하게 부탁한 남편의 유언 때문이다. 반드시, 꼭을 연달아 붙여가며 수십 번 말한 그의 유언은 장례식을 치르고 모든 것을 정리한 뒤 하루도 지체하지 말고 바로 예루살렘으로 가서 친구 애경과 그의 남편 고광훈 선교사를 만나라는 부탁이었다.

상미는 육십을 바라보는 나이에 혼자 된 여자지만 이렇게 멀리 떨어진 이국땅에 오니 대학을 갓 졸업한 발랄한 청춘으로 느껴졌다. 이런 기분을 맛보라고 남편은 죽음의 자리에서 아내에게 예루살렘으로 가라고 한 것일까. 창문을 비집고 들어오는 예루살렘의 희미한 아침 햇살이 그녀를 더욱 느긋하게 만들었다. 아하! 드디어 이스라엘에 왔구나. 대학시절 이스라엘의 역사를 배우면서 언젠가는 꼭 가보고 싶었던 나라이다. 인생을 다 살아버린 자리에 있으면서도 이렇게 마음이 싱그러운 것은 고등학교와 대학의 단짝이었던 친구 애경을 만난 탓일 터이다. 게다가 남편들도 고등학교 동창이라 부부가 만나면 언제나 즐거웠다.

갑자기 는개가 파도를 이루면서 밀려와 창문이 흐려진다. 애경의 편지로는 예루살렘은 800미터 고지에 위치해서 비가 오지 않는 지역이지만 지중해의 구름을 먹고 산다더니 그런 안개인 모양이다. 창문을 여니 가는 비가 거세게 방안으로 밀려들어온다. 안개 탓인지 남편의 임종자리가 선명하게 떠올랐다. 여기까지 슬픔을 안고 오지 말자고 떠나온 여행인데 끈질기게도 이 먼 곳까지 따라붙다니! 상미는 머리를 흔들어 가장 가슴 아팠던 장면을 지우려고 안간힘을 썼다. 남편의 유언을 들어주려고 온 곳이니 여기서 머무는 동안 진짜로 행복해야 한다.

대학시절부터 바지런했던 친구 애경이 벌써 아침상을 준비해놓고 나오라고 문을 두드린다.

"아침이지만 이곳 전통음식인 팔라펠(Falafel)을 준비했다. 이 나라의 대표적인 길거리 음식이다. 이곳 사람들은 낮에 이걸 점심으로 즐겨 머는다."

식탁 위에는 열 가지도 넘는 과일과 채소를 잘게 썰어 큰 접시에 수북하게 쌓아놓았다. 호떡같이 생긴 피타(Pita)

빵의 가운데를 뚝 잘라 주머니로 만들어 안을 잔뜩 배불뚝이로 야채와 과일을 채우란다. 서너 종류의 드레싱을 앞에 죽 늘어놓았다. 맛을 보아가며 빵 안의 야채에 넣어 먹으라나. 기름진 음식으로 인해 몸이 많이 상한 상미에겐 더 없이 좋은 건강식이다.

애경은 피타 빵 속에 넣어먹을 것을 올리브기름에 튀기고 있었다.

"기름에 튀긴 것은 사양한다."

"너 먹이려고 밤새 불린 병아리 콩에 파슬리, 양파, 마늘과 당근을 넣고 믹서에 갈아 동그랗게 만들어 튀기고 있다. 요걸 피타 빵 속에 넣어 먹어야 제 맛이 난다."

팔라펠은 기름에 튀긴 병아리 콩 탓인지 정말 맛있어서 상미는 피타 빵 속에 으깨 넣고 맛나게 먹었다. 이런 상미를 물끄러미 바라보던 애경이 걱정스럽게 물었다.

"너 미국에서 살면서 세탁소를 운영했다면 주로 바느질을 하고 산 것이 아니냐?"

"어떻게 그렇게 잘 아니?"

"미국으로 이민 간 사람들은 주로 세탁소를 운영해서 산다고 하더라. 너도 그런 일을 한다고 내게 편지한 적이 있잖니."

애경은 선교사인 남편을 따라 태국을 거쳐 이스라엘에 머무른 지 벌써 10년이 넘었다. 두 사람은 조국을 떠나 디아스포라가 되어 각자 흩어져 살고 있다가 혼자 된 상미가 가장 보고 싶었던 친구, 애경을 찾아 이곳까지 온 셈이다.

"너 상대를 나온 수재를 만나 대학교 일학년 때부터 열렬하게 사랑하고 결혼하여 아들 하나 낳아 알콩달콩 참으로 멋지게 살지 않았니. 그러다가 직장도 다 집어치우고 큰 꿈을 안고 미국으로 갔지. 우리 동창들이 널 얼마나 부러워했는데⋯⋯."

"그래. 그게 잘못내린 결정이었다. 그냥 한국에 남아 살아야 했는데 욕심을 부린 것이 문제였다. 이제 남편은 가버리고 혼자 이 꼴이 되었구나."

"그래도 하나 있는 아들을 잘 길렀을 것 아니냐."

아들 이야기가 나오자 상미는 입을 꾹 다물어버렸다. 친구의 얼굴변화를 주시하던 애경은 얼른 말의 줄기를 바꾸었다.

"우리 스케줄이 바쁘다. 오늘부터 부림절이라 예루살렘이 온통 축제 분위기란다. 거길 가자면 운동화를 신고 옷도 아주 가볍게 입어라."

상미는 반팔 면 티셔츠에 청바지를 입고 애경을 따라나섰다.

"예루살렘의 명동이라고 부르는 벤 예후다로 간다. 수천 년간 디아스포라로 흩어져 산 탓에 말살되었던 모국어인 히브리어를 이스라엘 국어로 사용하도록 만든 사람의 이름을 딴 거리란다. 벤 예후다를 현대 히브리어의 아버지라고도 하지."

둘이는 챙 넓은 모자를 쓰고 얼굴에 선 블록 로션을 잔뜩 바른 뒤 단단히 준비하고 나섰다. 이 곳의 강한 햇살에 검둥이처럼 타버린 애경의 팔뚝을 보면서 상미는 손등과 발등에도 선 블록 로션을 정성드려 발랐다. 상미는 예루살렘에서 벌써 10년이나 산 탓인지 자기 동네처럼 지리에 아주 익숙했다. 길거리로 나오니 사람들로 물결쳤다. 관광객들이 어찌나 많은지 옷모양새와 얼굴색이 국제적으로 다양했다. 마치 세상의 모든 인종이 녹아있는 거대한 대접 안과 같았다.

"나를 바짝 따라붙어라. 잘못하며 잃어버릴 걸 대비하여 주소와 전화번호 잊지 않고 챙겼지?"

상미는 목에 건 핸드백 안을 다시 들여다보면서 머리를 끄덕였다.

애경은 먼지가 풀썩이는 예루살렘의 중심가를 지나서 통곡의 벽으로 향했다. 거기엔 머리꼭대기 가르마 언저리를 살짝 덮을 정도의 빵떡모자인 키퍼를 쓴 남자들이 머리를 주억거리면서 일제히 한 목소리로 합창하듯 성경을 펴들어 읽고 있었다.

"부림절에는 유태인은 누구나 앞에 선 인도자를 따라 에스더 전체를 한 목소리로 한 번은 꼭 읽어내는 것이 이 나라의 관습이다. 10장이지만 다 읽는데 30분이 걸린다. 상당히 빠른 속도로 읽는 것이지."

따가운 햇살 탓에 상미는 눈앞이 팽그르르 돌았다. 갑자기 무리들이 그리거(grigger)를 일제히 돌리면서 고함을 치고 발을 구른다. 나무나 금속으로 만든 톱니 제품인 그리거의 따따따 내는 소리가 마치 기관총이라도 쏘는 듯했다. 순간 상미는 IS 테러가 일어났나 하는 마음에 놀라서 눈을 동그랗게 뜨고 사방을 살핀다.

"이 사람들 왜 이래?"

"하만의 이름이 나오면 그 이름을 말살하려고 그렇게 소리를 지르고 그리거를 돌려대는 것이지. 하만의 이름이 아마 에스더에 54번 나올 걸. 그러니까 54번을 저렇게 고함치고 발을 구르고 소란을 피우면서 미워하는 하만의 이름조차 묵살해버리는 거야."

강단에 선 랍비가 들고 있는 두루마리 성경이면 메길라트이다. 여긴 하만의 이름이 54번 나오지만 상미가 읽는 성경엔 하만의 이름은 50번 미만이었다. 유태인들은 원수의 이름이 나오니 그런 식으로 반항하면서 한 마음으로 미움을 토해내고 있었다. 갑자기 모두가 호흡을 맞춰 한숨에 숨을 쉬지 않고 빠른 속도로 성경을 읽어나가자 애경이 상미를 쿡 찌르면서 설명한다.

"하만의 열 명 아들 이름을 한숨에 읽어내는 거야. 한날 한시에 아버지인 하만과 함께 아들들을 처형했으니 그렇게 읽어서 증오에 찬 분노를 풀고 있는 거지."

10명의 아들 이름은 9장에 나오니 에스더 통독이 거의 끝나가고 있다는 뜻이다. 길거리는 완전히 축제 무드였다. 애경은 비좁은 골목을 쑤시고 여러 번 구비치는 길을 헤집고 들어가더니 이층의 널찍한 공간으로 들어갔다. 불이 꺼진 극장에서는 에스더란 제목의 연극 1막이 끝나가고 있었다.

하만과 모르드개의 악연에 관한 이야기는 근 2500년 전의 이야기다. 화려한 궁전을 사이에 두고 한 쪽은 어둡고 음습하여 곧 죽음의 칼날이라도 내려칠 듯 냉기가 스친다. 거기에 슬픔의 상징인 거친 베옷을 걸친 모르드개가 슬픔에 절어 재를 뒤집어쓰고 있다. 가슴을 도려내는 듯 몸부림치며 어찌나 크게 울어대는지 슬픔이 극에 달해서 숨이 곧 넘어갈 듯 절박해 보였다. 이곳 근동 사람들은 슬픔을 당할 적에 마음껏 가슴 속을 표현하는 방법으로 재를 뒤집어쓰고 거친 베옷을 입고 이렇게 울어대서 마음의 고통을 호소하는 것이 일반적이었다. 마치 한국 사람들이 부모의 상을 당해 곡하는 것과 비슷했다. 지나가는 사람들이 어쩐 일인가 해서 기웃거리고 멀리서 이걸 지켜보며 통쾌하게 웃는 무리들도 있었다.

무대의 반쪽, 밝고 눈부시게 화려한 궁전에는 왕비 에스더가 사촌 오라버니, 모르드개가 왜 그렇게 슬피 울며 베옷을 입고 있는지 이유를 몰라 전전긍긍하고 있었다. 모르드개는 왕비 에스더에겐 아버지나 다름없는 사람이다. 고아가 된 그녀를 길러내서 왕비의 자리까지 올려놓는 큰일을 했기 때문이다. 유태인들은 바벨론 포로로 잡혀와 70년이 지나자 1차로 예루살렘 귀환이 이뤄졌고 2차 귀환을 기다리는 중이었다. 귀향의 자유가 주어져 모두 예루살렘으로 돌아갔으나 아직 페르시아에 남아 생활하고 있는 유태인들이 끔찍한 사건에 직면한 것이 틀림없다. 모르드개의 태도로 봐서 엄청난 사건이 터진 것이 분명했으니 에스더는 초조하여 앉지도 못하고 서성거렸다.

  에스더는 이유를 알고자 사촌 오라버니 모르드개가 갈아입을 옷을 내보내 궁정으로 들어오라고 사람을 시켜 애청했으나 번번이 거절하는 바람에 더욱 애간장을 태웠다. 베옷을 입고 궁에 들어오는 것은 법으로 금했으니 그 차림새로 왕비인 에스더를 만나러 들어올 수 없는 일이다. 무대 위의 어둠과 빛 사이를 오락가락하는 내시의 모습이 분위기를 더욱 긴장시켰다. 사유를 알아야 대처하기 때문에 에스더 왕비는 심복인 내시 하닥을 비밀스럽게 내보냈다. 에스더의 심복을 알아본 모르드개는 베옷 가슴에 품고 있던 대적 하만이 작성한 조서를 에스더에게 전해달라면서 더욱 심하게 가슴을 치면서 통곡했다. 조서를 죽 훑어본 내시 하닥은 경악하는 표정으로 머리까지 재를 뒤집어쓰고 울어대는 왕비의 사촌 오라버니를 망극한 시선으로 내려다보았다. 그러잖아도 내시가 성문 밖까지 나와 뭇사람들이 시선을 끌고 있는 터라 허리를 깊이 숙이고 모르드개의 귀에 입을 바짝 대고 귀엣말로 속삭였다.

"어째서 하만이 유태인들을 모두 죽이려는 것일까요?"

"왕의 신임을 받고 있는 페르시아의 총리 하만에게 엎드려 절하지 않았다는 이유입니다."

모든 사람이 하만 앞에 꿇어 엎드려 절을 해야 하는 법인데 그걸 어겼다는 죄목이다. 어찌해서 허리만 한 번 굽히면 되는 절을 하지 않아 인도에서 에티오피아에 이르는 127개 주의 큰 나라 페르시아에 흩어져 살고 있는 모든 유태인들이 전부 몰살당하게 되는 불운을 당하게 되었단 말인가. 아무리 왕비의 사촌 오라비지만 거대한 페르시아 제국의 제 2인자인 하만이 왕의 권력을 이용하여 유태인들을 전멸하려 하니 어찌한단 말인가. 내시는 망연한 표정을 감추지 못하고 한숨을 푹푹 내쉬었다. 왕궁 앞에 엎드려 이렇게 소란을 떠는 모르드개의 심정은 어서 에스더가 이 사실을 알아야 한다는 다급함이 서린 행동이라 내시는 더욱 마음이 답답했다.

내시에게 세월 속에 얽히고설킨 한스러운 속마음을 다 말할 수는 없었다. 모르드개 자신은 사울의 아버지 기스의 후손이다. 하만은 아말렉 족속의 왕인 아각의 후손이니 역사에 얽혀있는 악연이었다. 어쩌자고 사울왕은 하나님의 명령을 어기고 진멸하라는 아각을 살려두었다가 후손들이 이런 불행을 당하게 한단 말인가. 사울과 아각 집안의 갈등이 이제야 대학살이란 사건으로 표출된 셈이다. 역사에는 만약이란 가정이 없는 법이다. 이미 일어난 일이기 때문이다. 만일 사울 왕이 하나님이 명하신 대로 아말렉 왕 아각과 그의 집안을 진멸하였더라면 후대에 와서 모르드개와 하만의 분쟁은 없었을 터이다. 지금 그 대가로 유태인들이 엄청난 박해를 당하고 있는 셈이다. 하만의 조서내용을 알게 된 페르시아 제국에 흩어져 살고 있는 유태인들은 모두 베옷을 입고 재를 뒤집어쓰고 통곡하고 있었다.

　내시 하닥에게 하만의 조서를 주면서 모르드개는 은밀하게 에스더 왕비에게 편지를 썼다. 그 내용인 즉은 아주 상세하고 다급했다. 왕비, 에스더는 밤잠을 설치면서 조서의 내용과 오라버니의 편지을 수백 번 반복해서 읽었다. 조서의 내용은 제비를 뽑아 결정한 날에 유태인들을 죽이고 도륙하고 진멸하고 그들의 재산을 탈취하라는 지시였다. 아달월 13일에 남녀노소 가릴 것 없이 유태인들을 모두 학살하라는 잔혹한 조서내용에 에스더는 몸을 떨었다.

　페르시아 왕인 아하수에로는 그리스 본토 정복에 실패하고 돌아와서 페르시아 국고는 치명적인 타격을 입었고 왕은 백성들의 조롱거리가 되었다. 그는 본래 큰 야심을 지닌 남자다. 잔인한 독재자지만 뛰어난 용사였고 질투심이 많은 사람으로 훌륭한 정치도 했으나 명예와 자존심에 매우 관심이 많은 특이한 남자였다. 그런 사람이 그리스와 마케도니아를 침략하여 처음에 승리를 거듭했으나 나중엔 완전히 패배하고 더 이상 소아시아 너머의 땅을 넘볼 수가 없게 되었다. 자존심이 상한 그는 날마다 술과 방탕한 생활로 세월을 보내면서 부하들의 아내를 강제로 간통하는 짓까지 저질러 주위 사람들의 분노와 저항을 야기하는 지경에까지 이르렀다. 왕은 폐인에 가까웠고 국고는 점점 텅비어가는 바람에 참으로 어려운 상황이었다. 이런 지경에 이르러서 왕은 정치를 포기하고 하만에게 자신의 권위인 반지까지 내주고 그의 요구를 들어주었다. 하만의 계략은 유태인을 죽이는 걸 허락해주면 은 1만 달란트인 약 340톤을 기부하겠다고 왕에게 간청했다. 이 정도면 페르시아 제국이 일 년에 거둬드리는 세금의 60%에 해당한다. 하만은 진짜 개인적으로 거부였다. 그러나 유태인을 몰살하고 그들의 재산을 몰수하면 그 보다 더 많은 돈을 벌 수 있다는 치밀한 계산도 하고 있었다.

에스더가 폐위된 와스디 왕비 대신 간택 받은 지 5년 만에 일어난 하만의 유태인 대학살조서사건은 에스더가 유태인인 걸 숨기고 왕비가 되었기 때문에 심각했다. 유태인을 몰살하면 혼자 살아남은 왕비도 무사할 리가 없다.

무대 위는 밝은 스폿 라이트에 드러난 궁전 안이나, 궁전 밖 슬픔과 아픔과 비탄으로 모르드개가 통곡하고 있는 곳 모두 암울했다. 슬픈 기운이 전염된 탓일까. 상미 앞에 남편의 임종자리가 선명하게 다가왔다. 이민 떠나기 전에는 그래도 소박한 작은 궁전처럼 차리고 살았던 남편이 죽음을 맞은 곳은 손바닥만 한 세탁소사무실 안이었다. 사업의 실패로 돈이 한 푼도 남지 않고 바닥이 났다. 밥도 음식도 화장실에서 해먹고 살 정도로 망한 탓에 겨우 목숨만 부지하고 있었다. 마지막 수단으로 붙든 세탁소를 운영한 탓일까. 독한 화학약품을 다루는 직업이라 암에 걸릴 확률이 높다고들 했다. 남편은 췌장암 선고를 받은 지 3개월 만에 마지막 숨을 몰아쉬고 있었다.

상미 부부가 그간 한 일이라고는 딸도 없이 하나뿐인 아들을 대학까지 보내어 세무사로 만드느라고 고생한 일이었다. 작년에 아들은 양가집 규수를 만나 결혼했다. 한국에서 데려온 신부는 부잣집 외동딸로 사업이 망해서 가난한 집안이라는 말을 듣고 아예 시집올 적에 부촌인 라 카나다에 큰 집을 사 가지고 들어왔다. 아파트도 못 얻을 정도로 힘들게 살아가는 부모를 아들은 방이 4개나 되는 그 주택에 모시려고 했으나 며느리는 강경하게 거부했다.

"이 집은 제가 사 가지고 온 제 집입니다. 저는 시부모를 모시는 것이 싫습니다."

아주 똑 부러지게 자기의 의사를 정확하게 밝히는 며느리의 얼굴이 커다란 보자기처럼 다가와서 상미의 얼굴을 덮어씌웠다. 며느리가 아무리 고집을 부려도 시아버지가 죽음을 앞두고 있으니 병원으로 들어가기 전 단 일주일이라도 이런 누추한 사무실이 아니라 집에서 지내다 가게 하고픈 상미는 며느리 앞에서 비굴한 정도로 자세를 낮추고 간청했다.

"여긴 공기도 잘 통하지 않고 부엌도 없어서 네 시아버지가 먹을 보양음식을 요리하기도 힘들다. 너희들 집에 들어가서 남은 기간이 얼만지 살고 가시게 하는 것이 도리일 것 같구나."

며느리는 아들 뒤에 몸을 숨기고 얼굴을 쏙 내밀더니 냉큼 말을 받았다.

"제가 사온 제 집이라고요. 전 싫어요. 남편이 산 집이라면 몰라도 이건 제 집이에요."

아들이 참지를 못하고 아내를 나무라는 투로 소릴 질렀다.

"당신 너무 한 것 아니야. 당장 부모님을 우리 집으로 모셔가야겠어."

"아예 병원으로 가시면 그 비용은 제가 댈 겁니다. 거기서 아버지 병에 좋은 음식이 나올 것이니 그게 좋아요. 제 취향으로 장식하여 가꾼 집에 다른 식구들이 들어와 사는 걸 전 견디지 못해요. 어렸을 적부터 단출하게 부모님과 살아서 복잡한 걸 못 참아요."

그 때의 황막함이 무대 위의 사정과 너무 닮아서 상미는 자신과 무대의 사건을 비교하면서 빨려들어갔다. 이 어려운 난관을 저들은 어떻게 풀어갈 것인가. 저기는 페르시아 제국에 흩어진 수만 명의 생명이 달린 문제가 아닌가.

어찌하면 좋겠느냐는 에스더의 답신을 들고 온 내시 하닥에게 모르드개는 미리 준비한 편지를 주었다. 편지 내용은 아주 강경했다. 하만이 유태인들을 죽이기로 작정한 날인 아달월 13일은 유월절 전야가 된다. 이스라엘이 애급에서 장자의 죽음을 당하지 않고 피해간 유월절에 이제 유태인들이 몰살당할 위기에 처한 셈이다. 사촌 오라버니 모르드개의 편지 내용은 에스더를 당황하게 만들었다.

'네가 잠잠하여 말없이 숨어있다면 우리들은 다른 곳을 통하여 구원을 얻을 것이다. 하지만 너와 네 아버지 집은 멸망할 것이다. 너는 왕비이니 유태인 중에 홀로 왕궁에 살아남는다고 생각하지 마라. 네가 왕비가 된 것은 이때를 위함이 아니겠느냐. 하만은 금년 아달월 십삼 일을 기하여 여자나 어린이를 막론하고 인정사정없이 칼로 모조리 죽여버릴 것이라고 했다. 이런 민족적 위기를 너는 왕궁에서……'

1막의 끝 장면이 나왔다. 에스더가 궁전 앞의 모르드개를 향해 절규한다.

'오라버니는 수산에 있는 유태인을 다 모으고 나를 위하여 금식하되 밤낮 삼 일을 먹지도 말고 마시지도 마세요. 나도 나의 시녀와 더불어 사흘을 금식한 뒤에 규례를 어기고 아하수에로 왕에게 나아가겠습니다. 죽으면 죽겠

습니다. 왕이 금 홀을 들지 않으면 죽어야지요. 죽으라면 죽지요.'

페르시아 전국에 흩어진 유태인들이 에스더를 위해 사흘간 금식을 시작했다. 궁정의 계단에 쓰러져 기도하는 에스더 왕비는 속에서 끓어오르는 갈등을 이기지 못하고 높은 곳을 향해 얼굴을 들고 있다. 스포트라이트가 강하게 그녀의 얼굴 위로 쏟아진다. 화장기를 지운 창백한 얼굴 위로 눈물이 줄줄 흘러내리면서 두 팔을 벌리고 가련한 모습으로 독백을 풀어놓는다.

'오라버님이 하만에게 무릎을 꿇고 절을 했다면 모든 문제가 일어나지 않았을 것입니다. 오라버님의 교만을 왜 제가 목숨을 걸고 책임을 져야합니까? 그런 오라버니의 행동이 긁어 부스럼을 만든 것이 아닙니까. 왕의 곁에서 가장 신임을 받고 있는 하만에게 절하는 것을 거부함으로 자신뿐만 아니라 75,000명이나 되는 유태인들의 목숨이 위협받게 되었으니 이건 모든 사람에게 지탄을 받아야 할 오라버님의 책임입니다. 윗사람에게 절하는 것은 페르시아뿐만 아니라 근동지역에서는 보편화되어 있는 예절이 아닙니까. 그뿐인가요. 오라버님은 저에게 유태인인 걸 숨기라고 하고 왕비간택에 밀어 넣었습니다. 하나님의 백성인 제가 이방 왕의 왕비가 되었으니 이건 처음부터 잘못된 일입니다. 그간 자신의 신분을 숨기느라고 얼마나 힘이 들었는데 이제 왕 앞에 나가 고백해야 하는 위험한

자리로 몰고 가니 이게 어찌 있을 수 있는 일입니까.'

　에스더는 그간 왕비가 되기 위해 고생한 일들과 궁정의 여인들 사이에서 살아남기 위해 몸부림치는 일상들이 떠오르자 통곡하기 시작했다. 페르시아 왕들은 일반적으로 첩을 360명이나 두고 있었다. 그들을 보호하기 위하여 매년 500명의 소년들이 강제로 끌려와 거세를 당한 뒤에 내시가 되어 왕궁에 거하면서 왕을 보필하고 있었다. 페르시아 왕들이 왕비를 뽑을 적에는 특별한 기준이 있었다. 7개의 귀족 집안 출신만이 왕비가 될 수 있었다. 에스더가 아하수에로 왕과 결혼하는 일은 불가능했으나 왕이 그렇게 몰고 간 셈이다. 순간 첫 번째 궁에 1년간 갇혀 오로지 몸을 가꾸면서 줄을 선 또래의 처녀들 사이에 끼어 있을 적에 자존심이 상해서 몸부림쳤던 서러움이 복받쳤다. 처녀들이 매일 한 사람씩 차례대로 왕의 침실로 불려 들어가는 것을 보면서 마치 자신이 도살장에 들어가기 전에 죽음을 기다리고 있는 짐승이 된 기분이었다. 하룻밤 왕의 노리개가 되었다가 두 번째 궁으로 이동하여 왕이 다시 부르지 않으면 일생 생과부로 궁녀처럼 살아야 하는 운명이었다. 왕과의 하룻밤의 정사로 임신하여 아들을 낳으면 그 아이는 왕인 아버지를 보필하여 높은 지위까지 올라갈 수 있지만 왕권을 계승할 지격은 없었다. 그리스 전쟁에서 패하고 돌아온 아하수에로 왕은 이런 짓을 하면서 궁정에서 독불장군으로 폭력적이고 상식이 통하지 않는 행동을 하고 있었다. 여기서 간택된 에스더는 왕비가 되었지만 결혼한 지 5년이 지나자 그녀는 왕의 관심에서 사라졌고 벌써 한 달이 넘도록 왕은 에스더 근처에도 오지 않았다. 페르시아의 법은 왕이 부르기 전에 왕 앞에 나갔다가는 그 자리에서 처형되는 엄한 상황에서 어찌 왕이 부르지도 않는 자리에 에스더가 나가 왕을 만날 수 있단 말인가.

에스더는 비참할 정도로 뒤틀린 몸짓을 하며 무대 위에서 절규했다.

"억울합니다. 분합니다. 나는 여자도 아니고 한 마리 짐승에 불과합니다. 이 궁정에서 하나님을 마음대로 믿지도 못하고 완전히 외톨이고 불행한 여자입니다. 여자로 태어나서 남편을 사랑하고 사랑받을 권리도 의무도 포기한 가련한 병아리 같은 신세입니다. 오라버님 모르드개의 명령과 주문에 따라 움직이는 인형입니다. 제 신분을 숨겨가면서 주위의 눈치를 봐야하고 왕의 눈길에서 조막 만하게 오그라드는 벌레만도 못한 여자에게 75,000명의 유태인의 생명을 구하라니 이건 불가능합니다. 왜, 어째서 나를 벼랑 위에 세워놓고 이렇게 흔들어댑니까?"

갑자기 머리를 들고 위를 보면서 에스더는 고뇌 중에 파도처럼 밀려와 깨우친 말을 외쳤다. 기운찬 목소리였다.

"저를 왕비로 간택하신 분은 바로 하나님이셨군요."

왜 왕비가 되었는지 고민하고 있던 중, 통곡하면서 에스더는 자신의 소명을 명확하게 알게 되었다. 오라버니의 말대로 이때를 위해 여기 들어온 것이 분명했다. 민족적 고난을 당해 쓰임 받기 위해 왕비가 된 것이 확실했다.

'죽으면 죽으리이다. 왕이 죽으라면 죽지요.'

에스더 왕비의 절규가 메아리로 처리되면서 1막이 끝나고 검은 커튼이 내려왔다.

상미는 에스더 왕비의 절규를 들으면서 수건을 꺼내 흐느끼면서 몸을 떨었다. 친구 애경이 그녀의 등을 껴안았다. 그런 친구의 가슴에 안겨 상미는 자신의 아픔을 진정시키려고 가슴을 주먹으로 때리기 시작했다. 순간 자신이 앞으로 해야 할 일이 스쳤다. 그녀가 반드시 이행할 일은 남편을 따라 죽는 일이다. 남편이 임종자리에서 부탁한 일로 여기 예루살렘까지 와서 친구 부부를 만나보고 돌아가 생을 마감할 준비를 하고 있었다. 자신의 자존심을 바닥까지 끌어내리고 짓밟은 며느리를 죽이고 자신도 죽으면 모든 일이 끝나는 셈이다. 착하여 무능하기까지 한 아들은 혼자 살아남아 다시 결혼하여 살 것이다. 이제 그녀가 할 일은 미국으로 돌아가 권총을 사서 며느리를 쏴죽이고 자신도 죽는 것으로 그녀의 생이 끝나게 되어있다. 무대 위의 에스더 왕비처럼 죽음을 각오하고 죽겠다는 결심을 하고 나니 서서히 가슴에 바위가 매달린 듯 멍멍했던 아픔이 가시고 평안이 임했다. 에스더 왕비의 죽음을 각오한 자세가 상미 자신의 결심과 통해서 에스더를 향한 연민의 정과 공감대를 이루었다.

  2막이 시작되었다. 에스더가 사흘을 금식하고 쓰러질 듯 여종의 어깨에 몸을 기대고 간신히 서 있었다. 왕비는 페르시아 왕궁에서 가장 신성한 왕이 있는 공간으로 나가 어전 맞은편에 섰다. 만일 왕이 그녀를 반기지 않으면 에스더는 바로 끌려나가 죽게 된다. 사흘을 물까지 마시지 않고 금식한 끝이다. 몸이 약한 에스더는 뒤로 흘러내리는 금빛을 입힌 눈부신 드레스 자락도 힘겨운지 몸을 가누지 못했다. 어깨에 걸쳐서 복도에 늘어진 긴 망토의 뒷자락을 받쳐 든 여종의 얼굴이 사색이다. 왕좌에 앉은 아하수에로 왕의 주위는 긴장감이 돌만큼 삼엄했다. 그는 경호원으로 2천 명의 기마병과 2천 명의 창기병 그리고 1만 명의 보병을 거느리고 있다. 이런 어마어마한 군대의 보호를 받으며 앉아있는 왕의 모습은 숨이 막힐 정도로 공포감을 자아냈다. 왕좌에서 바라본 왕비는 왕의 눈에 전혀 다른 모습이었다. 몸도 제대로 가누지 못하는 가련한 왕후는 평상시에 볼 수 없었던 아름다움의 극치였다. 에스더 왕비가 생명을 잃을 수도 있는 일을 하고 있는 것은 분명 무슨 까닭이 있을 것이라고 왕은 직감하고 아내인 왕비를 향해 금홀를 서서히 앞으로 내밀었다. 이제 살

앉구나 하는 순간 에스더는 비틀거리면서 바닥으로 쓰러졌다. 왕이 급히 일어나 뛰어와서 왕비를 가슴에 안았다.

"어째서 내가 부르지도 않았는데 여길 온 거요? 이건 왕궁의 법도에 어긋나는 일이요. 왜 이렇게 수척했소? 걱정하지 말고 마음에 있는 고통을 말해보오."

에스더는 마음에 있는 것을 말하지 않고 뜸을 들였다. 잠시 기절했다가 깨어난 왕비를 가슴에 안고 왕은 애가 탔다.

"나라의 절반이라도 당신에게 줄 터이니 어서 말해 보아요."

그러자 에스더 왕비는 한참 머뭇거리다가 힘없는 눈을 뜨고 간신히 더듬거리면서 입을 열었다.

"오늘 제가 왕을 위하여 잔치를 베풀 터이니 하만과 함께 오셔요."

"아하! 내가 오랫동안 당신을 찾지 않았더니 무척 그리웠던 모양이군. 그러리다."

하만은 왕비의 초청을 받고 너무 좋아서 어깨가 으쓱했다. 왕비도 하만을 권력자로 인정하는 처사이기 때문이다. 기쁨이 충만한 하만이 집으로 향하는 길에 재를 뒤집어쓰고 울어대는 모르드개를 보았다. 여전히 자기에게 엎드려 경배하지 않아 벌컥 화가 치밀었다. 집에 돌아온 하만은 친구들과 아내 앞에서 씩씩거리면서 분노를 터뜨렸다.

"오늘 왕비의 저녁만찬에 초청받아 너무 기분이 좋아. 오늘만인가. 내일도 저녁만찬에 왕비가 나를 초정했어. 다른 신하들보다 나를 높인 처사라고. 왕비 에스더도 잔치를 베풀면서 나를 인정해주고 귀히 여기니 정말 기분이 좋아. 그런데 왕궁 앞에 고놈 모르드개가 여전히 나를 보고 뻣뻣하니 머리를 곧추 들고 절하지 않더군. 기분이 아주 싹 잡치더라고."

그의 아내와 친구들이 이구동성으로 소리쳤다.

"그 놈을 그냥 두지 말아요. 유태인들을 몰살할 아달월까지 기다리지 말고 당장 내일 장대 위에 매달아 죽여버려요."

"아하! 그 방법이 있구나. 오늘 당장 그놈을 죽일 장대를 세우라고 하인들에게 명령해요. 높이는 50큐빗으로 하는 것이 좋겠군. 그래야 모든 사람들이 고통스럽게 죽어가는 모르드개를 구경할 수 있지. 나에게 엎드려 절하지 않는 놈은 이렇게 된다는 본때를 보여주는 것이 좋아."

50큐빗이라면 22.5미터의 높이가 된다. 날카로운 나무를 꼬치로 삼아 항문에 찔러 넣어 그 장대가 몸을 관통하며 내장을 찌르고 목뼈 쪽으로 나오게 하는 매우 잔악한 처형 방법이다. 꼬치구이를 하듯 사람을 선 채로 통째 찔러서 장대 위에 매달아놓고 서서히 죽게 하는 끔찍한 처형방법이다. 사람들의 조소를 받으면서 고통으로 신음하고 몸부림치며 죽어가는 모르드개의 모습을 생각만 해도 하만의 전신에 쾌감이 스치고 지나갔다.

무대 위 하만의 방자한 모습을 보면서 상미의 눈앞에 며느리의 사악한 얼굴이 스쳤다. 죽어가는 시아버지를 뭉개버리고 자기 주장만하고 나대는 그녀의 꼴이 꼭 하만의 태도를 닮았기 때문이다. 증오가 끓어올라 닭살이 상미의 전신을 덮었다. 시어머니와 시아버지를 모르드개처럼 장대꼬치로 찔러 허공에 매달아놓은 상태가 아닌가. 절대로 치유될 수 없는 통증이 가슴을 찌르고 전신을 관통해서 숨쉬기도 힘들어 상미는 주먹으로 가슴을 치면서 헉헉거렸다.

"왜 그래? 소화가 되지 않는 거야. 그럼 어서 나가자. 얼음 넣은 콜라라도 마시면 속이 확 트일 것이다. 아침에 먹은 음식이 아무래도 네게 무거웠나 보다."

애경이 애가 타서 상미의 등을 주먹으로 치다가 끌고 매점으로 나가 콜라를 사서 마시게 했다. 안정하고 들어오니 무대의 장면은 상당히 진행되었다.

모르드개가 왕을 살리기 위하여 역모하는 내시들을 고발한 사건으로 인해 연극은 역전되어 있었다. 에스더의 만찬 중에 발각된 사실로 인해 악한 하만이 살려달라고 에스더의 발 앞에 엎드려 빌고 있었다.

왕이 들어와서 이 장면을 보고는 대노하여 고함쳤다.

"이제 왕비를 겁탈하려고까지 하느냐. 네 이놈!"

페르시아 법에는 주위에 사람들이 있어도 왕 이외에는 왕비와 적어도 일곱 걸음 정도의 거리를 두어야 하는 법인데 무례하게 왕비의 발 앞에 엎드렸다니 이건 불경의 극치에 달한 행동이었다. 죽음을 앞둔 하만이 너무 두렵고 당황하고 무서워서 그런 생각을 했겠는가. 하지만 아하수에로 왕의 입장에서는 이렇게 하는 것이 자신의 권위를 세우는 일이고 또한 이미 받은 돈, 1만 달란트를 돌려주지도 않아도 되는 이득을 보게 된 셈이다.

드디어 하만이 모르드개를 죽이려고 세워놓은 장대 위에 달리게 되었다. 관중석에서 박수가 터져 나오기 시작했다. 휘파람도 불었다. 모르드개를 달려고 세운 장대 옆에서 하만이 징징거리면서 울고 있었다. 하만이 앉았던 자리에 오른 모르드개가 푸르고 흰 조복을 입고 큰 금관을 쓰고 자색 가는 베 겉옷을 걸치고 궁중 안에 앉아있는 장면이 대조적으로 무대의 이쪽과 저쪽에 동시에 보인다. 10명의 하만의 아들들도 그 자리에서 일시에 처형당하려고 끌려나와 머리를 깊숙이 숙이고 훌쩍거리고 있었다.

그들이 가진 집과 모든 재산을 왕은 에스더 왕비에게 주었다. 그 많은 재산을 소유하게 된 에스더는 모르드개에게 관리를 맡겨서 왕비와 모르드개는 하루아침에 거부가 되었다. 페르시아 제국의 모든 사람들이 유태인이 되고 싶어 안달하는 장면도 스쳤다.

연극은 악인을 멸하고 승리를 거둔 뒤 유태인들의 기쁨의 환호로 마무리되었다. 하만은 상처 받은 자존심으로 인해서 모르드개를 죽이려 했고 왕도 상처받은 자존심으로 인해 하만을 처형했다. 연극을 보고 나오면서 상미는 기분이 떨떠름했다. 왕의 총애를 한 몸에 받았던 사람이 하룻밤 사이에 처형당한다는 것은 아하수에로 왕의 난폭함과 권력남용이 아니겠는가. 변덕스럽고 감정적으로 모든 일을 처리하고 있는 아하수에로 왕으로 인해 하만이란 사람이 있게 되었고 왕이 얼마나 무능하면 이런 일이 터졌을까 하는 생각을 상미는 지울 수가 없었다. 페르시아의 수도인 수산에서만 이틀 동안에 800명이 유태인의 손에 죽었고 페르시아 제국 안에서 모두 7만 5천 명을 유태인이 죽였다니 왕이 얼마나 무능하면 자기 백성을 이렇게 죽게 놔둔단 말인가.

상미는 유태인이 아니다. 그래서 이렇게 저들을 놓고 저울질을 하고 있는 것이다. 연극의 떨떠름함을 뒤로 하고 자신의 처한 상황에서 과연 무서운 칼날이 며느리를 죽인다면 연극 뒤 끝에 기쁨으로 환호하는 사람들처럼 상미의 주위 사람들이 좋아할 수 있을까. 정말 그럴 수 있을까?

애경이 깊은 생각에 잠겨 말이 없는 상미의 팔을 잡아 끌어 시원한 카페로 들어갔다.

"이 편지를 사실은 내 남편 고광훈 목사가 너에게 전해

줘야 하는데 지금 그 사람은 요르단 선교 현장에 문제가 생겨 며칠간 돌아오지 못한다고 자기 대신 나더러 너에게 전하라고 하더라."

먼지가 풀썩이고 더워서 갈증이 난 상미는 얼음과 함께 갈아 나온 키위 주스를 단숨에 마셨더니 전신에 상쾌함이 스쳤다. 애경이 내민 큼직한 편지 봉투의 겉봉에 눈에 익은 남편의 달필이 확 들어왔다.

남편의 편지를 읽어 내려가는 상미의 손이 벌벌 떨리기 시작했다.

'당신이 이 편지를 읽을 적에 내 육신은 땅속에 묻혔을 것이고 영혼은 하나님의 품에 안겨있을 것이오. 당신이 나 죽은 뒤에 그냥 미국에 남아 있으면 큰일 낼 것이 확실해서 내가 이런 방법을 쓸 수밖에 없구려. 며느릴 죽이고 당신도 죽을 정도로 당신의 눈엔 증오가 불타고 있었다오. 그냥 두고 내가 죽으면 너무 큰 불행이 이 가정에 임할 것이라 이런 방법을 택한 나를 이해하리라 믿소. 그간 당신에게 감춘 유일한 비밀이 하나 있었다오. 우리의 노후를 위해 끝까지 숨긴 것이오. 실은 결혼하기 전에 제주도에 만평이 넘는 땅을 아버지로부터 유산으로 받았다오. 이건 그냥 버려두었다가 노년에 여기서 노후를 보내라는 부모님의 유언을 따라 묻어놓은 땅이었소. 아들이 결혼한 뒤 모든 걸 정리하고 당신을 데리고 그리로 돌아가려고 했는데 암에 걸려 이렇게 다급하게 먼저 떠나게 된 것이요.

내가 이 세상에서 하나님 다음으로 믿는 내 배꼽친구, 고광훈 선교사에게 모든 일을 맡겼소. 지금은 땅값이 올라 큰돈이 되니 반을 팔아서 당신이 살 집을 짓고 그 옆에 아담한 교회를 지으라고 고광훈 목사에게 부탁했소. 당신이 좋아하는 친구 부부가 선교지를 은퇴하여 그리로 가서 목회를 하면서 살도록 합의를 보았소. 고광훈도 이제 나이 들어 더 이상 선교지에 있기 힘들 터이니 당신 곁으로 가서 목회를 하면서 살면 서로 위로가 되고 힘이 될 것이요. 일생 여분의 땅을 조금씩 떼어서 팔아 먹고살면 여생을 궁핍함 없이 풍족히 살 것이요.

아들 며느리를 용서하시오. 그래야 당신의 영혼에 평안이 임할 것이요. 세상이 변하여 우리의 가치관으로 보면 안 돼요. 아들 며느리가 이혼하지 않고 함께 살면서 부모의 간섭을 받지 않고 자신들의 길을 가는 것을 보면서 평안을 누리기 바라오. 그것이 현대의 물결이요. 이걸 거역할 수는 없어요. 당신의 증오로 불타는 눈이 나를 얼마나 괴롭혔는지 모르오. 그 미움을 몽땅 제주도의 바닷물에 던져버리고 목회하는 친구 부부 곁에서 서로 의지하면서 행복하게 여생을 보내다가 내 곁으로 오시오……'

남편이 죽어가면서 쓴 편지는 계속해서 여러 장이었다. 심지어 일찍 자고 일찍 일어나 새벽기도에 꼭 나가라는 말도 했다. 하루 세끼를 거르지 말고 꼭 챙겨 먹으라는 당부도 했다. 제주도는 둘이서 사랑을 나누었던 곳이니 거기서 함께 했던 추억을 곱씹으며 여생을 행복하게 지내라고 했다. 달콤했던 연애시절도 상세히 적어놓았다. 남편은 두고 가는 아내가 마치 물가에 내놓은 아기처럼 마음이 놓이지 않았던 모양이다.

카페 밖으로 나오니 부림절 축제가 한창이었다. 해가 뉘엿이 지면서 지중해의 하늘이 붉게 물들 무렵 와 몰려나온 가장행렬은 정말로 대단했다. 모세오경에 등장하는 종교적인 절기와는 달리 부림절은 지나치게 세속적이었다. 색칠한 얼굴에 화려한 의상은 아주 독특했다. 모르드개와 에스더의 가면이 인기를 끌어서 많은 사람들이 그런 복장을 하고 나왔다. 악인 하만이 쓰고 다녔던 모자가 삼각형이었다고 하여 삼각형모양의 과자를 손에 들고 먹는 아이들이 많았다. 마스크를 쓴 사람들도 많았다. 사악하게 생긴 하만의 마스크를 쓰고 사람들 틈새를 비집고 다니면서 괴상한 행동을 보이기도 했다. 아름다운 에스더 마스크를 쓰고 왕비처럼 뽐내며 걷는 여인들도 있었다. 아하수에로 황제의 마스크를 쓰고 거드름을 피우는 사람도 꽤 많았다. 행복에 겨워 활짝 웃는 모르드개의 마스크는 인기가 있어 없어서 못 팔 정도란다. 마음껏 창의력을 발휘하여 만든 탈을 쓰고 모두 길거리로 몰려나와 너울너울 춤을 추고 있었다. 카니발 분위기로 이날만은 남자와 여자가 옷을 바꿔 입어도 되는 날이다.

하긴 부림절은 쓰라림이 기쁨으로 바뀐 날이다. 초상날이 축제일로 변했고 유태인들이 원수에게서 풀려난 날이다. 이날은 잔칫날로 지내며 선물을 주고받는 날이고 가난한 사람들에게 따뜻한 손길을 내미는 날이기도 하다. 구원의 날이고 반전의 날이며 무엇보다도 하나님의 뜻을 정확히 알게 된 날이다. 이런 날이니 평소에는 율법을 따라 엄숙하고 엄격하게 생활하던 유태인들이 이날만큼은 일 년 365일에서 딱 하루 신나게 축제를 즐기는 날로 정해 있다.

'모르드개는 복을 받을 지어다. 하만은 저주를 받을 지어다.'라는 말이 구분이 안 될 때까지 모두 술을 마실 의무가 있는 날이기도 하다. 그야말로 코가 비뚤어지게 마셔도 되는 날이다. 절제하지 않고 취하고 즐거워하는 날이 바로 부림절이니 길거리는 남녀노소를 막론하고 즐겁게 내지르는 함성으로 가득했다. 일 년간 사람들의 마음속에 쌓인 미움과 스트레스를 진부 토해내고 있다.

거대한 카니발을 연상하게 하는 축제의 틈바구니에 긴 상미와 애경도 함께 덩실덩실 춤을 추었다. 플라스틱 망치로 머리를 때리면서 다니는 사람도 있어 머리를 맞아 빡 소리가 나면 모두 웃어대고 춤을 추워서 거대한 기쁨의 물결이 출렁거렸다. 상미도 며느리에 대해 가졌던 고까움과 미움을 저들의 함성 속에 쏟아버렸다. 자살과 살인 같은 괴기한 생각들을 이들 틈바구니에서 다 토해내고 덩실덩실 춤을 추었다. 춤을 추면서 그녀는 일상을 주관해 가시는 하나님의 손길을 느꼈다. 지극히 평범하게 살아가는 일상 중에 하나님의 섭리가 있음을 이곳 예루살렘의 부림절에 참석하면서 상미는 뼈 속까지 깨닫고 기쁨으로 몸을 떨면서 외쳤다.

"살라면 살지요!" ⨉

창작하는 작가의 마음

창작하는 작가의 마음

　제8소설집의 단편들을 작가 스스로 창작의도를 겸하여 평하는 것도 독자들의 이해에 도움이 되리란 생각으로 짧은 평설을 쓴다. 10편의 단편을 요약해보니 인간존재에 대한 구원적인 갈등과 삶의 순수본연성의 문제들이었다. 문학의 영원한 주제인 것이다.

　사랑은 인간역사의 흐름을 따라 변천해왔다. 고전문학에서는 남성 지배의 윤리의식으로 여성의 정절을 강조하는 사랑의 형태가 기원전부터 19세기 언저리까지 문학세계를 지배해왔다. 그 대표적인 작품이 『춘향전』이요, 그리스판 춘향전인 『오디세이』가 있다. 르네상스 시대로 접어들면서 인간의 본능을 인정하게 되는 여성의 성해방 작품이 주축을 이루었다. 보카치오의 『데카메론』이 대표적인 예가 된다. 르네상스를 거치면서 사랑이 상품수단으로 등장하는 흐름을 따라 소설도 변한다. 대표적인 소설로 스탕달의 『적과 흑』, 드라이저의 『미국의 비극-』을 들 수 있다. 드라이저(Dreiser)의 소설은 『젊은이의 양지』란 제목을 달고 영화화되어 인기를 끌은 적이 있다. 그 시절 또 다른 널리 알려진 소설로는 괴테의 『젊은 베르테르의 슬픔』도 있다.

이 소설들은 그 시대의 사랑을 대표하는 작품으로 성이 출세욕과 애욕의 상품이 된 주제를 다루었다. 연이어 존재와 생명의 욕구로서의 사랑을 그린 『채털리 부인의 사랑』은 역사의 변천을 따라 써진 소설이다. 그런 사랑이 후기 산업사회에 이르러서는 성윤리가 변모하여 일상화되면서 점점 타성적인 사랑의 흐름으로 접어들었다. 영화로도 널리 인기를 끌었던 『메디슨 카운티의 다리』에서는 주인공인 가정주부가 나흘간의 상간남과의 불륜을 그가 준 인생의 기막힌 선물이요, 추억으로 삼고 살아간다. 불륜의 힘으로 농촌에서의 지루한 부부생활과 가장생활을 이끌어간다는 내용으로 그 당시로는 충격적 발상이었지만 이게 현대사회의 일상화된 사랑의 효시를 보여준 셈이다.

후기 산업사회의 사랑방식은 사랑 때문에 인생을 바꾸지 않는 일반적인 보통사랑의 시대가 된 셈이다. 이런 시대의 풍조를 타고 매일 안방 화면을 장식하는 드라마와

문학, 심지어 정치판에까지 마구 상을 찌푸리게 하는 막장 이야기가 등장하고 있다.

「산으로 간 물고기」는 아직 인간에게 이런 숭고한 사랑을 할 수 있는 인간의 내적 아름다움이 존재한다는 사실을 그리고 싶었다. 이 작품을 쓰면서 독자가 단 한 사람도 없을 것이라고 생각하면서도 그래도 현대사회의 흐름을 거슬러 역으로 사랑방식을 택한 동물이 아닌 이타적인 숭고한 사랑을 그려냈다. 시대의 흐름에 거슬리는 시선이다. 하지만 독자들 나름의 해석이 가능했다. 다행히 사랑을 역발상으로 그린 작품이 좋았다고 하는 독자들이 있어서 기쁨을 가져다주었다.

일상화된 남녀 간의 사랑처럼 사회적 윤리적 사랑도 변해서 주위의 모든 사람들은 타인에 대한 관심보다 자신을 향해 달팽이처럼 몸을 숨긴 사랑방식에 익숙해 있는 현실이다. 「뒤틀려진 사람들」은 이에 역행하는 인물을 그려본 작품이다. 모두가 자기중심적 삶으로 치달으면서 이웃에 대한 무관심 내지 싸늘하고 무서운 시선을 거슬려 살아가는 주인공을 내세운 것이다.

인간은 본성적으로 높은 곳을 향한 간절함이 있다. 죽음의 문제를 해결하려고 몸부림친 흔적이 바로 인류의 역사이다. 「길가메시 서사시」는 지금부터 약 4천여 년 전에 기록한 서사시로 고대 근동 우루크 왕인 길가메시란 영웅의 이야기다. 인류 최초의 신화「길가메시 서사시」는 영생을 탐구하는 것으로 끝을 맺고 있다. 좀 더 밝은 곳, 좀 더 평화롭고 행복하며 질병이 없고 거룩한 곳을 향한 몸부림이 동물과 달리 인간본능에 숨어 있다는 뜻이다. 인간이 존재한 순간부터 죽음의 문제는 문학의 심오한 주제인 셈이다.

「세상에서 가장 아름다운 구멍」은 남편과 외동딸이 죽어 구멍 속에 넣어 묻어버린 뒤에 구멍공포증에서 벗어나서 진짜 아름다운 구멍인 영생의 장소인 천국을 갈망하는 인간의 갈구를 그린 것이다. 현대 가정의 급격한 변화 속에 자녀 양육방식도 세대차가 심한 현사회의 한 가정을 다룬「인형의 집」도 현실을 탈피하고 높은 곳, 밝은 곳을 향한 갈망이 주제로 깔려있음을 상기하며 읽을 작품이다.

삶속에서 체험하여 인생의 길을 방해하는 미움과 갈등의 병든 심리를 다룬 작품으로는「귓불에 검은 점이 있는 여자」와「살라면 살지요」등이다. 미움으로 일그러진 마음이 무의식에 숨어 있다가 치열하게 얼굴을 내밀기도 하고 복수로 가득 차서 치를 떨다가 용서를 한 뒤에 밀려오는 평안을 독자들도 느낄 것이다.

「아브라함의 후예」와「돌에 맞아 죽을 뻔한 장로」는 인생길에 밀어닥친 무서운 고난과 고통의 시대를 인내와 사랑으로 통과하여 승리한 주인공의 삶을 주제로 삼았다. 인간에게는 누구나 고해인 인생길에 이런 고난의 길을 통과해야만 하는 일이 으레 있게 마련이다. 더러는 낭떠러지로 떨어져 무서운 지옥의 구렁텅이에서 빠져나오지 못하고 허우적이지만 승리하는 빛난 생을 지닌 분들도 있다. 위의 두 작품은 병든 자식이란 십자가를 메고 꿋꿋하게 살아가는 어머니 그리고 자식과 가정을 등질 수밖에 없었던 한 많은 한 여인의 삶을 승리로 이끈 주제를 다루었다.

「갓난 아기의 헝겊신」과 「박꽃 여인」은 어린 시절 받은 깊은 상처치유를 풀어보았다. 결국 삶에서 받은 깊은 상흔은 자신이 치유의 길을 찾아야 되고 그런 길을 걸어야 한다. 유아기 때 받은 유리조각 같은 상처가 성인이 되어도 치유되지 않고 방황하는 젊은이의 삶과 두 여인의 상흔이 치료되는 과정을 다룬 단편이다.

유튜브에 뜨는 세상의 모든 궁금한 이야기나 커피엔톡에 들어가면 독자들이 직접 써서 올린 사연으로 자신들이 몸소 겪은 다양한 인생이야기를 들을 수 있다. 가끔 그걸 들으면서 내가 쓰는 문학이란 장르와 그 차이점이 무엇인가 곰곰이 생각해보았다.

소설도 이야기이다. 그러나 거기엔 문학성이 있고 재미도 있어야 한다. 또한 상징성도 깔려 두고두고 비슷한 인생길에 설적에 문득 떠오르는 귀중한 나침판이 되어야 한다. 아무쪼록 여기에 수록된 단편들을 재미있게 읽고 인생길의 난관에 부딪힐 적에 길잡이가 되기를 바란다. ✴

이건숙 문학전집 8

세상에서 가장 아름다운 구멍

1쇄 발행일 | 2020년 07월 27일

지은이 | 이건숙
펴낸이 | 윤영수
펴낸곳 | 문학나무
기획 마케팅 | 03085 서울 종로구 동숭4나길 28-1 예일하우스 301호
이메일 | mhnmoo@hanmail.net

출판등록 | 제312-2011-000064호 1991. 1. 5.
영업 마케팅부 | 전화 | 02-302-1250, 팩스 | 02-302-1251
ⓒ 이건숙